Liebe wie gedruckt

Das Buch

Hannah möchte sich als Hochzeitstortenbäckerin auf Hiddensee einen Namen machen. Für sich selbst musste sie bisher keine Torte backen; Hannah ist Single, und den Traum von der großen Liebe und der Hochzeit in Weiß hat sie mittlerweile aufgegeben. Als Hannah nach dem Tod ihrer Eltern die Bäckerei übernehmen soll, muss sie dazu die Meisterprüfung ablegen. Doch Hannah hat ein Geheimnis: Sie ist Analphabetin. Alle ihre Rezepte für die Torten weiß sie auswendig, und auch sonst hat sie gelernt, sich ohne Rechtschreibkünste recht erfolgreich durchs Leben zu schlagen. Wie soll sie die Prüfung bloß schaffen? Als dann auch noch ihr Jugendschwarm Arndt auf der Insel auftaucht, ist das Chaos komplett, und Hannah versucht weiter, ihr Geheimnis zu hüten, während ihr Herz ganz schön aus der Reihe tanzt.

Die Autorin

Rieke Schermer ist das Pseudonym der Autorin Susanne Lieder. Sie lebt mit ihrem Mann auf einem kleinen Resthof in der Nähe von Bremen und träumt von einem Haus am Meer – am liebsten an der Ostseeküste.

Unter ihrem echten Namen Susanne Lieder sind
von der Autorin in unserem Hause bereits erschienen:

Ostseewind und Sanddornküsse
Herzmuscheln und Bernsteinnächte

RIEKE SCHERMER

Liebe wie gedruckt

EIN HIDDENSEE-ROMAN

List Taschenbuch

Besuchen Sie uns im Internet:
www.list-taschenbuch.de

MIX
Papier aus verantwortungsvollen Quellen
FSC® C083411

Originalausgabe im List Taschenbuch
List ist ein Verlag der Ullstein Buchverlage GmbH, Berlin.
1. Auflage März 2016

Umschlaggestaltung: bürosüd° GmbH, München
Titelabbildung: © Getty Images / Lili Ana (Gießkanne auf Kasten); www.galerie-et.de
Satz: L42 Media Solutions, Berlin
Gesetzt aus der Sabon
Druck und Bindearbeiten: CPI books GmbH, Leck
Printed in Germany
ISBN 978-3-548-61289-8

Nirgends ist man so jung,
so froh und so frei
wie auf dieser schönen Insel

Asta Nielsen

Zartbitterschokolade

Hiddensee im Frühling

Im Frühling war Hiddensee ganz besonders schön. Die hellgrünen Blätter an den Bäumen, der allgegenwärtige Duft der Maiglöckchen, die in Hülle und Fülle in den Gärten sprossen, und das ganz besondere Sonnenlicht, das sich in der eisigen Ostsee spiegelte. All das sorgte bei Hannah für freudiges Herzklopfen. Sie liebte den Frühling.

Sie war sehr früh an diesem Morgen zum Friedhof geradelt, zwei Töpfchen mit gelben und orangefarbenen Ranunkeln und drei blaue und rosafarbene Hyazinthen im Korb.

Jetzt hockte sie sich hin und zupfte Unkraut, das sich unter den frisch gepflanzten Buchsbäumchen hindurchgezwängt hatte.

Dabei rutschte ihr die Kapuze ihres sandfarbenen Anoraks auf den Kopf. Sie hatte ihn erst vor wenigen Monaten gekauft, nachdem ihre Freundin Silke sie mit ausschweifenden Worten davon überzeugt hatte, wie gut er zu ihrem dunklen Haar passen würde. Eigentlich hatte sie sich für den bevorstehenden Sommer neu einkleiden wollen, und ein Anorak gehörte nun wirklich nicht zu einer Sommergarderobe.

»Damit locke ich den Regen ja geradezu an«, hatte sie gemeint – und ihn trotzdem gekauft.

»Ach, Papa.« Sie seufzte und blinzelte die aufsteigenden Tränen weg. Anfang des Jahres war ihr Vater ganz überraschend an einem Herzinfarkt gestorben. Noch immer sah sie ihn in der Backstube stehen oder sich breit lächelnd die Hände reiben, wenn sie ihn zum Mittagessen gerufen hatte. Er war ihre ganze Familie gewesen.

Sie nahm eine der Ranunkeln aus dem Topf, kniete sich auf die feuchte Erde und hob mit einer kleinen Handschaufel ein Loch aus. Mit einer ungeduldigen Bewegung schob sie die Kapuze vom Kopf. »Ich hab dir auch blaue Hyazinthen mitgebracht, Papa. Und für dich rosafarbene, Mama.«

Ihre Mutter war gestorben, als Hannah gerade zwanzig geworden war. Fast fünfzehn Jahre war das nun her.

Sie stand auf und betrachtete die Grabstelle ihrer Eltern. Sie kam oft hierher, auch wenn der Friedhof kein Ort war, an dem sie sich ihren Eltern besonders nah fühlte. Im Gegenteil.

Ihrem Vater fühlte sie sich viel näher, wenn sie in der Backstube war, die Teigmaschine lief und der Ofen brummte.

»Ach, Papa, wenn es doch nur wieder so wäre, dass der Ofen brummt.«

Ihre Eltern hatten die Konditorei Büchner in Vitte gegründet. Ihr Vater hatte in der Backstube und ihre Mutter vorn im Laden gestanden. Hannah war praktisch in der Backstube groß geworden.

Als ihre Mutter gestorben war, hatte ihr Vater eine Verkäuferin eingestellt, die mittlerweile in Rente war. Vor zwei Jahren war dann Antonia, Toni, gekommen, eine temperamentvolle junge Frau mit ziemlich losem Mundwerk, mit der Hannah sich von Anfang an blendend verstanden hatte.

Seit dem Tod ihres Vaters war die Konditorei Büchner geschlossen, weil Hannah keine Konditormeisterin war.

Seitdem war sie auf der Suche nach einem Meister, was wesentlich schwieriger war, als sie geglaubt hatte.

Eine Amsel kam angeflogen und hockte sich auf den schlichten Grabstein. Sie legte den Kopf schief und musterte Hannah neugierig. Dann hopste sie auf den Boden und scharrte mit dem Schnabel in der frisch aufgewühlten Erde. Es dauerte nicht lange, und sie hatte einen höchst ansehnlichen Regenwurm ergattert. Bevor Hannah ihn sich womöglich schnappen konnte, packte der Vogel ihn und flog damit auf den nächsten Baum.

Die Sonne schob sich durch die dünne Wolkendecke. Bis gestern Abend hatte es leicht genieselt, was dafür gesorgt hatte, dass an sämtlichen Bäumen und Sträuchern die hellgrünen und noch sehr zarten Knospen regelrecht aufgeplatzt waren.

Praktisch über Nacht war der Frühling auf Hiddensee ausgebrochen.

Hannah strich über den schlichten Grabstein ihrer Eltern und wandte sich dann ab. Sie schlenderte vorbei an den niedrigen Buchsbaumhecken und efeubewachsenen Bäumen, die im Sommer wunderbare Schattenspender waren, und an den Epitaphen der ehemaligen Äbte und Klosterbrüder.

Als kleines Mädchen hatte sie sich manchmal auf diesem Friedhof gegruselt.

Sie ging vorbei am Grab von Gerhart Hauptmann, blieb kurz davor stehen und setzte sich schließlich auf eine Bank.

Bald begann die Hauptsaison auf der Insel. Die ersten Touristen waren bereits mit der Fähre gekommen. *Und wenn das so weitergeht, wird die Konditorei Büchner keine Brötchen für sie backen …*

Hannah seufzte verdrießlich und streckte die Beine aus.

Ein weiterer langer Tag lag vor ihr. Ein Tag, an dem sie Spaziergänge machen und aufs Meer hinausblicken würde. Mittags würde sie eine Kleinigkeit auf ihrem Balkon essen, danach vielleicht Silke in deren Atelier besuchen oder sich an den Strand setzen und den Möwen zuschauen.

Ein Tag nach dem anderen war vergangen, ohne dass auch nur die Aussicht darauf bestanden hatte, einen Konditormeister zu finden.

Von ihren Gedanken ganz trübsinnig geworden, stand sie schließlich auf.

Über den schmalen Weg ging sie zu ihrem knallroten Fahrrad, das sie an eine Birke gelehnt hatte. Sie stieg auf und trat schwungvoll in die Pedale. Und genau in dem Moment kam der Pastor um die Ecke, und es hätte nicht viel gefehlt, und sie hätte ihn umgefahren.

Auch, weil sie nicht besonders aufmerksam und mit ihren Gedanken ganz woanders gewesen war.

»Hannah.« Er legte eine Hand auf den Lenker. »Das war aber knapp.«

Sie nickte zerstreut. »Tut mir leid.«

»Ist ja nichts passiert.« Er sah sie prüfend an. »Wie geht's dir?« Er kannte sie, seit sie ein kleines Mädchen gewesen war. »Ganz gut.«

»Immer noch keinen Konditor gefunden?«, erkundigte er sich.

»Nein, leider. *So* schwierig hatte ich mir das nicht vorgestellt.«

Er kratzte sich nachdenklich am Kinn.

»Man sollte doch meinen, dass sich jemand finden lässt.«

Hannah schwieg. Was hätte sie auch antworten sollen?

»Ich werde für dich beten.«

Er nickte ihr wohlwollend zu und lief mit seinen so typisch kleinen, sehr flotten Schritten weiter.

»Ja, prima«, murmelte Hannah und stieg wieder aufs Rad.

Wenn der Insel-Pastor für einen Konditormeister betete, dann konnte ja nichts mehr schiefgehen.

Silke war die beste Freundin, die sie hier auf der Insel hatte. Nein, eigentlich war Silke mehr; sie war die beste Freundin, die sie überhaupt je gehabt hatte.

Silke war keine Insulanerin, sie hatte vor einigen Jahren hier Urlaub gemacht, sich verliebt und war geblieben. Für Hannah ein Glücksfall.

Anstatt sie zu besuchen, hatte Hannah sich auf den Balkon gesetzt und in einem Gartenbuch geblättert in der Hoffnung, dass die hübschen Fotos von leuchtend bunten Blumen und Pflanzen sie ein bisschen aufmuntern würden.

Normalerweise war sie kein lethargischer Mensch, aber zurzeit konnte sie sich nicht einmal dazu aufraffen, ihre kleine Wohnung, die direkt über der Konditorei lag, aufzuräumen und sauber zu halten. Nichts machte ihr Spaß, und zu kaum etwas konnte sie sich motivieren.

Anfangs hatte sie sich gesagt, dass sie das Gute im Schlechten sehen sollte. Immerhin hatte sie die Freiheit, tun und lassen zu können, wonach ihr der Sinn stand.

Doch was nützte einem dieser Vorsatz, wenn man zu nichts Lust hatte?

Besonders schlimm war es, wenn sie den leeren Verkaufsraum der Konditorei sah oder in der Backstube stand, in der es so still war, dass es ihr fast unheimlich vorkam.

Als es bereits dämmerte, beschloss sie, einen ausgiebigen Spaziergang zum Leuchtturm zu machen.

Das würde ihr guttun und ihre trüben Gedanken hoffentlich wenigstens für eine Weile verscheuchen.

Nein, besser sie ging eine Runde laufen. Das vertrieb dunkle Gedanken noch schneller, das wusste sie aus langjähriger Erfahrung.

Ihren MP3-Player in der Jackentasche, die weißen Ohrhörer eingestöpselt, lief sie leichtfüßig los. Und mit jedem Schritt kehrten ihr Schwung und ihre Fröhlichkeit zurück. Auch die Mutlosigkeit verschwand nach und nach und machte der Hoffnung und dem Optimismus Platz, für den Hannah bekannt war.

Sie würde einen Konditormeister finden, das wäre doch gelacht!

Im Laufen stellte sie den MP3-Player noch etwas lauter, und als *Die perfekte Welle* von Juli ertönte, sang sie den Refrain mit.

Als sie den gewundenen Weg zum Leuchtturm hochlief, wurde sie von einem warmen Glücksgefühl durchflutet, wie immer, wenn sie hier entlanglief.

Eine Spaziergängerin, eine ältere Dame mit weißem Kopftuch, das leicht im Wind flatterte, kam ihr entgegen und lächelte amüsiert. Wahrscheinlich, weil sie so laut sang.

Es störte Hannah nicht. Sie grüßte mit einem ebenso breiten Lächeln zurück.

Zwei Möwen flogen über ihrem Kopf, vermutlich hofften sie auf einen kleinen Snack.

Auch wenn der Winter für Hannah einen ganz besonderen Reiz hatte und sie die klare, frische Luft und das tosende Meer mit den schäumenden Wellen mochte, so freute sie sich immer unbändig auf den Frühling und Sommer.

Als sie am Leuchtturm ankam, trippelte sie auf der Stelle, dann machte sie kehrt und lief zurück. Sie war überzeugt davon, wunderbar schlafen zu können.

Als sie am nächsten Morgen wie immer sehr früh aufwachte, drehte sie sich noch einmal auf die andere Seite. Sie hatte sich noch nicht daran gewöhnt, ausschlafen zu können, denn normalerweise war sie um halb vier in der Früh aufgestanden. Sie kuschelte sich unter die Bettdecke und versuchte einige Minuten lang sehr hartnäckig, sich davon zu überzeugen, dass ein Tag, an dem man nichts weiter vorhatte, als aufzustehen und abzuwarten, durchaus angenehm sein könnte.

Schließlich setzte sie sich auf und ließ die Beine über der Bettkante baumeln. Was würde sie darum geben, gleich in die Backstube gehen zu können, Streuselkuchen und Rosinenbrote zu backen, Kunden zu bedienen, mit ihnen zu plaudern und mit Toni ausgiebig zu frühstücken.

Wäre sie eine Frau, die sich für Shopping begeistern könnte, würde sie nach Stralsund fahren und hemmungslos einkaufen oder sich dort anderweitig die Zeit vertreiben.

Nach dem Tod ihres Vaters hatte sie ihr Elternhaus an eine junge Familie vermietet. Es war ihr einfach zu groß gewesen, was hätte sie mit all den Zimmern anfangen sollen? Und wenn sie ehrlich war, dann hätte sie auch die Leere und die Stille im Haus nicht ertragen können.

Jetzt tobten dort zwei kleine Kinder umher, und im Garten stand eine große Schaukel samt Rutsche und Kletterstange.

Die Mieteinnahmen waren im Moment Hannahs einziges Einkommen. Sie hatte auch schon darüber nachgedacht, die Konditorei zu verpachten, es aber noch nicht übers Herz gebracht.

Am Vormittag saß sie auf dem Balkon und tat das, was sie in den letzten Wochen jeden Tag getan hatte: Sie dachte darüber nach, wie sie auch diesen Tag herumbringen würde. Ein Tag, der sich fürchterlich hinziehen würde und an dem sie nicht in der Backstube stehen und den Geruch von frischem Brot einatmen durfte. Und wieder ein Tag, an dem sie sich mit Schokolade, im Moment war ihr Favorit Zartbitter, vollstopfen würde, weil sie die Glückshormone dringend nötig hatte.

Ein Eichhörnchen kam angesprungen, und sie blieb reglos sitzen, um es nicht zu erschrecken. Mit einem Satz hüpfte es in den Balkonkasten und buddelte einen Moment darin herum.

Dann hatte es endlich das gefunden, was es gesucht hatte.

Mit einer Walnuss in beiden Pfoten sprang es aufs Geländer, warf Hannah einen überraschten Blick zu und verschwand auf einem der Bäume. Im Winter hatte Hannah ein paar Nüsse in die Balkonkästen und Pflanzentöpfe gesteckt, die sich die Eichhörnchen nach und nach geholt hatten.

Sie stand auf. Ihr war eine wunderbare Idee gekommen, womit sie den Tag verbringen konnte.

Wenig später schlenderte sie durch eine Gärtnerei in Kloster, eine Kiste mit Primeln in verschiedenen Farben in beiden Händen. Wie gut es hier duftete! Nach Frühling, feuchter Erde und den ersten warmen Sonnenstrahlen.

Sie packte Veilchen und dunkelblaue Stiefmütterchen in die Kiste. Sollte sie auch noch ein paar gelbe Stiefmütterchen kaufen? Sie erinnerten sie immer an ihre Mutter.

Es waren die ersten Blumen gewesen, die sie nach dem Winter im Garten gepflanzt hatte. »Jetzt muss der Frühling einfach kommen«, hatte sie dann lachend gesagt. Ihre Mutter war eine warmherzige und lebenslustige Frau gewesen, die für jeden Kunden ein freundliches Wort gehabt hatte.

Hannah warf einen Blick in ihr Portemonnaie. Sie musste mit ihrem Geld haushalten, seitdem die Konditorei geschlossen war. Für ein paar gelbe Stiefmütterchen und einen Sack Erde würde es aber reichen.

Nachdem sie einen großen Becher Tee auf dem Balkon getrunken und dabei dem leisen, sehr beruhigenden Rauschen der Wellen gelauscht hatte, stellte sie die Pflanzen im Kreis um sich herum auf. Sie selbst hockte auf den Knien in der Mitte. Im Hintergrund lief das Radio.

Auch in der Backstube hatten sie immer Radio gehört. Wie sehr sie sich ihren gewohnten Alltag zurückwünschte!

Sie setzte sich auf die Fersen und schaufelte die alte Blumenerde aus den Kästen und Töpfen. Sollte sie noch ein paar Nüsse finden, würde sie sie einfach in die neue Erde legen.

Die Blumen dufteten himmlisch. Immer wieder hielt sie inne und roch mit geschlossenen Augen daran.

Nachdem Hannah die Kästen in die Halterung gehängt und die frisch bepflanzten Töpfe verteilt hatte, blieb sie stehen und begutachtete ihr Werk zufrieden. Es sah hübsch aus, richtig frühlingshaft.

Und, was am besten war, der Tag war wie im Flug vergangen.

Es gab Tage, da konnte sie es einfach nicht bleiben lassen.

Und der folgende war ein solcher.

Am frühen Nachmittag war sie hinunter in die Backstube gegangen und hatte sich dort auf einen Hocker gesetzt. Sie blickte nach rechts, wo der lange Tisch stand, an dem ihr Vater immer gestanden hatte. Sie sah ihn vor sich, wie er in seiner weißen Montur, die Hände voller Mehl, dastand und laut ein Lied mitträllerte, das gerade im Radio gespielt wurde.

Wenn sie hereingekommen war, hatte er sich lächelnd zu ihr umgedreht und auf den Ofen gezeigt. »Da sind Mohnschnecken drin, die magst du doch so gerne.«

Oft hatten sie zu zweit am Tisch gestanden und gearbeitet.

Auf einem weiteren, sehr viel kleineren Tisch lag ihr Skizzenblock. Wann immer sie herkam, nahm sie ihn und zeichnete ihre Ideen auf. Irgendwann, eines Tages, der im Moment noch nicht in greifbarer Nähe schien, würde sie ihren Traum wahrmachen und Hochzeitstorten herstellen. Ganz besondere, ungewöhnliche Hochzeitstorten.

Ihr Vater hatte die Idee wundervoll gefunden. Was ihre Mutter wohl dazu gesagt hätte? »Hauptsache, man macht seine Träume wahr, Hannah«, sehr wahrscheinlich.

Hannah ging zu einem hohen Regal, in dem unter anderem die Backzutaten und Gewürze standen, alle ordentlich nebeneinander aufgereiht, und nahm aus einem der kleinen Körbe eine angebrochene Tafel Schokolade. Sie brach einen Riegel ab und steckte ihn sich gedankenverloren in den Mund.

In dem Moment vibrierte ihr Handy in der Hosentasche, und sie musste eine Weile kramen, bis sie es aus dem Kabelgewirr von MP3-Player und Ohrhörer hervorgezogen hatte.

Es war Silke.

»Wo steckst du gerade, Hannah?«

»Rate mal.«

»In der Backstube. Alles in Ordnung bei dir?«

»Na klar.«

»Ich vermute mal, du übertreibst wieder hemmungslos. Geht's dir wirklich gut, Hannah?«

»Ja, ja. Ich bin nur ein bisschen sentimental.«

Sie fand, das durfte sie auch sein.

»Verstehe. Brauchst du mich?«

Hannah mochte Silke sehr, ganz besonders aber schätzte sie, dass ihre Freundin alles stehen und liegen ließ, wenn sie der Meinung war, dass sie gebraucht wurde.

»Nein, mir geht's gut, wirklich.«

»Wie wär's heute Abend mit Kino? Wir waren ewig nicht mehr im Zeltkino. Oder wir gehen mal wieder zusammen laufen.«

»Laufen klingt gut. Ein bisschen Bewegung schadet dir sicher nicht.«

Silke lachte. »Vielen Dank auch. Dann hole ich dich um sieben ab, einverstanden? Andreas wird früh zu Hause sein und kann die Kinder übernehmen. Ich freue mich.« Sie legte auf.

Und Hannah war froh, dass sie ihrer Freundin mal wieder einen Gefallen tun, eine Freude machen konnte.

Und sich selbst auch.

Silke war pünktlich auf die Minute.

Sie trug eine Kapuzenjacke mit passender enganliegender Hose, in einem dunklen Lilaton.

Hannah gefiel die Farbe, und augenblicklich ging ihr durch den Kopf, sie für die Dekoration einer Torte zu benutzen. Rosenblätter in Dunkellila …

Ihr Handy klingelte, und sie hatte die spontane Eingebung, dass es möglicherweise jemand sein könnte, der sich auf die Stellenausschreibung bewarb. Sie hatten eine Zeitungsannonce geschaltet, und das Schild, das Silke in ihrer schönen kerzengeraden Handschrift geschrieben und ins Schaufenster gehängt hatte, war ebenfalls nicht zu übersehen.

»Guten Tag, ich rufe wegen der Stelle als Konditor an.«

Hannahs Herz machte einen Satz. Hatte sie den sechsten Sinn?

Sie wollte etwas wie »Ich freue mich …« sagen, doch der Anrufer ließ sie gar nicht zu Wort kommen.

»Ich hab's fürchterlich mit dem Kreuz, müssen Sie wissen. Und auf einer Insel zu leben, kann ich mir gar nicht vorstellen.«

Hannah wollte ansetzen und etwas fragen, aber er redete gleich weiter: »Ich wohne in Magdeburg, und es ist schön hier. Sehr schön, wissen Sie. Eigentlich will ich hier gar nicht weg.«

Offenbar war sein Redeschwall nun beendet, denn er machte eine längere Pause.

Sie holte tief Luft.

»Entschuldigen Sie, wenn ich womöglich dumm frage, aber warum bewerben Sie sich auf eine Stelle, die Sie gar nicht antreten möchten?«

Er räusperte sich. »Tja, wissen Sie, das ist so ...«

Ein weiterer Redeschwall setzte ein, dem sie kaum folgen konnte. Was hatte er gerade gesagt? Er hätte die Auflage anzurufen, weil ihm ansonsten das Arbeitslosengeld gestrichen wurde? Hatte sie das richtig verstanden?

Sie hob eine Hand, obwohl er das ja nicht sehen konnte.

»Moment, entschuldigen Sie, aber Sie haben nur angerufen, weil das von Ihnen verlangt wird?«

»Tja«, sagte er wieder und verstummte gleich darauf.

»Sie möchten also eigentlich gar nicht hier arbeiten?«

»Wenn Sie mich so direkt fragen ...«

»Ich frage Sie so direkt.«

Sie warf Silke einen verwirrten Blick zu. War das zu fassen?

»Nein, also auf einer Insel ... Nein, ich glaube, das könnte ich nicht.«

Sie hätte ihm sagen können, wie wunderschön Hiddensee war, zu jeder Jahreszeit, sogar im tiefsten Winter, wie viele Sonnenstunden jährlich sie hatten und wie freundlich und warmherzig die Menschen waren. Sie hätte ihm erzählen können, wie toll es war, auf einem Fleckchen Erde zu leben, auf dem es keinen Autoverkehr gab und wo der Satz »Die Seele baumeln lassen« noch eine Bedeutung hatte.

Die meisten Touristen ließen ihr altes Leben auf dem Festland zurück, das hörte sie immer wieder. Hier gab es weder Lärm noch Hektik. Hiddensee war der Inbegriff von Ruhe und Frieden.

Aber warum hätte sie ihm das alles sagen sollen? Was hätte es genützt? Außer, dass sie sich hinterher geärgert hätte, ihre wunderbare Insel derart anzupreisen.

»Dann wünsche ich Ihnen noch einen schönen Tag.« Sie legte auf, obwohl er noch irgendetwas ins Telefon gerufen hatte.

»Wer war das denn?«, fragte Silke kopfschüttelnd.

»Ein Mann, der eine Arbeit als Konditormeister sucht. Am liebsten in Magdeburg. Tja, und wir sind ja hier auf Hiddensee.« Sie war enttäuscht, wollte es sich aber nicht anmerken lassen. Vielleicht war sie wirklich eine hoffnungslose Optimistin, aber sie würde die Hoffnung nicht aufgeben. Sie legte Silke die Hand auf die Schulter. »Komm. Jetzt brauche *ich* dringend Bewegung.«

Sie liefen in Kloster am neuen Seglerhafen entlang, und schon nach kurzer Zeit begann Silke zu schnaufen.

»Du bist nicht in Form«, stellte Hannah fest.

»Und du bist zu schnell«, gab Silke zurück.

Hannah bremste ab und trippelte auf der Stelle.

Ihre Freundin beugte sich vor und schnappte nach Luft. »Ich hab Seitenstechen.«

»Du atmest falsch.«

»Ja, ja.«

Sie blickten sich an und mussten lachen.

»Schön, dass du wieder lachst.« Silke sprintete an ihr vorbei. Hannah schaute ihr verblüfft nach, brauchte sich aber nicht groß anzustrengen, um sie wieder einzuholen.

»Du kennst mich, Silke«, sagte sie, als sie auf gleicher Höhe waren. »Ich bin kein Mensch, der schnell Trübsal bläst. Ich hasse das. Aber der plötzliche Tod meines Vaters …«

Silke nickte. »Ich weiß, Hannah. Du musst wieder was zu tun haben, das ständige Dasitzen, Warten und Däumchendrehen tut dir überhaupt nicht gut.«

Ein Mann mit blauer Fischermütze wuselte auf einem der Boote herum, die auf dem Wasser dümpelten, und hob die Hand.

»Tag, die Damen! Ein Wetter wie Speck, was?«

Hannah grüßte zurück. »Das ist der Frühling!«, rief sie.

Sie liefen nebeneinanderher und scheuchten drei Möwen auf, die auf dem Weg hockten und sich lautstark um ein Stück Brot stritten. Hannah wurde schneller und ließ ihre Freundin mehr und mehr zurück. Im Laufen drehte sie sich zu ihr um. »Nur keine Müdigkeit vorschützen! Komm!«

Silke holte wieder auf und keuchte. »Manchmal spüre ich glatt, wie alt ich bin.«

Hannah lachte. »Du bist achtunddreißig, Silke.«

»Fast vierzig«, fügte ihre Freundin trocken hinzu. Sie blieb erneut stehen und wischte sich übertrieben demonstrativ den Schweiß von der Stirn.

»*Du* hast Angst vor dem Alter?«, fragte Hannah belustigt.

»Angst? Nein, vielleicht nur ein wenig Respekt.« Silke zeigte nach rechts. »Lass uns zum Strand runterlaufen.«

»Und nachher jammerst du mir wieder die Ohren voll, dass dir die Waden weh tun.« Wer wüsste besser als sie, wie unangenehm ein Muskelkater sein konnte, wenn man ein paar Kilometer im Sand gelaufen war.

»Jammern gehört dazu.« Silke überholte sie wieder. »Wer als Letzte am Wasser ist, gibt Schokoeis mit Sahne aus!«

Zwei Wochen später

Hannah hasste Grübeln, aber mittlerweile schien es zu einer Angewohnheit geworden zu sein.

Die ständigen Fragen, die sie sich schon frühmorgens stellte, gingen ihr selbst auf die Nerven.

Wie sollte es nur weitergehen? Würde es überhaupt weitergehen? Was, wenn sie keinen Meister finden würde? Wovon sollte sie dann in Zukunft leben?

Manchmal schaffte sie es noch, sich mit einem »Das wird schon« zu motivieren, aber immer häufiger überkam sie das ungute Gefühl, sich etwas vorzumachen. *Die Hoffnung stirbt zuletzt* war für sie nicht nur ein Spruch, eine hohle Phrase, sondern ein Satz, der Geltung für sie hatte, nach dem sie lebte.

Resignation war immer ein Fremdwort für sie gewesen. Wer resigniert ist, kämpft nicht mehr und hat bereits verloren. Inzwischen jedoch befand sie sich in einem Jammertal, in das sie mehr und mehr versank, je öfter sie darüber nachdachte, wie ihre Zukunft wohl aussehen würde.

Vielleicht sollte sie endlich begreifen, dass sie die Konditorei verpachten musste.

Ihrem Vater wäre es wahrscheinlich sogar lieber, sie in fremden Händen zu sehen, als wenn sie weiterhin geschlossen bleiben würde.

An diesem Vormittag saß Hannah mit hängenden Schultern in der Backstube, ihren Block auf den Knien, und kaute auf ihrem Stift. Ja, sie sollte nicht länger an etwas festhalten, was nicht mehr zu ändern war.

Aber was mache ich dann? Ich werde vor Langeweile umkommen, eingehen wie eine Primel ...

Die Konditorei Büchner, eine Institution auf Hiddensee, mit neuem Gesicht. Und sie würde arbeitslos sein.

Sie riss das Blatt Papier aus dem Block, auf dem sie eine Hochzeitstorte in Form eines Zylinders gezeichnet hatte. Sie zerknüllte es und warf es durch die Backstube.

Sie wäre nicht nur arbeitslos, auch ihr großer Traum wäre ausgeträumt. Sie nahm die letzten zwei Stückchen Zartbitterschokolade aus dem Papier und steckte sie sich in den Mund.

Ihr Handy klingelte.

»Ja?«, fragte sie mit vollem Mund.

»Schröder. Ich rufe wegen der Stelle an.«

Ein Mann mit energischer, kräftiger, nicht mal unangenehmer Stimme.

Sie versuchte, die Schokolade herunterzuschlucken.

»Kann ich heute Nachmittag vorbeikommen? Sagen wir um vier?«

Sie schaffte es, ein Ja zu nuscheln.

»Fein, dann bis später.« Er legte auf.

Wenn du glaubst, es geht nicht mehr, kommt von irgendwo ein Lichtlein her ...

Hannah lachte und sprang auf. Vergessen waren ihre trüben Gedanken und die Sorge, die Konditorei verpachten zu müssen.

Sie warf einen Blick auf die Uhr, die direkt über ihr an der Wand hing. Es war kurz nach zwei. Sie würde einen Spaziergang machen und sich ein paar Fragen überlegen, die sie dem Mann stellen würde. An der frischen Luft konnte sie am besten nachdenken. Dieses Mal wollte sie sehr gut vorbereitet sein.

Mit einem hoffnungsfrohen Kribbeln im Bauch war sie zur Blauen Scheune geschlendert. Seine Stimme war doch ganz nett gewesen.

Würde sie auch jemanden einstellen, der ihr nicht sonderlich sympathisch war?

Früher hätte sie sich diese Frage nicht stellen müssen, weil es klar gewesen wäre. Sie würde nur mit jemandem zusammenarbeiten wollen, den sie mochte.

Inzwischen aber würde sie einiges in Kauf nehmen, Hauptsache, sie könnte die Konditorei wieder aufmachen. Was nützten ihr große Pläne und jede Menge guter Vorsätze, wenn sie am Ende arbeitslos und die Konditorei ihrer Eltern verpachtet wäre? »Man muss dauernd irgendwelche Opfer bringen«, hatte ihr Vater mal zu ihr gesagt.

Sie nahm ihr Handy aus der Tasche und rief Toni an. Im Hintergrund waren lautes Lachen und Kindergeschrei zu hören.

»Ich bin's, Toni. Wo bist du gerade?«

»In meiner Wohnung. Ich hab überraschend Besuch von meiner Schwester und meinen beiden Nichten bekommen.«

»Dann störe ich sicher. Ich wollte dir auch nur schnell was erzählen.«

»Du störst überhaupt nicht. Schieß los.«

»Es hat sich jemand auf die Stellenausschreibung beworben, und ich ...«

»Endlich!«, fiel ihr Toni ins Wort.

Hannah redete einfach weiter. »Er will um vier kommen. Mir wäre es lieb, wenn du dabei wärst.«

»Klare Sache. Wie ist dein Bauchgefühl?«

»Mein Bauchgefühl? Neutral. Seine Stimme klang sehr nett.«

»Na, immerhin.«

»Bis nachher, Toni. Und sei pünktlich, ja?«

»Ich bin immer pünktlich.«

Hannah steckte das Handy in die Hosentasche.

Was sollte sie ihn unbedingt fragen? Und was sollte sie möglichst nicht fragen?

Während sie langsam weiterlief, versuchte sie, in sich hineinzuhorchen. Auf ihr Bauchgefühl hatte sie sich immer verlassen können. Dummerweise sagte ihr Bauch ihr gerade gar nichts.

Komm schon, sei nicht so verschwiegen. Nicht bei einer so wichtigen Entscheidung ...

Ein Golden Retriever sprang auf sie zu, und sie machte einen Schritt zur Seite, damit sie nicht umgerannt wurde. Wo war der denn so plötzlich hergekommen?

Ein dunkelhaariger Mann kam angelaufen, die Hundeleine in der Hand.

»Amber! Wirst du wohl stehen bleiben!«

Der Hund drehte sich zu ihm und bellte.

»Sie sollten ihn besser anleinen«, meinte Hannah.

Der Mann nickte schuldbewusst. »Tut mir leid, ich weiß, aber sie ist wie der Blitz los.«

»Um mich umzurennen?«

Er lachte. »Schon möglich. Tut mir wirklich leid.«

Er packte den Hund am Halsband und leinte ihn an.

Hannah war bereits weitergegangen und mit den Gedanken ganz woanders. Was, wenn der Mann ein furchtbar unangenehmer Mensch war?

»Ich hoffe, Sie verpetzen mich nicht bei der Kurverwaltung!«

Sie wandte sich im Gehen zu ihm um. »Was?«

Er machte eine drollige Geste. »Ich sagte, ich hoffe, Sie verpetzen mich nicht.«

Hannah hatte keine Ahnung, wovon er sprach. Er kam auf sie zu, den Hund an der Leine. »Na, wegen meines Hundes.«

Sie blinzelte verwirrt, dann nickte sie. »Entschuldigung, ich war nicht ganz bei der Sache. Ich schwärze Sie ganz bestimmt nicht an.«

»Das war ein Scherz.« Er grinste.

»Ach so. Ja, dann …« Sie wedelte mit einer Hand. »Ich muss weiter.« Sie schlug den Weg zum Strand ein und schlüpfte aus ihren Schuhen.

Die Brandung der Wellen, der salzige Geruch und das Schreien der Möwen, all das sorgte dafür, dass sie einen klaren Kopf bekam.

Sie blieb stehen, um einen Stein aufzuheben.

Sie mochte Steine, egal, welche Größe oder Farbe sie

hatten. Mit ihrem Patenkind Ida, Silkes jüngster Tochter, ging sie regelmäßig Steine suchen. Wann immer Ida einen hübschen oder auch nur ungewöhnlichen Stein fand, jauchzte sie: »Ein Geschichtenerzähler, Hannah!«

Dann hielt sie den Stein an ihr Ohr und lauschte mit konzentrierter Miene.

Hannah hatte sich oft dabei ertappt, wie sie die Kleine stumm und geradezu überwältigt angesehen hatte. Ida war ein so bezauberndes Kind, dass es sie manchmal ganz sprachlos machte. Das Mädchen sprühte vor Lebensfreude, Tatendrang und Fantasie, ein Kind, das einen erwachsenen Menschen nur glücklich machen konnte. Hannah fühlte sich nach einem Tag, den sie mit Ida verbracht hatte, wie berauscht. Ab und zu dankte sie dem Universum, dass es ihr dieses Kind geschenkt hatte, auch wenn es nicht ihr eigenes war. Hätte sie jemals eine Tochter, dann dürfte die ruhig so sein wie die kleine strohblonde Ida.

Direkt vor ihren Füßen lag ein hellgrauer, fast runder Stein. In der Mitte hatte er einen weißen Strich, so als sei das eine Markierung, an der man ihn durchtrennen könnte.

Sie bückte sich und hob ihn auf.

Mit einer Hand schirmte sie ihre Augen ab und blickte zum Meer hinaus.

Gab es einen schöneren Ort zum Leben?

Toni wartete bereits vor der Konditorei.

Sie trug eine knallrote Baseballkappe auf ihrem dunklen Haar, das sie zu einem Zopf gebunden und unter die Kappe gesteckt hatte.

Toni war das ganze Jahr über braun gebrannt und sah immer so aus, als sei sie gerade aus dem Karibikurlaub zurück.

Die beiden Frauen schlossen sich in die Arme.

»Ich bin pünktlich.«

»Und ich hab keine Sekunde daran gezweifelt.« Hannah hielt Toni etwas von sich. »Wie geht's dir?«

Die junge Frau zuckte mit den Schultern. »Wie's einem so geht, wenn man arbeitslos ist. Man hat Zeit ohne Ende, um Dinge zu tun, auf die man überhaupt keine Lust hat, weil man viel lieber arbeiten würde.« Sie stöhnte auf. »Ich langweile mich zu Tode.«

»Wollen wir hier draußen warten? Das Wetter ist so schön.«

Toni nickte und fragte Hannah: »Und du? Wie geht's dir?«

»Ich langweile mich ebenfalls zu Tode. Ich hab's dir schon mehrmals gesagt, Toni: Such dir irgendwo auf der Insel einen Job. Die Hauptsaison geht bald los, und du würdest bestimmt schnell etwas finden.«

»Nein.«

Hannah unterdrückte ein Seufzen. Sie hatte nichts anderes erwartet. Toni hatte sich in den Kopf gesetzt, gemeinsam mit ihr auszuharren, bis sie die Konditorei endlich wiedereröffnen könnten. Und nichts würde sie davon abhalten.

Hannah wusste, dass sie eine kleine Erbschaft gemacht hatte. Ihre verstorbene Tante hatte ihr ein bisschen was hinterlassen, so dass sie die Zeit ganz gut überbrücken konnte.

»Ich wäre dir nicht böse.«

Toni warf ihr einen vielsagenden Blick zu.

»Glaubst du wirklich, ich lasse dich hängen?«

Sie zeigte in den Himmel, wo ein halbes Dutzend Schwalben flog und dabei mächtig lärmte. »Der Frühling ist da.« Sie schien nachzudenken. »Eine Schwalbe macht noch keinen Frühling?«

Hannah schüttelte den Kopf. »Eine Schwalbe macht noch keinen Sommer.«

Ein Mann, der auf der gegenüberliegenden Straßenseite gegangen war, überquerte die schmale Straße und kam geradewegs auf sie zu. Sein Schritt war energisch.

Das könnte er sein, überlegte Hannah.

»Vielleicht ist er das«, raunte sie Toni zu.

Die musterte ihn ungeniert. »Sieht doch ganz nett aus.«

Kurz vor der Konditorei schlug er jedoch einen Haken und ging links weiter.

Toni sah ihm verdutzt nach. »Schade.«

Hannah warf einen Blick auf ihre Armbanduhr. »Fünf nach.«

»Pünktlichkeit scheint nicht seine Stärke zu sein.«

Eine gute Viertelstunde später standen sie noch immer dort.

Hannahs Laune war auf dem Nullpunkt.

»Warum ruft man an und erscheint dann nicht?«

Toni schnaubte. »Man könnte meinen, die Jobs lägen auf der Straße.«

Sie blickte sehnsüchtig ins Schaufenster. Dann zeigte sie auf das Schild, das Silke geschrieben und ins Fenster gehängt hatte: Konditormeister/-meisterin dringend gesucht!

»Vielleicht sollten wir ein größeres Schild machen?«

»Noch größer?« Hannah würde Toni gern trösten, dabei hatte sie eigentlich selbst Trost nötig. »Wir werden jemanden finden.«

»Deinen Optimismus möchte ich haben.«

Sie hatten eine weitere halbe Stunde gewartet, schließlich war Toni nach Hause und Hannah zu ihrer Wohnungstür gegangen.

Sollte der Mann sich aus irgendeinem, bisher unerfindlichen Grund derart verspätet haben, würde er sicherlich die Klingel finden und sich bei ihr melden.

Und wenn nicht, gehörte er zweifellos zu den Menschen, die es für nicht besonders wichtig erachteten, einen Termin einzuhalten oder wenigstens abzusagen.

Sie war verärgert über so viel Unzuverlässigkeit. So jemanden würde sie auch gar nicht in ihrer Konditorei haben wollen. Ein Opfer würde sie bringen, aber allzu groß dürfte es dann doch nicht sein.

Sie suchte gerade in ihrer Hosentasche nach dem Wohnungsschlüssel, als sie leise Schritte hinter sich hörte. Na also, war ihr erster Gedanke. Viel zu spät, aber vielleicht würde er eine plausible Erklärung haben.

Sie drehte sich um und sah Marie Zimmermann vor sich, eine Dame in den Siebzigern und Stammkundin der Konditorei.

»Wann machst du denn wieder auf, Hannah?«

»Wenn ich das wüsste.«

Die alte Dame blickte wehmütig ins Schaufenster.

»Mir fehlen deine Brötchen. Und die Sanddorntorte.«

Nicht nur Hannahs Eltern hatten die Konditorei zu

dem gemacht, was sie war. Hier gab es auch ihre legendäre Sanddorntorte.

Die alte Dame tätschelte Hannahs Arm, dann huschte ein trauriges Lächeln über ihr erstaunlich glattes Gesicht.

»Deine Eltern wären stolz auf dich.«

»Na, ich weiß nicht. Wenn sie sehen würden, dass ihre Konditorei geschlossen ist …«

»Der liebe Gott hab sie selig. Aber es ist jetzt deine, Hannah.«

»Trotzdem wäre es schlimm für sie.«

Die beiden Frauen blickten sich einen Moment lang an, dann klopfte die alte Dame resolut mit ihrem Stock aufs Pflaster. »Es wird doch wohl auf dieser vermaledeiten Insel einen Konditormeister geben!«

»Ich würde auch einen vom Festland nehmen«, erwiderte Hannah trocken.

»Was soll nun werden, Kind?«

»Wenn ich das wüsste.«

Karamell

Hiddensee, zwei Wochen später

»Dann nahm sie die kleine Papierschachtel, auf die niedliche Vögel gezeichnet waren, machte sie auf und legte die toten Blumen hinein.«

Silke klappte das Märchenbuch zu.

Die Blumen der kleinen Ida von Hans Christian Andersen war das Lieblingsmärchen ihrer jüngsten Tochter.

Ida gefiel es, dass das Mädchen im Märchen den gleichen Namen hatte.

Silke beugte sich über ihre schlafende Tochter und küsste sie auf die Stirn. Ihr Haar duftete ganz leicht nach Karamell und Kindershampoo.

Silke deckte sie zu und steckte das Nachtlicht in die Steckdose. Noch immer fürchtete sich Ida im Dunkeln, wie wohl alle Kinder in dem Alter. Dabei war die Sechsjährige ein Wirbelwind, der tagsüber als wilder und mutiger Piratenkapitän durchs Haus und durch den Garten fegte. Doch sobald es dämmerte, verwandelte sie sich in das kleine Mädchen zurück, das mit dem Puppenhaus spielte und den Puppen Pfefferminztee servierte.

Silke lehnte die Schlafzimmertür an und ging nach nebenan ins Zimmer der zehnjährigen Nele. Sie war aus dem Vorlesealter heraus. Meistens. Manchmal jedoch kuschelte sie sich an ihre Mutter und bat sie, ihr aus *Der kleinen Meerjungfrau* vorzulesen.

Nele schlief bereits, die Bettdecke bis zur Nasenspitze hochgezogen. Nur ein Fuß lugte unter der Decke hervor.

Silke zog die Tür hinter sich zu und ging leise eine Tür weiter. Dort war das Zimmer des zehnjährigen Matis, Neles Zwillingsbruder. Er schlief garantiert noch nicht.

Ich wette, dass er bäuchlings auf dem Teppich liegt und mit seinem Piratenschiff spielt.

Und tatsächlich.

Der Junge blickte auf, als sie hereinkam, und huschte, ohne dass sie auch nur ein Wort sagen musste, flink in sein Bett.

»Die Mannschaft meutert, Mami, und der Kapitän ist stinksauer.«

»Das kann ich mir gut vorstellen, Schatz, schließlich läuft ohne seine Mannschaft nichts auf seinem Schiff.«

»Packt er nicht selbst mit an?«, wollte Matis wissen und winkte gleichzeitig ab. »Nein, ich weiß schon. Er ist ja der Chef.«

»Er könnte schon selbst mit anpacken, findest du nicht?«

Sie deckte ihn zu, und bevor sie ihm einen Kuss geben konnte, hatte er sich unter ihr hindurchgeduckt und war kichernd unter der Bettdecke verschwunden.

Silke griff nach ihm und kitzelte ihn. Dann sagte sie mit ihrer Jetzt-ist's-genug-Stimme: »So, und nun wird geschlafen.«

Matis tauchte wieder auf und salutierte: »Aye, Käpt'n.«

»Und es wird nicht mehr gelesen.«

Er nickte mit ernstem Gesicht.

»Wirklich, Matis, es ist schon spät.«

»Ist Paps schon da?«

Sie schüttelte den Kopf. »Aber er wird bald da sein. Du weißt ja, wie das ist. Vielleicht hat er die Fähre nicht mehr erwischt und muss auf die nächste warten.«

»Dann kommt er viel zu spät, um mir noch gute Nacht zu sagen.«

»Er wird dir auf jeden Fall gute Nacht sagen«, versprach sie. »Nur wirst du dann vermutlich tief und fest schlafen.«

Sie machte die Tür hinter sich zu und schloss für einen Moment die Augen. Dieses abendliche Ritual genoss sie nicht weniger als ihre Kinder.

Barfuß ging sie nach unten und schenkte sich ein Glas Weißwein ein. Damit setzte sie sich auf die gemütliche, riesige Eckcouch und blickte aus dem Fenster.

Ihr Handy klingelte, auf dem Display leuchtete »Hannah ruft an«.

»Hannah, wie schön.«

»Was machst du gerade?«

»Ich trinke ein Glas Wein. Und du?«

»Ich bin unterwegs zum Leuchtturm, und bevor ich sentimental werde, dachte ich, ich rufe dich an, damit du mir den Kopf zurechtrückst.«

»Ach je, so schlimm?«

»Ich muss immer an meinen Vater denken, wenn ich hier langgehe.«

Silke überlegte, was sie sagen könnte, um Hannah zu trösten. Doch sie fand keine passenden Worte. Sie wusste, wie sehr Hannah an ihrem Vater gehangen hatte.

Sein plötzlicher Tod hatte sie tief getroffen, und sie

würde wohl auch noch eine Weile brauchen, um darüber hinwegzukommen.

»Vielleicht solltest du einfach eine Zeitlang einen anderen Weg nehmen.« Silke verdrehte die Augen. Ein grandioser Vorschlag, wirklich. »Entschuldige, eine blöde Idee.«

»Ach, so blöd finde ich sie gar nicht.«

»Wenn du erst mal einen Konditor eingestellt hast …«

»Und was, wenn ich keinen finde? Was, wenn es niemanden gibt, der sich hier niederlassen will?«

Silke nagte an ihrer Unterlippe. Als hätte sie darüber nicht schon mehrfach nachgedacht.

Für die Konditorei Büchner wäre es das Ende, und für Hannah? Für sie würde es bedeuten, dass sie sich eine Stelle als Kellnerin oder was auch immer suchen müsste. Denn eines war Silke klar: Ihre Freundin würde keinen Fuß von der Insel setzen. Lieber würde sie sich eine Arbeit suchen, die ihr keinen Spaß machte, als Hiddensee verlassen zu müssen.

»Vielleicht muss ich doch verpachten.«

Es wäre zumindest eine erste Maßnahme, eine Art Notlösung. »Ja, vielleicht solltest du wirklich noch mal in Ruhe darüber nachdenken.«

»Du weißt, wie schwer mir das fällt.«

»Besser, als wenn sie weiterhin geschlossen bleibt.«

»Schon …«

»Tut mir leid, wirklich aufmunternd war das jetzt nicht von mir.«

»Du bist meine Freundin, und ich erwarte, dass du ehrlich zu mir bist und Klartext redest.«

Das gefiel ihr ganz besonders an Hannah, sie hatte noch nie den Eindruck gehabt, sich verstellen zu müssen.

»Wir schaffen das schon, Hannah.«

Hatte es aufmunternd genug geklungen? Denn genau so war es gemeint. Sie würde Hannah unterstützen, wo sie konnte, sie aufbauen, ihr helfen, was auch immer.

»Danke, Silke.«

»Ich bitte dich.«

»Was würde ich bloß ohne dich machen?« Damit beendete Hannah das Gespräch.

Silke hatte dasselbe auch oft gedacht. Was würde sie ohne Hannah tun? Sie war mehr als eine Freundin.

Silke zog die Beine an und blickte wieder aus dem Fenster. Dieses Ritual liebte sie ebenfalls. Abend für Abend setzte sie sich hierher, hin und wieder mit einem Glas Wein, oft auch einem Kräutertee, und lauschte dem Rauschen des Meeres, das man durch das geöffnete Fenster hören konnte.

Als sie vor vielen Jahren auf die Insel gekommen war, hatte sie geglaubt, dass sie irgendwann so etwas wie Platzangst bekommen würde. Hiddensee war überschaubar, an der schmalsten Stelle gerade mal um die zweihundertfünfzig Meter breit.

Und sie war nur ganze siebzehn Kilometer lang. In einem einzigen Tag konnte man die gesamte Insel ablaufen.

Ihr Mann war hier geboren und aufgewachsen, er war nur zum Studieren nach Rostock gezogen und anschließend wieder hierhergekommen. Eigentlich war es mehr als ein glücklicher Zufall, dass sie sich überhaupt getroffen hatten.

Silke war überzeugt davon, dass es Schicksal war.

Andreas hatte kaum etwas anderes als diese Insel gesehen, und sie war durch und durch ein Berliner Kind gewesen.

Bis zu dem Tag, als sie eine Bekannte auf Hiddensee besucht und sich in die Insel verliebt hatte. Und in Andreas.

Sie musste daran denken, wie Hannah und sie sich kennengelernt hatten. Hannahs erfrischende Natürlich- und Geradlinigkeit hatten ihr sofort gefallen. Sie war wohltuend anders; ehrlicher, direkter. Außerdem versprühte sie eine Lebendigkeit und Lebensfreude, die Silke nicht selten mitrissen.

Oft rief sie spontan an: »Pack ein paar Sachen zusammen, und komm mit den Kindern an den Strand. Die Wellen sind so herrlich heute. Wir bauen eine große Sandburg. Und bring eine Kanne von deinem Glückstee mit.«

Der war mittlerweile genauso legendär wie Hannahs Sanddorntorte. Möglicherweise lag es an der Zubereitung, vielleicht auch an den Teeblättern, die Andreas ihr immer von Sylt mitbrachte. Der Tee hatte es in sich, und Hannah verpasste ihm manchmal eine ganz neue Note, indem sie einen winzigen Schuss Sanddornlikör hineintat und mit einem Augenzwinkern meinte: »Was glaubst du, woher der Ausdruck ›einen im Tee haben‹ kommt?«

Silke schenkte sich noch ein Glas Wein ein, als sie hörte, dass Andreas die Tür aufschloss. Dieses Geräusch war ihr so vertraut, dass sie sich ihm eine kleine Weile hingab.

Genau wie dem darauffolgenden Geräusch seiner Schuhe, die er von den Füßen streifte und in das unterste Regalfach stellte. Leise pfeifend kam er ins Wohnzimmer, unterm Arm eine Flasche Chablis, wie sie sogleich erkannte.

Er beugte sich zu ihr und gab ihr einen langen, sehr süßen Kuss.

»Hmm, du riechst nach frischen Aprikosen.«

»Das muss daran liegen, dass ich welche gegessen habe.« Er hob einen Finger. »Und bevor du entrüstet schimpfst, selbstverständlich hab ich welche mitgebracht.«

Demonstrativ legte er eine Obsttüte auf den Tisch, die Flasche Wein stellte er daneben.

»Ich sehe, du hast schon ein Glas Wein. Gib mir zehn Minuten. Ich gehe schnell duschen, und dann erzählst du mir, wie dein Tag war. Und natürlich sehe ich auch nach den Kindern.«

Der Leuchtturm lag in ein eigentümliches Licht gehüllt.

Hannah war stehen geblieben und betrachtete ihn mit angehaltenem Atem. Ein Motiv, wie für einen Maler gemacht. Tausende Male hatte sie ihn wohl schon bewundert, doch er hatte noch nie etwas von seiner Faszination verloren.

Sie ließ sich ins hohe Gras fallen und zupfte gedankenverloren an einem Grashalm. Als kleines Mädchen war sie oft mit ihrem Vater hierhergekommen, und er hatte ihr die Pflanzen gezeigt, die hier wuchsen. Manchmal hatten sie sogar eine Waldeidechse gesehen, die unter einem der Sträucher hervorgekrochen und schnell unter dem nächsten verschwunden war. »Hast du ihre Augen gesehen, Hannah?«, hatte ihr Vater sie gefragt, und sie hatte staunend genickt. Auch einen Neuntöter hatte er ihr gezeigt, und sie hatte bestürzt gefragt, ob dieser Vogel wirklich so gemein und brutal sei, wie es sich anhören würde.

Die Wellen rauschten, und sie machte die Augen zu.

Für sie gab es keinen schöneren Ort auf der Insel als diesen.

Was würde nur aus der Konditorei und ihrem großen Traum werden?

Für sich selbst würde sie wohl keine Hochzeitstorte mehr backen. Der Zug war vermutlich abgefahren, immerhin war sie Mitte dreißig. Obwohl sie Paare kannte, die sogar noch später geheiratet hatten.

Wahrscheinlich lag es daran, dass sie sich immer gewünscht hatte, mit spätestens dreißig eine Familie zu gründen. Bis dahin hatte sie ihren Traummann finden und beruflich ihre Schäfchen ins Trockene bringen wollen. Sie hatte sich ein rauschendes Hochzeitsfest, ein bescheidenes Haus und vier Kinder gewünscht. Sie selbst war ein Einzelkind und bedauerte das bis heute.

Doch solche Dinge ließen sich nicht planen, auch wenn sie versucht hatte, auf eine beinahe kindliche Art daran festzuhalten.

Und es war prompt ganz anders gekommen: Sie hatte sich mit schöner Regelmäßigkeit immer in den Falschen verliebt. Von Traummann keine Spur. Spätestens im zweiten Jahr einer Beziehung hatte sie eine Art Panik überfallen.

Fühlte sich die große Liebe nicht anders an? Warum gingen ihr alle Männer, die sie kennenlernte, nach einiger Zeit schrecklich auf die Nerven? Warum langweilte sie sich mit ihnen? Lag es vielleicht einfach an ihr selbst? Was zum Teufel machte sie eigentlich falsch?

Wahrscheinlich taugte sie einfach nicht für die Ehe, offenbar ja noch nicht einmal für eine langjährige, glückliche Beziehung. Wie machten das nur all die anderen um sie herum? Mit einer Hand griff sie nach einem kleinen Stock, der im Gras lag, und zeichnete ein Herz in den Sand.

Arndt ... Sie lächelte vor sich hin. Er war ihre Jugendliebe gewesen, ihr Traummann – und vollkommen unerreichbar. Mit siebzehn hatte sie sich stürmisch in ihn verliebt und irgendwann einsehen müssen, dass er sich nichts aus ihr machte. Wirklich vergessen hatte sie ihn nie.

Mit einer raschen Bewegung wischte sie das Herz weg.

Es wurde kühler, und sie beschloss, wieder nach Hause zu gehen. Sie würde auch ohne einen Mann, ohne eine Beziehung, glücklich sein.

Weil ihr gar nichts anderes übrigblieb.

Auch am nächsten Tag saß sie in der Backstube, den Spiralblock vor sich, und versuchte, sich zu konzentrieren.

Dabei gab es nicht das geringste Geräusch, das sie ablenken würde. Genau das war aber das Problem. Es lag an der Stille.

Jemand klopfte an die Ladentür, und sie ging nach vorn, um zu sehen, wer es war.

Toni stand dort und winkte.

Sie schloss die Tür auf.

»Was machst du denn hier?«

»Na, was wohl?«

Ohne ein weiteres Wort gingen sie in die Backstube.

Toni zog sich einen Hocker heran und warf einen Blick auf den aufgeschlagenen Block.

»Was machst du da?«

»Ich versuche zu zeichnen.«

»Du versuchst es?«

Sie zeigte auf die Skizze, die Hannah angefertigt hatte. »Wie ein Versuch sieht das aber nicht aus.«

Hannah lächelte matt. »So richtig inspiriert bin ich nicht.«

»Dann würde ich gerne eine Skizze sehen, bei der du inspiriert warst«, gab Toni trocken zurück und legte den Kopf schief. »Das ist große Klasse, Hannah.«

»Findest du?«

Toni blätterte ein paar Seiten zurück und hob die Augenbrauen. »Wow!« Sie blätterte wieder vor und pfiff leise durch die Zähne. »Die sind richtig gut.«

»Ach, sind ja nur Skizzen.«

»Bescheidenheit ist ja schön, aber du bist eindeutig zu bescheiden. Diese Zeichnungen sind großartig. Mir gefällt deine Idee mit den Hochzeitstorten, das weißt du. Ich steh zwar nicht so auf Romantik, aber das hier ...« Sie tippte wieder auf eine der Skizzen, » ...finde ich verdammt gut. Ich bin beeindruckt, auch von deinem Zeichentalent. Und deine Ideen, deine Fantasie sind unglaublich.«

Hannah spürte, wie sie rot wurde.

»Danke.«

Toni grinste, als sie die Zeichnung einer Braut sah, die am Rand der Torte stand, ein Fernglas vor den Augen. »Das kommt mir bekannt vor. Du hast dabei nicht etwa an mich gedacht?«

Sie schien über etwas nachzudenken. »Du könntest einen Hochzeitsspruch, ein Zitat draufschreiben. Wie wär's mit: Liebe ist ... alles miteinander zu teilen?«

Hannah blickte sie ein wenig betreten an. Meinte sie das ernst?

»Zu schnulzig?«

»Ähm ... nein, vielleicht nur ein bisschen ... abgedroschen?«

Toni legte einen Finger unters Kinn. »Dann vielleicht: Das Allerbeste hier auf Erden ist, von dir geliebt zu werden.«

Hannah drehte sich etwas zur Seite, damit Toni nicht ihr fassungsloses Gesicht sehen konnte, und tat so, als sei sie mit der neuen Skizze beschäftigt.

»Na, komm schon, der ist doch romantisch.«

Hannah konnte nicht anders, sie musste lachen. »Entschuldige. Hast du nicht mal gesagt, dass du's nicht so mit der Romantik hast?«

Toni überlegte weiter. »Dann eben: Ich und du, Müllers Kuh, Müllers Esel, das bist du.«

Einen kleinen Moment lang schauten sie sich an, dann prusteten beide gleichzeitig los.

»Immerhin ist uns das Lachen noch nicht vergangen«, meinte Hannah, nachdem sie sich wieder beruhigt hatten.

»Ja, immerhin. Woraus besteht eigentlich die obere Etage einer Hochzeitstorte?«

»Du hast Bedenken, dass sie zusammenbrechen könnte? Entweder aus einem leichten Biskuit- oder einem Waffelboden.«

»Und die Deko? Ist die aus Marzipan?«

»Nein, die wird aus Blütenpaste gemacht.«

»Ehrlich, allein für so eine Torte würde ich glatt heiraten.«

»Ein schöneres Kompliment konntest du mir nicht machen.«

Toni streckte ihre langen Beine aus, die heute in einer hautengen roten Jeans steckten.

»Warum heiratest du eigentlich nicht?«, fragte sie Hannah.

»Wen sollte ich denn heiraten?«

»Na, einen Mann.«

»Dazu fehlt mir der Richtige.«

»Suchen wir nicht alle den Richtigen?«

Toni wickelte sich eine ihrer dunklen Haarsträhnen um den Finger. »Meistens hat man viel zu hohe Erwartungen.«

»Das ist wahr.« Mehr sagte Hannah nicht.

»Und warum machst du nicht selbst die Meisterprüfung? Dann könntest du dir den ganzen Zirkus sparen.« Toni machte eine ausladende Handbewegung, wohl um zu demonstrieren, was sie mit »der ganze Zirkus« meinte.

Anstatt einer Antwort tat Hannah wieder so, als sei sie mit ihrer Skizze beschäftigt. Den Block auf den Knien, zeichnete sie an einer Dekoration aus Mohnblüten.

»Hannah?«

»Hmm ...«

»Du könntest doch selbst deinen Meister machen.«

Hannah sah auf. »Schon, aber wenn ich ehrlich sein soll, dann graust es mir davor. Ich bin nie besonders gern zur Schule gegangen.«

Toni zuckte mit den Schultern. Für sie schien es ganz einfach zu sein.

»Aber es wäre ja auch nicht für lange. Du machst diese Prüfung und übernimmst die Konditorei«, erwiderte sie.

»Ich werde darüber nachdenken«, erklärte Hannah ausweichend. Sie wollte nicht über dieses Thema sprechen.

Toni streckte sich und ging zur Tür.

»Dann will ich dich nicht länger bei der Arbeit stören.«

»Wie Arbeit kommt es mir nicht mal vor.«

Hannah war vertieft in eine Skizze, als es an der Außentür zur Backstube klopfte. Sie erhob sich unwillig, auch wenn sie sich eigentlich über eine kleine Abwechslung freuen sollte.

An der Tür sprang ihr Ida entgegen.

»Überraschung!«

Hannah nahm sie hoch und wirbelte sie durch die Luft.

»Bist du etwa ganz alleine hergekommen?«

Das Mädchen nickte sichtlich stolz.

»Und Mama und Papa wissen davon?«

Ida schüttelte den Kopf.

Hannah nahm ihre Hand.

»Dann werden wir sie ganz schnell anrufen müssen, du kleine Ausreißerin.«

In dem Moment kam Andreas zur Tür herein.

»Nicht nötig.« Er zeigte auf seine Tochter. »Es war ihre Idee.«

»Du bist eine Petze, Papa.«

Ida zog einen Stein aus ihrer Hosentasche. »Guck mal, was ich gefunden habe.«

Hannah betrachtete ihn von allen Seiten. »Der ist wirklich schön.«

»Setz dich doch«, forderte sie Andreas auf und zeigte auf den Hocker.

»Ich bleib ganz gerne stehen, hab den ganzen Tag gesessen.«

Er hatte sich ans Regal gelehnt, die Arme verschränkt.

»Ich dachte, ich könnte dir vielleicht helfen.«

»Wobei?«

»Bei deiner Suche nach einem Konditor. Ich bin morgen und übermorgen in Rostock und Wismar unterwegs und könnte mich ein bisschen umhören.«

»Das würdest du tun?«

»Nein, du hast recht, war eine blöde Idee.« Damit stieß er sich ab und ging zur Tür.

Hannah blickte ihm verblüfft nach.

In der Tür drehte er sich zu ihr um und grinste von einem Ohr zum anderen.

»Natürlich würde ich das tun, deswegen bin ich schließlich hier.«

»Nett von dir. Ich bin wirklich allmählich am Verzweifeln.«

»Warum willst du eigentlich nicht selbst die Meisterprüfung machen?«, fragte Andreas, der sich nun doch hingesetzt hatte.

Sie versuchte, sich nicht anmerken zu lassen, wie sehr sie diese Frage wieder einmal aus dem Konzept brachte. Er konnte ja auch nicht wissen, dass Toni sie vorhin genau dasselbe gefragt hatte.

»Ich bin nicht gern zur Schule gegangen.«

Sie hatte leise gesprochen, so dass Ida, die am Tisch stand und einen imaginären Teig knetete, beide Ärmel hochgeschoben, sie nicht hören konnte. Das Mädchen musste nicht unbedingt wissen, dass ihre heißgeliebte Patentante mit Schule wenig am Hut gehabt hatte. Ida würde im August in die Schule kommen und schlief schon jetzt nur, wenn ihr nagelneuer, bildschöner Ranzen in Sichtweite neben ihrem Bett stand.

»Ein brillanter Schüler war ich auch nicht gerade, wie

du weißt.« Andreas hatte noch leiser gesprochen. »Bei mir kam die Lust aufs Lernen erst, als ich aus der Schule war.«

Die beiden kannten sich seit einer Ewigkeit, wie man sich eben kennt, wenn man gemeinsam auf einer kleinen, sehr überschaubaren Insel aufwächst. Andreas war fünf Jahre älter als sie. Es war auch eine Ewigkeit her, dass sie ihn ein bisschen angehimmelt hatte.

Andreas war ein klassisches Beispiel für einen Spätzünder. Er hatte die Schule nach der zehnten Klasse verlassen, zwei Jahre in einem Getränkehandel gejobbt und war dann auf die Schule zurückgekehrt, um das Abitur nachzuholen. Und anschließend hatte er in Rostock studiert. Inzwischen arbeitete er als selbständiger Unternehmensberater.

Würde jemand behaupten, dass es nach einer eher mittelmäßigen Schullaufbahn mit der Chance auf eine berufliche Karriere dahin sei, würde sie immer Andreas als Gegenbeispiel nennen. Irgendwie war er auch so etwas wie ein Vorbild, auch wenn sie wusste, dass sie ihm eher nicht nacheifern würde.

Er zeigte auf den Skizzenblock. »Silke hat mir erzählt, dass du Hochzeitstorten herstellen willst. Klingt ziemlich interessant.«

»Hättest du ein Geschäftskonzept für mich?«

Das meinte sie ganz ernst.

»Noch nicht, aber ich würde mir was überlegen.«

Er schien es ebenfalls ernst zu meinen.

»Ach, wer weiß, vielleicht bleibt es auch nur ein schöner Traum.« Das hatte resignierter geklungen, als sie gewollt hatte. Sie war selbst ganz überrascht. Nachdenklich sah sie

Ida zu, die vor der Teigmaschine stand. Es kam Hannah vor, als sei sie seit Jahren nicht mehr bedient worden. »Seine Träume sollte man nicht aufgeben.«

»Der Spruch hätte von meinem Vater sein können.«

Andreas war ein gutaussehender, vielleicht sogar hübscher Mann. Er hatte volles, etwas längeres dunkelblondes Haar mit nur sehr wenigen grauen Strähnen, und seine Augen waren von einem besonderen Blau.

Silke hatte ebenfalls dunkelblondes Haar und blaue Augen, somit war es kein Wunder, dass ihre drei Kinder allesamt blond und blauäugig waren.

Andreas hatte ein einnehmendes, sanftes Wesen. Er konnte auf Menschen eingehen, ohne sie einzuwickeln. Das hatte Hannah immer gefallen. Auch hatte sie noch nie erlebt, dass er sich im Ton vergriffen hatte oder aus der Haut gefahren war.

Als Kind war er anders gewesen, wie er einmal zugegeben hatte. Das überschäumende Temperament hatte Ida zweifellos von ihm geerbt.

Die Kleine kletterte auf Hannahs Schoß und hielt ihr den Stein ans Ohr.

»Hör mal, er sagt, er kommt aus England.«

Hannah lauschte konzentriert.

»Weißt du, was er noch erzählt?«

Ida schüttelte gespannt den Kopf.

»Er sagt, er hat viele Könige und Königinnen kennengelernt.«

»Und Prinzessinnen?«

»Oh, bestimmt. Er kennt viele Burgen, so groß, dass eine ganze Stadt hineinpassen würde.«

Ida hatte mit großen Augen zugehört.

»Ob er auch Piraten getroffen hat?«

Hannah lächelte.

Ihr Vater hatte ihr früher oft die Geschichte eines Piraten erzählt, der für die englische Königin Schiffe überfallen und ausgeraubt hatte. Davon erzählte sie nun Ida.

»War sie sehr böse?«, fragte Ida.

»Böse? Wer, die Königin meinst du?«

Ida nickte.

»Nein, sie konnte nur fuchsteufelswild werden, wenn er ohne Gold und Edelsteine nach Hause kam.«

»Dann war sie böse«, schlussfolgerte Ida.

Andreas schmunzelte belustigt vor sich hin.

»Womit die Prioritäten wieder mal geklärt wären. Der Mann muss losziehen und reiche Beute machen, und die Frau steht mit dem Nudelholz hinter der Tür.«

Hannah hatte es in ihrer stickigen Wohnung nicht mehr ausgehalten und war zum Hafen gegangen.

Seit Tagen war es ungewöhnlich warm, und an diesem Nachmittag ballten sich tiefschwarze Wolken am Himmel zusammen.

Vielleicht würde es ein Frühlingsgewitter geben.

Als Kind hatte sie fast panische Angst vor Gewitter gehabt, und wenn sie ganz ehrlich war, dann hatte sie diese Angst bis heute nicht ganz abgelegt.

Sie überlegte, ob sie lieber kehrtmachen sollte. Sie hatte nicht mal einen Regenschirm dabei.

Sie beschleunigte ihren Schritt und ging noch schneller, als sich die dunklen Wolken über ihr geradezu bedrohlich auftürmten. Nein, sie wollte lieber in Sicherheit sein.

Als sie die Straße überquerte, sah sie einen Mann vor

der Konditorei stehen. Ein potentieller Kunde, der nun enttäuscht war, dass nicht geöffnet war?

Sie lief schneller, ihre Ballerinas in der Hand.

Er drehte sich zu ihr um, und sie stutzte kurz. Von irgendwoher kam er ihr bekannt vor, nur woher?

»Kann ich helfen?«, fragte sie ihn.

Er zeigte auf den Zettel, der im Schaufenster hing.

Gleichzeitig war ihr eingefallen, woher sie ihn kannte.

Doch er war schneller.

»Wir kennen uns. Erinnern Sie sich? Ich bin der mit dem Hund, Amber.«

Ja, sie erinnerte sich.

»Wenn Sie etwas kaufen möchten ...«

Er schüttelte den Kopf und zeigte erneut auf den Aushang.

»Sie suchen einen Konditormeister?«

Hannah nickte. Ihr Herz klopfte vor Aufregung, weil sie mit einem Mal begriff, weshalb er hier war.

»Sie haben ihn gefunden.« Er schlug die Hacken zusammen. »Markus Senfft. Ich bin Konditormeister.«

»Oh, das ist ... großartig! Sind Sie von hier?«

Das war tatsächlich die erste Frage, die ihr einfiel.

»Nein, ich komme aus Stralsund.«

Aus Stralsund. Innerhalb weniger Sekunden hatte sie kombiniert: Dann war es mehr als wahrscheinlich, dass er Hiddensee gut kannte. Und das wiederum könnte bedeuten, dass er sich vorstellen konnte, hier zu arbeiten.

Sie ging zur Ladentür und schloss auf.

»Lassen Sie uns drinnen weiterreden.« Sie ließ ihn eintreten. »Dann kennen Sie Hiddensee vermutlich.«

Er nickte.

»Und Sie können sich vorstellen, hier zu arbeiten?«

»Absolut«, erwiderte er ruhig. »Und wenn wir uns einig werden, würde ich sogar darüber nachdenken hierherzuziehen.«

Er war ihr auf Anhieb sympathisch, sie mochte seine gelassene Art. »Und wenn wir uns einig werden« klang außerdem so, als meinte er es wirklich ernst. Er blickte sich interessiert um. »Sie sind die Inhaberin?«

»Nein, ich habe die Schlüssel für sämtliche Läden auf Hiddensee und mache meine nachmittägliche Runde.«

Er lachte lauthals.

»Ihr Humor gefällt mir. Und meine Frage war wahrscheinlich ziemlich blöd.«

»Aber nein, überhaupt nicht. Erzählen Sie mir ein bisschen von sich«, bat sie ihn.

Wahrscheinlich lief ein Bewerbungsgespräch normalerweise anders. Aber sie mochte zwanglose Gespräche, bei denen man eine Menge über sein Gegenüber erfahren konnte.

Er legte eine Klarsichtmappe auf den Tresen.

»Meine Unterlagen. Zeugnisse, Meisterbrief, Sie wissen schon.«

Sie beachtete die Mappe nicht weiter.

»Und wer sind Sie, wenn Sie Ihre Bäckerjacke ausgezogen haben?«

Diese Frage schien ihn zu verblüffen, aber er war offenbar auch ein spontaner Mensch.

»Ein Mensch, der gern in der Natur unterwegs ist, Hunde mag, zu viel Kaffee trinkt und amerikanische Fernsehserien liebt.« Er schenkte ihr ein strahlendes Lächeln, das sie kurzfristig aus dem Konzept brachte. »Und Sie?«

Seine lockere, unkomplizierte Art gefiel ihr. Den Entschluss, ihn einzustellen, hatte sie längst gefasst.

»Ich bin ebenfalls gern in der Natur unterwegs, am liebsten jeden Tag, Hunde mag ich auch, ich esse meistens zu viel Schokolade, und ich liebe deutsche Popmusik.«

Einen Moment betrachteten sie sich amüsiert, dann redete Hannah weiter: »Die Konditorei gehörte meinen Eltern. Mein Vater ist Anfang des Jahres gestorben, und ich …« Sie brach ab, weil sie nicht gleich zugeben mochte, dass sie keine Meisterin war. Andererseits, der Mann vor ihr schien nicht auf den Kopf gefallen zu sein und hatte sehr wahrscheinlich bereits eins und eins zusammengezählt. »Ich bin keine Meisterin«, fügte sie hinzu.

»Verstehe.« Er nickte. »Ihnen liegt das Praktische mehr.«

Auch das gefiel ihr.

»Ich bin schon länger auf der Suche«, gestand er ihr. »Möglich, dass ich zu anspruchsvoll bin, aber ich arbeite gern da, wo es mir gefällt.« Er blickte sich erneut um und lächelte wieder. »Und hier würde es mir gefallen.«

Sie freute sich unbändig, und die Gedanken in ihrem Kopf überschlugen sich gerade. Sie sah sich bereits mit ihm zusammen in der Backstube stehen.

»Wann könnten Sie anfangen?«, fragte sie ihn.

Er grinste sie an. »Morgen?«

Sie musste lachen.

»Montag würde mir völlig genügen.«

»Na, dann Montag.«

»Okay. Wären Sie mit einer vierwöchigen Probezeit einverstanden?«

»Absolut. Ich kann darüber nachdenken, ob ich hierbleiben möchte, und Sie …«

»Ob ich mir eventuell wieder jemand Neuen suchen muss«, ergänzte sie.

»Sie sind schlagfertig.«

»Und ehrlich.«

»Sag ich ja.«

Er hatte sie wieder ein bisschen aus dem Konzept gebracht, und sie musste über sich selbst schmunzeln.

»Gibt es etwas Besonderes, das Sie backen, eine Spezialität?«

Er musste nicht lange überlegen. »Karamelltorte.«

»Oh, das klingt wirklich interessant.«

»Und Ihre?«

Auch sie musste nicht lange nachdenken. »Sanddorntorte.«

»Wächst ja hier wie Unkraut.«

»Stimmt, und wir Insulaner haben gelernt, auch aus Unkraut etwas Köstliches herzustellen.«

Er lachte schallend.

»Haben Sie schon eine Wohnung?«

»In Aussicht. Bisher wohne ich mit Amber in einem möblierten Zimmer. Immerhin hat es einen Balkon.«

Hannah lächelte.

Ein Balkon war Gold wert, wer wüsste das besser als sie.

»Sie sagten, Sie kommen aus Stralsund. Dann haben Sie vorher dort gearbeitet?«

Er nickte.

»Wurden Sie entlassen?«, fragte sie geradeheraus.

»Nein, ich habe gekündigt. Wollen Sie wissen, warum?«

Wollte sie? Interessieren würde es sie schon.

Er wartete ihre Antwort gar nicht erst ab.

»Das Betriebsklima war nicht besonders, sagen wir, angenehm.«

»Verstehe.«

»Wie viele Mitarbeiter haben Sie hier?«

»Eine.«

Er sah sie ungläubig an.

»Als meine Eltern noch lebten, waren wir zu viert.«

Eine Frage war ihr noch eingefallen. »Sind Sie verheiratet? Haben Sie Familie?«

»Weder noch. Aber ich hab auch eine Frage. Wie heißen Sie eigentlich?«

Sie musste lachen.

»Entschuldigen Sie bitte. Hannah Büchner.«

Sie streckte die Hand aus, und er ergriff sie.

»Freut mich, Hannah Büchner.«

»Mich auch.« Sie stutzte. »Ich hab Ihren Namen vergessen.«

»Markus Senfft. Mit zwei F.«

»Schön, Markus Senfft mit zwei F, dann sehen wir uns am Montag.«

Er musterte sie, dann schmunzelte er und zeigte auf seine Mappe. »Alles, was Sie bestimmt sonst noch interessiert, steht hier drin.«

Er ging zur Tür. »Na, dann bis Montag.«

»Um vier?«

Er hob die Hand. »Um vier.«

Sie sah ihm zu, wie er die Tür hinter sich zuzog und die Straße überquerte. Als er nicht mehr zu sehen war, tanzte sie mit ausgebreiteten Armen durch den Laden.

Sie hatte einen Konditormeister gefunden.

Toni war sofort hergekommen, eine Flasche Sekt unterm Arm.

Sie umarmte Hannah und kreischte fast: »Endlich! Du ahnst ja nicht, wie froh ich bin!«

Vorsichtig öffnete sie die Flasche und ließ den Korken knallen.

Hannah war in Deckung gegangen.

Toni schenkte in zwei Pappbecher ein, die sie ebenfalls mitgebracht hatte, und gab Hannah einen.

Dann wollte sie alles sehr genau wissen.

»Wie alt ist er? Wie sieht er aus? Ist er verheiratet?«

»Wie alt?« Hannah zuckte mit den Schultern. »Verheiratet ist er nicht. Und wie er aussieht? Ganz gut, finde ich.«

»Ganz gut? Geht's auch ein bisschen genauer?«

Hannah zeigte auf die Mappe, die er dagelassen hatte. »Da wird ein Foto drin sein.«

»Hast du noch gar nicht reingeschaut?« Toni nahm die Mappe und schlug sie auf. Ein breites Lächeln huschte über ihr Gesicht. »Oh, er sieht wirklich gut aus. Verdammt attraktiv, findest du nicht?«

Sie studierte seine Unterlagen, dann betrachtete sie erneut sehr eingehend sein Foto. »Er ist grade vierzig geworden«, stellte sie fest.

»Zu alt für dich?«

»Überhaupt nicht. Ich mag reife Männer.«

Hannah verschluckte sich an ihrem Sekt.

Toni legte die Mappe ein wenig versonnen zurück. »Glaubst du an die Liebe auf den ersten Blick?«, fragte sie Hannah.

»Nein.«

Der Blick, den sie Hannah zuwarf, war geradezu erschütternd.

»Aber das ist das Romantischste, was ich mir vorstellen kann!«

»Womit wir wieder beim leidigen Thema ›Romantik‹ wären.«

Hannah trank den Sekt aus und verzog das Gesicht. Für ihren Geschmack war er zu süß. Außerdem spürte sie jetzt schon, wie er ihr zu Kopf stieg.

Toni nippte an ihrem Sekt und schüttelte sich.

»Könnte etwas süßer sein, findest du nicht?«

Sie zeigte wieder auf die Mappe. »Seine Zeugnisse sind ziemlich gut, oder?« Sie winkte ab. »Ach, du hast ja noch gar nicht nachgeschaut.«

»Zeugnisse interessieren mich nicht besonders.«

»Aha, verstehe. Auf die Menschenkenntnis kommt's an.«

Hannah nickte. »Genau.«

»Wollen wir ein richtig großes Fest feiern?«

Toni rieb sich die Hände. Sie hatte rosige Wangen, entweder vom Sekt oder vor Vorfreude auf die kommende Neueröffnung. »Was hältst du von kleinen Häppchen, dazu Sekt und vielleicht …«

»Moment, Sekt? Toni, am Ende sind wir alle beschwipst.«

Draußen grollte ein so lauter Donner, dass sie beide zusammenfuhren und sich erschrocken ansahen.

»Vielleicht sollte ich besser nach Hause gehen. Ich bin ein fürchterlicher Angsthase«, gab Toni zu.

Ein Blitz durchtrennte den tiefschwarzen Himmel, und wieder zuckten beide zusammen.

»Du bleibst einfach so lange hier, bis es vorbei ist.«

Toni nickte erleichtert und kniff Hannah leicht in den Oberarm. »Ich freue mich ja so.« Offenbar hatte sie bemerkt, dass sie Hannah gekniffen hatte, und tätschelte deren Arm. »Entschuldige, aber ich bin ganz aufgeregt.«

»Warum gehen wir nicht hoch in meine Wohnung und besprechen dort alles Weitere?« Hannah schmunzelte, als sie mitbekam, wie Toni beim nächsten Donner zusammenzuckte. »Außerdem hab ich genügend Kerzen da.«

Gleich nachdem Toni gegangen war, schwang sich Hannah auf ihr Rad, um Silke in ihrem Atelier zu überraschen.

Ihre Freundin saß an einer filigranen Arbeit, bei der sie einen hübschen kleinen blauen Stein in einen Platinring einsetzte.

Hannah blickte ihr über die Schulter. »Oh, das ist aber ein schöner Stein.«

»Ein Lapislazuli.«

Silke betrachtete ihn von allen Seiten und hielt ihn anschließend unter die Lampe, die den Arbeitstisch ausleuchtete.

Hannah setzte sich auf den Hocker und rollte zu ihrer Freundin, wobei sie ordentlich Schwung nahm. Sie kicherte, als sie beinahe gegen ein Regal gefahren wäre.

Silke nahm ihre Brille ab.

»Bist du hergekommen, um mein Atelier zu verwüsten?«

Hannah lachte und schüttelte den Kopf.

»Nein, ich wollte dir sagen, dass ich einen Konditormeister gefunden habe.«

Ihre Freundin saß einige Sekunden lang nur da und blickte sie sprachlos an. Dann sprang sie auf und umarmte Hannah.

»Das ist ja großartig! Ich gratuliere!«

»Mir ist ein Riesenstein vom Herzen gefallen.«

»Dann hätte ich das eigentlich hören müssen. Und? Ist er nett?«

»Hätte ich ihn sonst eingestellt?«

»Ich freue mich ja so für dich. Das müssen wir unbedingt feiern.«

Hannah verzog das Gesicht. »Vielleicht verschieben wir das besser. Ich hab schon 'nen kleinen Schwips.«

»Ach, deshalb donnerst du auf dem Hocker durch mein Atelier.«

»Toni war mit einer Flasche Sekt da, und jetzt ist mir übel.«

»Dann lag's am Sekt. War er süß?«

»Auch, ja. Ich fürchte, es war einfach *zu viel* Sekt.«

»Und dein neuer Meister? Ist er auch süß?« Silke lachte, als sie Hannahs Gesicht sah. »Schon gut.«

»Wir wollen ein kleines Fest zur Wiedereröffnung feiern. So richtig kann ich's noch gar nicht glauben. Ich hab ein bisschen Angst, dass ich gleich aufwache und alles nur geträumt habe.«

»Dann hätten wir den gleichen Traum gehabt.« Silke setzte sich wieder. »Wenn du möchtest, helfe ich bei den Vorbereitungen. Du brauchst ein Plakat, das du ins Schaufenster hängen kannst. Und vielleicht Flyer. Ist er eigentlich attraktiv?«

Silkes Frage hatte sie aus ihren Gedanken gerissen.

»Wer, Markus? Doch, ja schon.«

»Aha, Markus.«

»Wir siezen uns natürlich.«

»Natürlich.«

Hannah sah ihre Freundin kopfschüttelnd an.

»Was willst du mir mit deinen Fragen und deinem seltsamen Lächeln eigentlich sagen?«

»Ich bin einfach nur neugierig.«

Silke kritzelte etwas auf einen kleinen Block, der auf ihrem Tisch lag.

»Wir brauchen also Flyer, ein Plakat, Sekt, Luftballons, Unmengen an Frühlingsblumen, ein paar Häppchen, Servietten ...«

»Das klingt nach 'ner Menge Arbeit.«

Hannah wollte sofort los und einige Besorgungen machen. Am liebsten würde sie gleich heute noch die Konditorei schmücken.

»Ist er eigentlich verheiratet?«, fragte Silke.

Hannah war schon fast aus der Tür.

»Nein, ist er nicht.«

»Aha.«

»Wie ›aha‹?«

Hannah schnappte gespielt entrüstet nach Luft, obwohl sie tatsächlich ein kleines bisschen entsetzt war. Wollte Silke sie tatsächlich mit dem neuen Konditormeister verkuppeln?

»Wir werden Kollegen sein, nichts weiter. Und du weißt, ich würde nie etwas mit einem Kollegen anfangen.«

»Natürlich nicht.« Silkes Miene blieb ausdruckslos. »Es sei denn, er wäre absolut unwiderstehlich. Nein, schon gut. Bin ja schon still. Du bist aber nicht nur froh, dass du jemanden gefunden hast, Hannah.«

Plötzlich klang sie sehr ernst, und Hannah war alarmiert.

»Du bist auch erleichtert, weil das Thema ›Meisterprüfung‹ endlich vom Tisch ist.«

Hannah erwiderte nichts und zog die Tür hinter sich zu.

Am Montagmorgen um Punkt vier Uhr stand Markus Senfft vor der Tür, seine Bäckerjacke über dem Arm. Er sah erstaunlich ausgeschlafen aus.

Hannah hingegen hatte vor Aufregung kaum geschlafen und dunkle Ringe unter den Augen, wie sie vorhin im Spiegel gesehen hatte.

Sie zeigte Markus den kleinen Spind, den früher ihr Vater benutzt hatte. Sie hatte ein merkwürdiges Gefühl im Hals, eine Art Kloß, der nicht recht rutschen wollte, aber sie beschloss, es zu ignorieren.

Markus hängte seine Sachen auf und schlüpfte in seine Bäckerjacke. Dann blickte er sich um, und sie sah, dass er vor Tatendrang und Energie nur so sprühte.

Hannah zeigte ihm sämtliche Gerätschaften und wies ihn in die Tücken des alten Ofens ein.

»Das alles hat bessere Zeiten gesehen, ich weiß. Mein Vater wollte die Maschinen längst ersetzen …« Sie musste innehalten, weil der Kloß in ihrem Hals erneut anschwoll. »Ich werde vieles nach und nach erneuern«, versprach sie mit belegter Stimme.

»Sie haben gern hier mit Ihrem Vater gearbeitet.«

Offenbar erwartete er keine Antwort, denn er hatte ihr den Rücken zugedreht und sich darangemacht, den Teig für die Brötchen vorzubereiten.

»Ja.«

Er nickte nur.

»Und wenn Sie sonst noch Fragen haben ...« Sie hatte sich bereits abgewandt.

»Ja, hab ich.«

Sie blieb stehen.

»Mit wie vielen Kunden rechnen Sie heute?«

Seelenruhig bearbeitete er weiter den Teig. Hannah gefiel die Art, wie er das machte. Er schien ruhig und konzentriert zu arbeiten, verbreitete keine Hektik, und es sah aus, als mache er seine Arbeit wirklich gern.

»Kann ich nicht genau sagen.«

»So ungefähr.«

»Ungefähr hundert.«

War das zu hoch gegriffen? Nein, vermutlich nicht.

Er nickte. »Alles klar.«

Sie verließ die Backstube mit einem ausgesprochen guten Gefühl, genau das Richtige getan zu haben. Markus Senfft und sie würden gut zusammenarbeiten, das spürte sie.

Sie hatten ein rauschendes Fest gefeiert.

Halb Hiddensee war gekommen, um zu gratulieren und mit Hannah anzustoßen.

Silke hatte ein sehr hübsches Plakat drucken lassen, das Hannah ins Schaufenster gehängt hatte. Die passenden Flyer lagen auf dem Verkaufstresen. Außerdem hatte Silke Luftballons und zwei Körbe voller Kornblumen und wilder Margeriten mitgebracht, die sie auf verschiedene und schließlich auch recht provisorische Vasen verteilen mussten. Viele Kunden hatten ebenfalls Blumensträuße und kleine Gestecke mitgebracht, manche auch teuren Sekt und Pralinen.

Ida hatte Bilder gemalt, auf denen Hannah zu sehen war, die mit kugelrunden roten Wangen Plätzchen backte.

Toni hatte eine alkoholfreie Bowle gemacht, und wer keinen Sekt mochte, bekam ein Glas davon in die Hand gedrückt.

Hinter dem Verkaufsraum war ein kleiner Aufenthaltsraum, den Hannahs Vater Teeküche genannt hatte. Dort stand ein Gefäß mit Bowle, die mit einer ordentlichen Menge Weißwein aufgepeppt worden war. Schon bald lief Toni mit rosigem Gesicht und nicht mehr ganz sicherem Gang durch die Konditorei.

Am Abend schloss Hannah die Ladentür und blieb einen Moment stehen, um die plötzliche Ruhe auf sich wirken zu lassen.

Silke stand am Tresen, auch sie hatte rote Wangen.

»Bist du zufrieden?«

»Ob ich zufrieden bin?«

Hannah schloss kurz die Augen. »Ich bin überglücklich und könnte die ganze Welt umarmen.«

Sie gingen in die Backstube, wo Hannah sofort ihre Ballerinas von sich kickte.

»Meine armen Füße.«

Markus war bereits gegangen, immerhin war er seit drei Uhr in der Früh auf den Beinen. Genau wie sie selbst, aber sie verspürte noch so viel Energie, dass sie kaum stillsitzen konnte.

»Und? Wie findest du ihn?«, fragte sie Silke.

»Nett, sympathisch. Er hat ein sehr ansteckendes Lächeln.«

Hannah nickte. Das war ihr auch schon aufgefallen.

»Ich glaube, du hast eine gute Wahl getroffen.«

»Ja, das glaube ich auch. Ich hatte vom ersten Moment an ein gutes Gefühl.« Und ihr Bauch hatte sie nicht im Stich gelassen. »Hast du dir seine Unterlagen angesehen?«

»Natürlich, du hattest mich ja darum gebeten. Ich finde, das macht alles einen sehr ...« Silke schien nach einem passenden Wort zu suchen.

»Einen soliden Eindruck wolltest du sagen?«

»So in etwa, ja. Seine Zeugnisse sind wirklich sehr gut.«

Hannah zuckte mit den Schultern.

»Die haben mich eigentlich gar nicht interessiert. Ich verlasse mich auf mein Bauchgefühl und meine Menschenkenntnis. Damit bin ich bisher immer gut gefahren.«

Mohnstreusel

Hiddensee im Frühsommer

Silke polierte den Goldring, in den sie gerade einen Bernstein eingefasst hatte, und begutachtete ihn von allen Seiten.

Normalerweise arbeitete sie am Wochenende nicht in ihrem Atelier, doch sie hatte eine Ausnahme machen müssen.

Der Ring war der Auftrag eines Touristen, der auf der Insel heiraten wollte. Eigentlich hätte er bereits fertig sein sollen. Die Wiedereröffnung von Hannahs Konditorei war ihr sozusagen dazwischengeraten. Und nun hatte sie einiges aufzuholen.

Während sie den Ring polierte, musste sie daran denken, wie glücklich Hannah ausgesehen hatte. Wie viel es ihr bedeutete, die Konditorei ihrer Eltern wiedereröffnen zu können.

Silke warf einen Blick auf die Wanduhr. Es war kurz nach halb acht. Wenn sie sich beeilte, würde sie den Kindern wenigstens noch etwas vorlesen können.

Wieder betrachtete sie den Ring eingehend. Er war wirklich schön geworden.

Ihr Kunde, ein Mann in den Sechzigern, hatte gelächelt und gemeint: »Ich bin ein Spätzünder. Während meine Freunde schon lange wieder geschieden sind, heirate ich.«

Silke hielt den Ring etwas von sich, dann nickte sie zufrieden. Er würde dem Mann gefallen und dessen zukünftiger Frau hoffentlich auch.

Sie legte den Ring in ein kleines Schmuckkästchen. Dann stand sie auf und streckte sich.

Bevor sie ins Atelier gefahren war, hatte sie Ida zu Hannah gebracht. Die beiden wollten einen Tag miteinander verbringen. Sie wusste, dass ihre Tochter höchstwahrscheinlich müde und erschöpft, aber sehr glücklich sein würde.

Sie räumte ihre Sachen weg, nahm ihre Strickjacke und schloss das Atelier ab. Die Luft war angenehm kühl und erfrischend. Es war ein sehr warmer Tag gewesen. Am frühen Abend hatte es ein wenig genieselt, inzwischen hatte der Regen aber wieder aufgehört.

Im Sommer ging sie manchmal abends nach der Arbeit schwimmen. Anfangs hatte sie das als puren Luxus empfunden, ein Luxus, an den man sich schnell gewöhnte, wenn man hier lebte.

Dieses Jahr hatte sie bisher zweimal vorsichtig den Fuß ins Wasser gehalten und das Bad wieder verschoben.

Sie überlegte, ob sie für Andreas und sich einen kleinen Imbiss mitbringen sollte. Wahrscheinlich hatte er den Zwillingen Spaghetti mit Tomatensoße gekocht, eines der wenigen Gerichte, die er unfallfrei zubereiten konnte.

Als sie auf die Konditorei zufuhr, lächelte sie. Wie schön, dass alles wieder seinen gewohnten Gang ging. Die Konditorei Büchner verkaufte wieder Brötchen und Brot.

Silke stieg vom Rad und lehnte es ans Schaufenster, das Hannah mit verschiedenen Körben, in denen Sommerblumen in allen Farben steckten, und einer Holzstaffelei dekoriert hatte, auf der ein großes Gemälde stand, das den Leuchtturm Gellen zeigte. Eine Insulanerin, die ihre Öl- und Pastellbilder hier vor Ort verkaufte, hatte es gemalt und Hannah zur Neueröffnung geschenkt.

Silke ging um das Haus herum zur Außentür der Backstube, aus der fröhliches Lachen zu hören war. Sie blieb einen Moment stehen und lauschte. Dann klopfte sie zweimal und wurde gleich darauf stürmisch von ihrer Tochter begrüßt. Wie erwartet, klebte ihr Teig im Gesicht und Haar.

Hannah saß am Tisch, ihren Block auf den Knien.

»Deine Tochter und ich haben Hochzeitstorten entworfen. Sobald Ida groß ist, wird sie meine Geschäftspartnerin. Ich werde das mit Andreas besprechen, er entwickelt dann ein Geschäftskonzept, das uns reich und berühmt macht.«

Sie sah sehr ernst dabei aus, nur um ihre Mundwinkel zuckte es leicht.

Silke nickte ebenso ernst. »Das ist eine gute Idee. Vielleicht beteiligt ihr mich an eurem Gewinn.«

»Darüber werden wir nachdenken. Stimmt's, Ida?«

»Gewinn?« Ida blickte sie verwundert an. »Wir wollen doch gar nichts verlosen.«

»Das erkläre ich dir später.« Silke küsste sie aufs zerzauste Haar. »Nun komm, es ist schon spät.«

Ida war nicht mehr besonders aufmerksam und musste ständig ermahnt werden. Auch wenn das Schlimmste, was ihr passieren konnte, war, dass sie in einen Graben oder gegen einen Baum fuhr. Sie sang aus voller Kehle ein Lied, das sie mit Hannah im Radio gehört hatte.

»Na los, Mama, du musst mitsingen.«

»Besser nicht. Pass auf, da vorne liegt ein Ast.«

Als ihr Haus in Sicht kam, spürte Silke urplötzlich, wie müde sie war. Bis eben hatte sie sich noch einigermaßen frisch gefühlt.

Ida marschierte schnurstracks in ihr Bett. Sie bat nicht mal mehr um eine Gutenachtgeschichte.

Andreas saß unter dem Birnbaum, eine Flasche Weißwein auf dem Tisch. Dazu ein paar Oliven und Cracker.

Mit diesem Mann hatte sie das große Los gezogen. Sie gab ihm einen Kuss.

»Du bist spät. Und, bist du mit deiner Arbeit zufrieden?«

Sie ließ sich auf einen Korbstuhl fallen und nickte. »Ich denke, er wird ihm gefallen.«

Er schenkte ihr Wein ein und gab ihr das Glas.

Sie nahm einen Schluck.

»Ich hab vorhin gedacht, wie gern ich mal wieder schwimmen gehen würde.« Sie legte die Hand auf ihre linke Schulter und verzog das Gesicht. »Das würde auch meiner verspannten Schulter guttun.«

»Für Juni war es heute schon ziemlich warm. Ich wette, einem ersten Bad in der Ostsee steht bald nichts mehr im Weg.« Ihr Mann schaute sie besorgt an. »Soll ich dich massieren?«

»Später sehr gern.«

Er zwinkerte ihr zu. »Unser Sohn möchte einen Hund. Und er möchte ein Ritter sein, an König Artus' Tafelrunde.«

»Und Ida möchte ganz groß in Hannahs Hochzeitstortenimperium einsteigen.«

Er grinste belustigt. »Tatsächlich?«

»Sie möchten, dass du einen Unternehmensplan aufstellst.«

»Du weißt, ich kann weder Hannah noch unserer Tochter einen Wunsch abschlagen.«

Sie lächelten sich an.

In Momenten wie diesen spürten sie noch mehr als sonst, was sie aneinander hatten.

Am Sonntag lag Hannah bis zum Vormittag faul im Bett. Sie war früh aufgestanden und hatte die Vorhänge aufgezogen. Die Junisonne schien warm und hell ins Zimmer. Unten auf der Straße spielten Kinder mit einem Ball. Ihr lautes Lachen war zu hören, und Hannah lächelte.

Schon jetzt freute sie sich auf den nächsten Tag. Vielleicht würde sie das Schaufenster neu dekorieren. Mit einem kunterbunten Sonnenschirm, Eiswaffeln, einem Liegestuhl und bunten Gummienten. Außerdem hatte sie beschlossen, in der kommenden Woche mit ihrer ersten Hochzeitstorte zu beginnen. Sie hatte sich für eine eher unkomplizierte Variante entschieden, sozusagen als Aufwärmübung.

Sie hörte, wie ein Junge wütend rief: »Du bist wirklich zu doof zum Ballspielen!«

Das hatte sie früher auch ab und an zu hören bekommen, wann immer sie einen Ball nicht gefangen oder weit danebengeworfen hatte. Schon da hatte sie schlecht sehen können, aber geradezu panische Angst gehabt, eine Brille tragen zu müssen. Sie kannte Kinder, die überdimensionale, scheußliche Brillen trugen und furchtbar gehänselt worden waren.

Deshalb hatte sie geschwiegen und gehofft, dass es niemandem auffallen würde. Anfangs hatte sie es mit heftigem Blinzeln versucht und die Augen abwechselnd geöffnet und gleich darauf wieder fest zugekniffen. Das Alphabet hatte sie noch gelernt, dann aber, als es mit ihren Augen nicht besser wurde, den Anschluss verpasst, als es hieß, aus all den Buchstaben ein Wort und später dann einen Satz zu bilden. Für sie war das, was vor ihr im Buch stand, ein schwarzweißes Durcheinander, das sie an Mohnstreusel erinnert hatte.

Im Rechnen war sie ein As gewesen, hatte spielend addiert, subtrahiert und multipliziert. Bei den Textaufgaben hatte sie dann wieder kapitulieren müssen.

Im mündlichen Unterricht war sie bis zuletzt eine der besten Schülerinnen gewesen. Mit einem erstaunlichen Gedächtnis hatte sie sich spielend alles gemerkt, was die Lehrer erklärt hatten, und war immer in der Lage gewesen, es fehlerfrei wiederzugeben.

Ihre Lehrer hatten irgendwann aufgegeben, sie wegen ihres katastrophalen Schriftbildes zu tadeln. Hannah Büchner war Klassenbeste in Mathematik, ausgeglichen und freundlich, drangsalierte ihre Mitschüler nicht und war schon da geradezu beseelt davon, eines Tages in der Konditorei ihrer Eltern zu arbeiten. Da konnte man über eine miserable, vollkommen unleserliche Handschrift hinwegsehen.

Hannah war auch ausgesprochen geschickt und erfinderisch gewesen, wenn es um Ausreden ging, warum sie eine Klassenarbeit nicht hatte mitschreiben können. Doch in der neunten Klasse war ihr die Puste ausgegangen, sie hatte einfach keine Kraft mehr gehabt, zu sehr hatten die letzten Jahre sie angestrengt. Sie hatte die Schule abgebrochen und angefangen, in der Konditorei ihrer Eltern zu arbeiten.

Ihr Vater war der Einzige gewesen, dem sie nichts hatte vormachen können. Er hatte längst gewusst, dass sie nicht richtig lesen und schreiben konnte. »Das kann man lernen, Hannah«, hatte er gemeint. »Dazu ist es doch nie zu spät.«

Aber für sie war es das gewesen.

Noch heute wunderte sie sich, wie sie es geschafft hatte, sich durch die Schulzeit und ihr ganzes bisheriges Leben zu manövrieren. Ständig hatte sie lügen, täuschen, vertuschen und Ausreden erfinden müssen. Oft hatte sie gedacht, dass ihr mühsam konstruiertes Kartenhaus eines Tages durch einen einzigen Luftzug einstürzen könnte. Aber sie hatte auch gelernt, damit zu leben, es auszuhalten, hinzunehmen und zu akzeptieren, dass sie nicht richtig schreiben und lesen konnte.

Der erste Mensch außer ihrem Vater, der ihr auf die Schliche gekommen war – genauso nannte sie es –, war Silke.

Sie hatten damals auf ihrem Balkon gesessen, und Silke hatte sie um eine Kopfschmerztablette gebeten.

Hannahs Alltag war perfekt organisiert, anders wäre sie in null Komma nichts im Chaos versunken. Ihre Backzutaten hatten einen besonderen Platz, niemand außer ihr durfte auch nur die Hand danach ausstrecken. Zucker und Salz hatten eine farbige Markierung, um sie nicht miteinander zu verwechseln. Nach all diesen Dingen konnte sie blind greifen, ohne dass es ein böses Erwachen geben würde. Auch ihre Kosmetikprodukte, viele waren es sowieso nicht, hatten einen bestimmten Platz und eine gewisse Ordnung. Und natürlich auch die Medikamente, die sie in einer Schublade aufbewahrte. Dass ihr Vater an diese Schublade gegangen war, um nach einem Nasenspray zu suchen, hatte Hannah da nicht wissen können. Und so brachte sie Silke anstatt der Packung Kopfschmerztabletten welche gegen Heuschnupfen.

Ihre Freundin hatte zunächst gelacht und die Packung ein wenig befremdlich angeschaut. Dann aber hatte sie offenbar gespürt, dass Hannah tatsächlich nicht wusste, was sie ihr da gegeben hatte. Sehr behutsam hatte Silke sie gefragt, ob es sein könnte, dass sie nicht richtig lesen könne.

Zuerst hatte sie es – wie all die Jahre – überspielen und vertuschen wollen.

Aber Silke hatte nicht lockergelassen.

»Erzähl's mir, Hannah«, hatte sie gebeten.

Das hatte sämtliche Schleusen, die Hannah bis dahin sorgsam verriegelt hatte, geöffnet, und sie hatte Silke alles erzählt. Draußen schepperte etwas, und sie fuhr zusammen. Vielleicht hatten die Kinder etwas umgestoßen.

Hannah schwang die Beine aus dem Bett. Sie würde in Ruhe frühstücken, dann in ihre Sportklamotten schlüpfen und am Strand laufen gehen.

Montagmorgen um Punkt sieben erschien Toni, beneidenswert frisch und jugendlich aussehend. Sie begrüßte Hannah, die gerade die frischen Brötchen auf die Körbe verteilte, und verschwand dann gleich in der Backstube.

Hannah blickte ihr amüsiert nach. Toni machte keinen Hehl daraus, dass Markus Senfft ihr gefiel.

Ganz anders sie selbst. Je mehr ihr ein Mann gefiel, desto zurückhaltender wurde sie.

Toni kam mit einer Joghurttorte zurück und stellte sie vorsichtig in die Auslage.

»Sieht die nicht himmlisch aus?« Sie rückte die Torte zurecht, legte den Kopf schief und betrachtete sie erneut. »Weißt du, was er gerade macht?«

»Nein, was denn?«

»Eine Karamelltorte.« Toni verdrehte die Augen. »Seine Spezialität.«

»Woher weißt du das?«

Toni fuhr sich durchs Haar. Hatte sie Make-up aufgetragen?

»Er hat's mir gesagt. Riecht er nicht fantastisch?«

Hannah ging durch den Kopf, dass er sich vielleicht so großzügig eingesprüht hatte, um Toni zu beeindrucken. Ihr war nämlich auch bereits aufgefallen, dass Markus atemberaubend duftete.

»Und die Rosinenbrote erst, die er gebacken hat«, gab sie trocken zurück und amüsierte sich über Tonis Gesichtsausdruck.

Toni schnaubte. »Du bist wirklich unromantisch.«

Hannah überlegte, es zu kommentieren, ließ es aber sein.

Das Thema ›Romantik‹ hatten sie nun wirklich zur Genüge diskutiert.

»Wir könnten das Schaufenster neu dekorieren.«

»Du lenkst ab.«

»Stimmt.«

»Und an was hattest du so gedacht?«, wollte Toni wissen.

Hannah erzählte ihr von ihrer Idee mit dem Liegestuhl.

»Komm, lass uns den Sommer begrüßen.«

Markus saß auf einem Hocker und blätterte die Rezeptsammlung ihres Vaters durch. Er hob den Kopf, als sie hereinkam, und zeigte auf ihren Skizzenblock, den sie hatte liegen lassen. »Hochzeitstorten? Entschuldigung, ich hab einen Blick reingeworfen.«

Sie nickte. »Ein Jugendtraum von mir.«

»Klingt verdammt gut, wenn Sie mich fragen.«

»Ich habe mir fest vorgenommen, noch diese Woche damit anzufangen.«

Gemeinsam mit Silke hatte sie sämtliche Utensilien besorgt, die sie dafür benötigte.

»Träume soll man in die Tat umsetzen, damit sie nicht zu Schäumen werden.« Er lachte kopfschüttelnd. »Entschuldigung, manchmal bin ich ein fürchterlicher Schwafler.«

Sich so zu beschreiben gefiel ihr, und es machte ihn noch sympathischer.

»Was ist eigentlich mit Ihrem Hund?«

»Meine Nachbarin, eine reizende ältere Dame, liebt lange Spaziergänge.«

»Wie wohl jeder, der hier lebt«, erwiderte sie.

»Es ist blöd, sich einen Hund anzuschaffen, wenn man berufstätig ist, ich weiß. Amber gehörte einer Freundin, die …« Er brach ab und stand auf.

An der Art, wie er zum Ofen ging, vermutete sie, dass er entweder aufgebracht oder sehr durcheinander war. Vielleicht auch beides. Er öffnete die Ofenklappe und zog ein Blech Streuselkuchen heraus.

Hannah ging zu dem Tisch, auf dem ihr Block lag. Sie schlug ihn auf und suchte die Zeichnung, nach der sie die erste Hochzeitstorte kreieren wollte.

Markus schob ein weiteres Blech in den Ofen und wusch sich anschließend die Hände.

»Sie konnte sich nicht mehr um den Hund kümmern, also hab ich Amber zu mir genommen.«

Hannah wandte sich zu ihm um. Es war unglaublich nett von ihm, sich um den Hund zu kümmern. Sie ahnte, dass wesentlich mehr dahintersteckte, mochte ihn aber nicht weiter ausfragen.

»Sie war erst sechsunddreißig«, hörte sie ihn leise sagen.

Er drosch auf ein Stück Teig, und sie fragte sich, ob das Wut war, mit der er den Teig bearbeitete.

»Erst sechsunddreißig, verdammt!« Er hörte auf, auf den Teig einzudreschen, und verharrte einen Moment.

»Entschuldigung«, sagte er dann sehr leise.

»Schon gut.«

Sie würde gern zu ihm gehen und ihm etwas Nettes sagen, etwas, das ihn aufbauen oder trösten würde. Doch sie fühlte sich gehemmt, weil sie sich noch nicht besonders gut kannten.

»Tut mir leid, eigentlich bin ich nicht so. Aber manchmal überkommt es mich, wissen Sie.«

Er knetete weiter und teilte den Teig in drei Teile.

»Das verstehe ich. So was kennen wir doch alle.«

»Sie haben gerade Ihren Vater verloren, Sie werden das sicher verstehen. Wir kannten uns erst ein Jahr. Und wir hatten so viele Pläne.« Er sprach so leise, dass sie die Ohren spitzen musste. Dann blickte er sie nachdenklich und verwundert an. »Warum erzähle ich Ihnen das eigentlich?«

»Weil ich eine gute Zuhörerin bin? Und weil ich neutral bin.« Sie lächelte flüchtig. »Woran ist sie gestorben?«

»Krebs«, antwortete er knapp.

»Das tut mir unendlich leid. Das ist oft eine schreckliche Floskel, ich weiß. Ich kannte Ihre Freundin nicht, aber ich kann mir vorstellen, wie Sie sich fühlen. Und es tut mir leid, weil ich weiß, wie es sich anfühlt.«

»Wissen Sie was? Ich glaube Ihnen«, gab er zurück, drehte sich um und kümmerte sich wieder um den Teig.

»Ich hab gehört, dass Sie heute Karamelltorte backen«, sagte sie, um ein angenehmeres Thema aufzugreifen, außerdem glaubte sie, dass genug darüber gesprochen war. Und wenn nicht, würde er vielleicht darauf zurückkommen.

Er sah erleichtert aus. Vielleicht war er froh, dass sie nun über etwas anderes sprachen.

»Stimmt. Mögen Sie Karamell?«

»Ich verrate Ihnen was. Ich esse furchtbar gern alles, was süß ist. Na schön, fast alles.«

»Fast?«

»Ich mag kein Marzipan. Und von dem Geruch von Kokos wird mir übel.«

»Ach ja?«

»Ich hab vor Jahren eine Kokosmakrone gegessen …«

Er verzog das Gesicht.

»Mit ranzigem Kokos«, ergänzte er, und sie nickte.

»Seitdem wird mir allein vom Geruch schlecht. Und Marzipan mag ich einfach nicht.«

»Aber Sie backen damit?«

»Hemmungslos.«

Hannah hatte so lange an der Torte gearbeitet, bis es bereits dunkel wurde. Wie spät mochte es sein?

Sie hob den Kopf und blickte zur Wanduhr. Huch, schon fast zehn. Sie streckte sich ausgiebig und betrachtete die Torte, die vor ihr auf dem Tisch stand. Das obere Stockwerk war noch nicht ganz so, wie sie es sich vorstellte. Daran würde sie noch ein wenig basteln müssen. Auch der farbige Überzug gefiel ihr noch nicht. Er glänzte zu sehr, außerdem war er etwas zu klebrig.

Dabei konnte sie eine *Ganache*, egal, ob dunkel oder hell, mittlerweile im Schlaf fertigen.

Ihr Vater hatte sie einmal die ungekrönte *Ganache*-Königin genannt. Er hatte ihr sogar des Öfteren über die Schulter geschaut. »Ich glaube, ich kann noch was von dir lernen, Hannah«, hatte er gemeint.

Nun, so richtig zufrieden war sie noch nicht, aber es war ein Anfang.

Sie schob ihre Brille auf den Kopf. Ohne sie konnte sie inzwischen nicht mal mehr die Teigmaschine bedienen. Sie war tatsächlich fast blind wie ein Maulwurf.

Was wäre in ihrem Leben anders verlaufen, wenn sie damals eine Brille bekommen hätte? Abgesehen davon, dass sie richtig lesen und schreiben gelernt hätte.

Sie würde jetzt Krimis lesen, anstatt dem Hörbuch zu lauschen. Sie würde E-Mails schreiben, anstatt ständig telefonieren zu müssen, die Tageszeitung lesen, anstatt die TV-Nachrichten zu sehen, und selbst Werbeplakate und Flyer für die Konditorei entwerfen, anstatt Silke damit zu beauftragen. Ganz sicher hätte sie die Schule beendet, eine Ausbildung gemacht und die Meisterprüfung abgelegt. Nicht nur das, vielleicht würde sie sogar eine Extra-Ausbildung zur Pâtissière machen. Sie hätte auch fortziehen können, um anderswo zu arbeiten.

Nein, das wahrscheinlich nicht.

Hannah schloss die Tür ab und ging hinauf in ihre Wohnung.

Sie würde schlafen wie ein Murmeltier.

Am Wochenende zog es alle Menschen nach draußen, zumindest machte es den Eindruck, als Hannah mit Silke und Ida zum Strand ging. Die Sonne schien, und ein warmer Wind wehte.

Hier in Vitte hatte der Strand ganz besonders feinen Sand.

Ihr Vater hatte mal gesagt, er glaube nicht, dass man in der Karibik einen schöneren Strand finden würde.

Hannah blieb stehen und legte die Hand über die Augen.

»Ist es nicht herrlich, unser sötes Länneken?« Sie zeigte zum Meer, das heute genauso strahlend blau aussah wie der Himmel.

Kinder, klein und groß, liefen umher, bunte Eimer in der Hand, und bauten Sandburgen, kreischten auf, wenn eine Welle kam, und feuerten sich gegenseitig an, dass sie, wenn die nächste Welle kam, ganz sicher todesmutig stehen bleiben würden.

Ida hatte gleich mehrere Eimer in verschiedenen Größen mitgebracht, sie war für alles gewappnet: Sandburgen mit tiefem Wassergraben und kiloweise Muscheln und Steine, die am Ende Silke nach Hause schleppen müsste.

Während sie sich an die Arbeit machte, hatten sich Silke und Hannah etwas weiter abseits hingesetzt. Einen Strandkorb hatten sie nicht gewollt, sie saßen lieber direkt im Sand.

»Ich würde zu gern schwimmen gehen«, sagte Silke sehnsüchtig und schien darüber nachzudenken, ob sie am besten sofort aus ihrem Strandkleid schlüpfen sollte.

»Oh, nur zu.« Hannah grinste sie an. »Ich bleibe hier und ergötze mich an deinem Gesicht, wenn du feststellst, wie kalt die Ostsee noch ist.«

»Wie läuft es mit dir und Markus?«, erkundigte sich Silke.

Hannah warf ihr einen bedeutungsvollen Blick zu. »Wie meinst du das?«

Ihre Freundin zuckte mit den Schultern. »Rein beruflich natürlich.«

»Gut«, erwiderte Hannah demonstrativ kurz angebunden und beobachtete Ida, die vor einer Möwe hockte und sich mit ihr zu unterhalten schien. »Deine Tochter spricht Möwisch, wusstest du das schon?«

Silke lachte. »Sie spricht sogar Regenwürmisch. Du solltest sehen, wie wieselflink sie jeden einzelnen Regenwurm in ein anderes Beet trägt, wenn ich umgrabe.«

»Sie ist ein Goldschatz.« Hannah seufzte auf. »Und es vergeht kein Tag, an dem ich dich nicht um sie beneide.«

Ein riesiger schwarzweißer Hund rannte an ihnen vorbei und wirbelte Sand auf. Silke hustete und wedelte mit einer Hand vor ihrem Gesicht.

Hannah drehte sich zu dem Mann um, der hinter dem Hund hergelaufen kam.

»He, leinen Sie Ihren Hund an!«

Der Mann stolperte über ihre Tasche, die neben ihr lag, und geriet ins Trudeln. Für einen Moment glaubte sie, er würde stürzen, doch er fing sich wieder.

»Ben! Bleibst du wohl stehen, du Höllenhund!«

Nanu, die Stimme kam ihr bekannt vor.

Er drehte sich im Laufen zu ihr um und zeigte auf die Tasche. »'tschuldigung.« Dann stutzte er und bremste ab. »Hannah?«

»Jens.«

Auch das noch.

Jens und sie waren vor etlichen Jahren ein Paar gewesen, so lange, bis er mit Silvia auf und davon war. Siebzehn Monate waren sie zusammen gewesen. Auch bei ihm hatte sie sich damals gefragt, ob er wirklich der Mann war, mit dem sie alt werden wollte. Doch bevor sie es hatte beenden können, hatte er Silvia kennengelernt. Lediglich einen Zettel auf dem Küchentisch hatte er dagelassen. Ihre Mutter hatte ihn entdeckt. Ist das zu fassen!, hatte sie gerufen. Er schreibt, dass es irgendwie nicht mit euch geht, und verschwindet? Kopfschüttelnd hatte sie mit dem Zettel herumgewedelt.

Um etwas zu sagen, stellte Hannah ihm Silke vor.

»Das ist meine Freundin Silke. Silke, das ist Jens, ein alter ... Freund.«

Die beiden schüttelten sich die Hände und hatten sich gleich darauf wieder vergessen. Zumindest wirkte es auf Hannah so.

Sie kraulte seinen Hund. »Du bist ja ein Hübscher.«

Sie spürte, dass Jens Blickkontakt zu ihr suchte. »Hast du inzwischen auch einen?«

»Einen was?«, fragte sie zurück. Stand sie auf der Leitung?

Er zeigte auf seinen Hund. »Früher hast du immer gesagt, du wolltest dir einen Hund anschaffen, sobald du eine eigene Wohnung hast.«

Hatte sie? Dann war sein Gedächtnis besser als ihres.

»Nein, er wäre ja auch ständig allein.«

Jens setzte sich neben sie und ließ Sand durch seine Finger rieseln.

»Deine Tochter?« Er zeigte auf Ida, die laut kreischte, weil sie etwas entdeckt hatte, das ihr ganz offensichtlich nicht behagte.

»Nein, Silkes. Ida ist mein Patenkind.«

»Aha.« Er nickte. »Und? Wohnst du immer noch hier?«

»Ja. Und du?«

Er sicherlich nicht, denn dann wären sie sich vermutlich bereits über den Weg gelaufen. Es interessierte sie nicht einmal besonders, wo er lebte.

»Ich bin nur zu Besuch. Ich lebe in Schleswig.«

»Oh, das ist aber weit weg.« Gott sei Dank!

»Ich arbeite dort als Zahntechniker. Und du? Arbeitest du noch in der Konditorei deiner Eltern?«

So wie er es sagte, klang es, als könnte er sich kaum etwas Langweiligeres vorstellen. Vielleicht täuschte sie sich aber auch. Sie war einfach immer noch nicht gut auf ihn zu sprechen. Bis eben war ihr das nicht mal bewusst gewesen. Dabei trug sie ihm nicht nach, dass er vor Jahren mit einer anderen abgehauen war. Nein, es war die Art, wie er es beendet hatte.

»Ich hab sie übernommen.«

»Verstehe.« Das klang deutlich interessierter. »Bist du verheiratet?«

Die Frage traf sie ganz unvorbereitet. Zu gern würde sie ja sagen, weil er dann bestimmt aufstehen und gehen würde.

»Nein.«

»Verstehe«, sagte er wieder.

Einen langen Moment schwiegen sie. Hannah streichelte seinen dösenden Hund, und Jens saß einfach nur da und blickte ins Nirgendwo.

»Wie geht's deinem Vater?«, wollte er schließlich wissen, und sie fuhr zusammen, weil sie sich an das Schweigen gewöhnt und an etwas vollkommen anderes gedacht hatte.

»Er ist ...«, sie schluckte trocken. Noch immer fiel ihr schwer, es auszusprechen. »Er ist gestorben.«

»Oh, das tut mir leid.«

Ein wenig verstohlen musterte sie ihn. Er hatte zugenommen, was ihm aber ziemlich gut stand. Früher hatte er sich selbst gern als Hänfling bezeichnet, was heute nicht mehr zutraf. Außerdem hatte er eine fast kahle Stelle auf dem Kopf, dabei war er gerade mal so alt wie sie.

»Bevor du fragst, ich bin geschieden«, erklärte er und blickte weiter irgendwohin.

Das hätte sie sicher nicht gefragt, auch wenn es sie schon interessiert hätte, was aus ihm und Silvia geworden war.

»Hat nicht gepasst. Erinnerst du dich an Silvia?«

Ob sie sich erinnerte? Sollte das ein Scherz sein?

Ida kam angesprungen und warf sich vor ihnen auf die Knie.

Sie begann, ihre kurze Hose auszuziehen.

»Was machst du da?«, fragte Silke ihre Tochter.

»Ich will ins Wasser. Ich hab nämlich mein Seepferdchen«, erzählte sie Jens, der sie nicht mal angeschaut hatte.

»Das ist noch viel zu kalt«, entschied Silke.

»Ich halte das aus, bin doch kein Baby mehr.«

Hannah überlegte, ob sie gemeinsam mit Ida ins Wasser gehen sollte. So hätte sie eine gute Gelegenheit, einem weiteren Gespräch mit Jens aus dem Weg zu gehen.

Silke blickte sie fragend an. »Was meinst du, wie viel Grad wird das Wasser haben?«

»Wahrscheinlich nicht mehr als zwölf, dreizehn Grad.«

Silke schüttelte sich. »Huh.«

»Wir haben doch Sommer, Mami«, bettelte Ida.

Silke ließ sich erweichen. »Na schön, aber wenn du frierst, kommst du zurück. Versprochen?«

»Großes Piraten-Ehrenwort.«

Jens erhob sich und klopfte seine Hosenbeine ab. Sein Hund sprang erfreut auf und jaulte.

»Ja, dann will ich mal weiter. War schön, dich mal wiedergetroffen zu haben, Hannah. Vielleicht sieht man sich mal. Ich bin noch ein paar Tage hier.«

»Ja, vielleicht.«

Sie blickte ihm nach, dann seufzte sie leise.

»Wie lange wart ihr zusammen?«, wollte Silke wissen und musste erneut Idas Seepferdchen-Abzeichen bewundern, das auf ihrem leuchtend roten Badeanzug aufgenäht war.

»Siebzehn Monate.«

»Deine Jugendliebe?«

»Nein.« ... das war jemand anderer, fügte sie in Gedanken hinzu. Sie hatte Silke nie von Arndt erzählt.

Ida sprang auf und rannte zum Wasser.

»Sie wird es keine zwei Minuten aushalten«, unkte Silke.

Hannah schirmte die Augen mit einer Hand ab und

lachte, als Ida quiekend wie ein junges Ferkel in die Wellen sprang und nur wenige Sekunden später wieder zu ihnen gelaufen kam.

»Sag ich ja.« Silke nahm das große Handtuch, das in ihrer Strandtasche war, und wickelte Ida darin ein. Das Mädchen zitterte und klapperte mit den Zähnen.

»Wetten, dass ich's länger aushalte?« Hannah zeigte auf die Boje, die auf der Wasseroberfläche dümpelte. »Bis dahin und wieder zurück.«

Ida schüttelte sich wie ein nasser Hund. »Brr, das ist total kalt, Hannah. Du wirst unterwegs ein Eisklotz, und wir müssen dich wieder auftauen.« Sie kicherte.

»Das macht nichts.« Hannah warf ihrer Freundin einen herausfordernden Blick zu. »Also? Was ist?«

»Ich schätze, Ida hat recht, du wirst zu Eis gefrieren, und ich kann sehen, wie ich dich nach Hause kriege.«

Ida kreischte vor Lachen.

Hannah stand seelenruhig auf. Sie blickte aufs Meer hinaus und entdeckte einen wackeren Schwimmer, tatsächlich der einzige weit und breit. »Worum wetten wir?«

»Darum, dass du kein Eisklotz wirst«, gab Silke trocken zurück.

»Ich mein's ernst, Silke. Was wirst du tun, wenn ich die Wette gewinne?«

Silke lachte kopfschüttelnd. »Moment, du wolltest unbedingt wetten, ich hab nicht gesagt, dass ich auch wetten möchte.«

»Sei doch kein Spielverderber«, meinte Ida und zog eine Grimasse.

Hannah nickte. »Sie hat recht. Also was ist?«

»Na schön.« Silke dachte kurz nach. »Wenn du die

Wette gewinnst, mache ich einen Backkurs«, sagte sie dann eher halbherzig.

»Und ich werde sie gewinnen«, murmelte Hannah siegessicher. Sie schlüpfte aus Shorts und T-Shirt und zupfte an ihrem nagelneuen Badeanzug. Er zwickte ein bisschen, vielleicht hätte sie ihn doch eine Nummer größer nehmen sollen.

»Leihst du mir dein Haargummi?«, fragte sie Ida.

»Ich liege besser im Wasser, wenn mein Haar nicht nass wird.«

Darüber schien Ida nachzudenken, dann zog sie mit einer Hand ihr gelbes Haargummi ab und reichte es Hannah. »Aber du hast Quatsch erzählt, oder?«, fragte sie skeptisch.

Hannah band sich einen Zopf und hockte sich vor das Mädchen. »Hast du im Fernsehen schon mal Schwimmer gesehen?«

Die Kleine nickte.

»Und was haben sie auf dem Kopf?«

»Haare?«, gab Ida zurück, und Hannah unterdrückte ein Lachen.

»Haare, na klar. Aber auf ihrem Haar tragen sie eine Badekappe, oder?« Als Ida wieder nickte, sagte sie weiter: »Siehst du. Damit ihr Haar nicht nass wird, weil sie dann besser im Wasser liegen.« Sie amüsierte sich sehr über Idas verblüfften Gesichtsausdruck.

Die Kleine schien wieder nachzudenken, dann schlug sie vor: »Ich hab eine! Soll ich sie dir holen?«

Hannah lachte. »Nicht nötig. Es geht auch so.«

Sie lief los, doch auf Silkes lautes »Halt! Warte!« blieb sie wieder stehen und drehte sich zu ihr um.

»Was ist dein Wetteinsatz, Hannah?«

Sie machte eine wegwerfende Handbewegung. Sie würde nicht verlieren, weshalb sollte sie sich Gedanken um ihren Wetteinsatz machen? »Keine Ahnung. Schlag was vor.«

»Wenn du es nicht bis zur Boje und zurück schaffst …«, Silke machte eine kleine Pause, »dann wirst du dich an der Volkshochschule anmelden.«

Hannah warf den Kopf zurück und lachte. »Aha. Und was soll ich dort machen? Einen Yogakurs? Oder Makramee für Anfänger?«

Silke verzog keine Miene. »Nein, du wirst einen Alphabetisierungskurs machen.«

Für einen Moment verging Hannah das Lachen, es verschlug ihr sogar die Sprache. Dann hatte sie sich wieder im Griff. Diese Wette würde sie im Leben nicht verlieren, jetzt schon gleich gar nicht.

»Alles klar.« Sie tippte sich an die Stirn, so als trage sie einen Hut, und lief wieder los. Nach wenigen Schritten drehte sie sich noch mal zu den beiden um und winkte fröhlich.

Du wirst endlich backen lernen, Silke. Ich freue mich schon auf eine Mokkasahnetorte …

Das Wasser war bestimmt herrlich erfrischend.

Mit einem Satz sprang sie in die Wellen – und hielt erschrocken die Luft an. Gütiger, war das kalt! Geradezu eisig!

Tapfer ließ sie sich bäuchlings fallen und schwamm ein paar Züge. Schon jetzt prickelte es an Armen, Bauch und Beinen. Sie hätte einen Taucheranzug anziehen sollen.

Sie hatte geahnt, dass das Wasser kalt sein würde, dass

es aber *so* kalt, so atemberaubend eisig sein würde, hatte sie nicht erwartet.

»Komm schon, sei keine Mimose, du schaffst das schon.«

Ihre Haut prickelte mittlerweile, so als würde man tausend Nadeln hineinstechen.

Sie biss sich auf die Lippe und kraulte ein paar Züge. Die Kälte entzog ihr jegliche Körperwärme, so als würde alles an ihr innerhalb weniger Sekunden zu Eis gefrieren. Mit Eisklotz hatte Ida gar nicht so unrecht gehabt.

»Verflixt und zugenäht«, stieß sie keuchend aus. Sie riss den Kopf hoch, als eine Welle an ihr Kinn schwappte und sie Wasser schluckte. Großartig, auch das noch.

Da hinten war die Boje, das war doch wohl zu schaffen.

Zwei Schwimmzüge danach schien es, als würde die Boje weiter entfernt sein als noch eben. Das konnte nicht sein.

Sie spürte ihre Füße nicht mehr, und ihre Oberschenkel brannten fürchterlich. Am schlimmsten aber fühlten sich ihre Arme und Schultern an. Oder hatte sie gar keine mehr?

Wo war die Boje? Ach, da vorne.

»Mein Gott, ist das noch weit …«

Einem plötzlichen Impuls folgend, überlegte sie, kehrtzumachen und zurückzuschwimmen. Dann würde sie eben diesen blöden Kurs belegen, meine Güte. Kurz darauf biss sie entschlossen die Zähne zusammen. Nein, verdammt, sie würde diese dämliche Wette gewinnen, die sie sich schließlich selbst ausgedacht hatte.

Wieso war sie nicht einfach im Sand liegengeblieben, hatte sich die Sonne auf den Rücken scheinen lassen und später mit Ida eine Sandburg gebaut? Aber nein, sie musste ja auf die glorreiche Idee kommen, unter Beweis zu stellen, wie abgehärtet sie war.

Geschieht dir recht! Das hast du nun davon …

Sie versuchte wieder, ein paar Züge zu kraulen, stellte aber gleich fest, dass ihre Arme schwerer und schwerer wurden. Wahrscheinlich sah sie gerade aus wie ein Walross in grünem Badeanzug. Ja, eine gute Figur machte sie sicher nicht. Bestimmt waren schon die einen oder anderen ans Ufer gekommen und blickten besorgt zu ihr herüber.

Sie drehte sich auf den Rücken und stellte fest, dass außer Silke und Ida aber niemand Notiz von ihr nahm.

Sie schnaufte und prustete, als sie wieder Wasser in den Mund bekam. Sie war eine gute, ausdauernde Schwimmerin. Warum fühlte es sich jetzt plötzlich so an, als wäre sie eine Ewigkeit nicht mehr im Wasser gewesen? Das war doch verrückt. Einmal bis zur Boje und zurück, du meine Güte. Lächerlich. Normalerweise würde sie die Strecke fünfmal schwimmen, ohne auch nur erschöpft zu sein.

Normalerweise schwamm sie aber auch nicht bei dreizehn Grad Wassertemperatur. »Wehe, du bewegst dich auch nur einen Zentimeter«, murmelte sie und meinte damit die verflixte Boje, die sich tatsächlich immer weiter zu entfernen schien. »Bleib gefälligst da!«

»Hannah!«, hörte sie Idas und Silkes Stimmen, die sie vom Strand aus anfeuerten.

Das verlieh ihr kurzfristig ein wenig Antrieb. Sie wollte Ida auf keinen Fall enttäuschen, und sie wollte diese Wette auf jeden Fall gewinnen. Nach einigen weiteren Zügen glaubte sie tatsächlich für wenige Sekunden, dass sie es schaffen würde.

Dann aber bekam sie einen Krampf im linken Bein. Eine weitere kleine Welle rollte auf sie zu, und sie schaffte es nicht, sich rechtzeitig zu ducken oder von ihr treiben zu lassen. Stattdessen tat sie etwas, was eigentlich nur ungeübte Schwimmer machen: Sie versuchte, sich gegen die Welle zu stemmen, und die Welle schwappte über sie hinweg. Das Salzwasser brannte höllisch in Augen und Nase.

Dann folgte ein Krampf im rechten Oberschenkel, gleichzeitig machten ihre Arme schlapp. Sie musste es sich eingestehen, es half nichts, sie würde nicht weiterkönnen.

Ein letztes Mal bäumte sie sich auf, kämpfte sich durchs kalte Wasser, den Kopf erhoben, die Augen zugekniffen.

Ihre Beine wollten sich nicht mehr bewegen. Hannah versuchte zu strampeln, aber es war zwecklos. Sie würde es nicht schaffen, basta. Die Kälte hatte sämtliche Körperteile geradezu gelähmt und sie zu sinnlosen, überflüssigen Anhängseln gemacht. Schlimmer war allerdings, dass sie befürchtete, es nicht mal mehr zurück zu schaffen.

Ein, zwei Sekunden lang glaubte sie, sie würde ohnmächtig werden, einfach untergehen. Großartig, sie würde vor Idas Augen mit einem Schlauchboot gerettet und an Land gebracht werden müssen.

Nein! Sie reckte das Kinn.

Es gab nur einen Weg: Sie musste sich wieder auf den Rücken drehen und sich mehr oder weniger treiben lassen. Doch wie stellt man das an, wenn man seinen Rücken nicht mal mehr spürt?

Einen kurzen Moment dümpelte sie wie eine Jolle, die ein Leck hat, auf dem Wasser, bis sie ihren Körper endlich einigermaßen wieder unter Kontrolle hatte. Sie drehte sich auf den Rücken.

Den Blick fest auf die Wolken am Himmel gerichtet, ließ sie sich treiben. Aber auch das entpuppte sich rasch als aussichtloses Unterfangen.

Sie hörte, wie jemand ihren Namen rief. Silke? Oder Ida?

Bevor sie noch eine neue Strategie entwickeln konnte, spürte sie, wie zwei kräftige Arme unter ihre Achseln griffen.

Wieder bekam sie Wasser in Mund und Nase und musste würgen.

»Mensch, Hannah«, hörte sie eine männliche Stimme dicht über ihrem Gesicht. Jens? »Du bist echt verrückt.«

Ihr Kopf wurde über Wasser gehalten, und zwei Hände packten sie an den Schultern.

Sie wehrte sich kurz, dann gab sie es auf. Sie war einfach zu erschöpft. Im Moment war ihr sogar egal, was für eine klägliche Figur sie gerade abgab.

Als sie Sand unter den Füßen spürte, versuchte sie, sich hinzustellen. Augenblicklich gaben ihre Beine nach, und sie sackte wenig elegant auf die Erde. Wieder griffen Arme unter ihre Achseln, wenig später lag sie flach auf dem Rücken, Silkes und Idas Gesichter über ihr.

»Was …?« Mehr kam nicht aus ihrem Mund. Was hauptsächlich daran lag, dass sich ihre Lippen nicht bewegen wollten.

»Du bist völlig übergeschnappt, oder?«

Jens hockte neben ihr, legte ihr eine Hand unter das Kinn, und sein Gesicht näherte sich ihrem. Und noch bevor sie schreien konnte, dass sie ganz sicher keine Mund-zu-Mund-Beatmung benötigte und erst recht nicht von ihm, lagen seine kalten Lippen auf ihren.

Warmer Atem strömte in ihren Mund, Atem, der nach einer Mischung aus Knoblauch und Pfefferminzkaugummi roch.

Sie hustete und wollte sich aufsetzen.

»Da bist du ja wieder.« Jens strahlte.

Sie konnte nur fassungslos blinzeln.

Silke kniete sich neben sie und legte einen Arm um sie.

»Ida holt eine Decke. Brauchst du einen Arzt?«

Sie schaffte es, den Kopf zu schütteln, auch wenn er so starr auf ihren Schultern saß, dass sie glaubte, ihn nie mehr bewegen zu können.

Mit Silkes Hilfe setzte sie sich langsam auf. Ganz allmählich strömte wieder Blut durch ihren Körper, in ihre Beine und Arme kehrte langsam wieder das Leben zurück. Nur ihre Füße spürte sie immer noch nicht. Immerhin konnte sie sie wieder ein bisschen bewegen.

Zwei Spaziergänger kamen und erkundigten sich, ob sie helfen könnten. Und Jens, der Mann, der vermutlich morgen als vermeintlicher Lebensretter in der Zeitung stehen würde, stand da und fühlte sich in seiner Rolle sichtlich pudelwohl.

»Alles in Ordnung, Hannah?«

Sie ignorierte ihn ärgerlich. Nicht zu fassen, dass ausgerechnet er sie aus der Ostsee gezogen hatte.

»Was sollte das eigentlich? Ich dachte wirklich ...«, fing er an, und sie unterbrach ihn, etwas verblüfft, dass ihre Stimme wieder da war. »Ich wäre nicht ertrunken, falls du das meinst!«

»Ach komm, das sah aber ganz danach aus.«

Sie hörte, wie Silke leise gluckste.

»Ich wäre nicht ertrunken«, sagte sie noch einmal

nachdrücklich. »Ich hätte es ganz allein bis ans Ufer geschafft.«

»Wie wär's mit einem ›Vielen Dank, Jens, das war verdammt nett von dir‹?«

Er schlotterte in seinen nassen Sachen. Warum verschwand er nicht einfach? Am Ende holte er sich noch eine saftige Erkältung, und sie würde sich noch elender fühlen.

»Mir war nur ein bisschen schwindelig, wirklich«, setzte sie mit Nachdruck hinzu.

»Trotzdem wärst du fast abgesoffen.«

»Ich bin eine gute Schwimmerin, ich …«

Er hob eine Hand. »Schon gut, Hannah. Hauptsache, es geht dir gut.«

»Mir geht's wunderbar.« Sie zeigte zitternd auf seine nassen Sachen. »Du solltest dich wirklich umziehen.«

Jens zog die Schultern hoch und nickte. »Das sollte ich.«

Er nahm die Leine und ging, triefend wie er war, den Strand hinauf.

»Er wird sich den Tod holen«, unkte Silke und blickte ihm nach.

Hannahs rechte Hand griff wie von allein in den kühlen, leicht klammen Sand. Sie würde ihm zu gern eine Ladung ins Kreuz werfen.

»Das darf nicht wahr sein«, zischte sie. »Ausgerechnet Jens.«

»Immerhin hat er dir geholfen.«

»Geholfen.« Hannah schnaubte. »Ich hätte keine Hilfe gebraucht.«

Sie zitterte und rieb mit beiden Händen über ihren eiskalten Körper.

»Ich hab's vermasselt, stimmt's?«

»Wenn du damit meinst, dass du die Wette verloren hast, dann ja.« Silke sah hocherfreut aus.

»Ach, verflixt, wenn er mich nicht ...« Hannah verstummte.

Nein, es stimmte, er hatte sie aus dem Wasser gezogen. Das Leben gerettet würde sie dann doch nicht sagen wollen, aber er hatte ihr geholfen. Allein hätte sie es wohl doch nicht geschafft.

Sie schloss für einen Moment die Augen.

»Ich bin ehrlich. Ich weiß nicht, ob ich's allein bis ans Ufer geschafft hätte.« Ihre Stimme klang seltsam rauh. »Wahrscheinlich bin ich einfach nicht mehr in Form.«

Eine Decke wurde ihr um die Schultern gelegt, und gleich darauf kuschelte sich Ida an sie.

»Huh, bist du kalt!« Sie sah Hannah gespannt an. »Hast du gewonnen?«

»Nein, leider nicht.«

»Und was musst du jetzt machen?«

Bevor ihr etwas eingefallen war, kam ihr Silke zu Hilfe.

»Einen Tanzkurs.«

Trotz Decke hatte Hannah am ganzen Körper gezittert. Schließlich hatte sie ihre Sachen genommen und war nach Hause gegangen.

Silke hatte ihr nachgeblickt, bis sie nicht mehr zu sehen gewesen war.

»Holt Hannah sich jetzt eine Erkältung?«, wollte Ida wissen, die neben ihrer Mutter im Sand hockte und mit beiden Händen eine kleine Vertiefung grub.

»Das wollen wir doch nicht hoffen.«

»Und was musst du jetzt machen, Mami?«

»Einen Backkurs.«

Sie dachte darüber nach, wie Hannah sich fühlen musste.

»Dann lernst du endlich richtig backen«, meinte Ida schulterzuckend und mit der für Kinder in ihrem Alter so wunderbar pragmatischen Art.

»Ist es wirklich so schlimm mit meinen Backkünsten?«, fragte sie lachend.

Ida schüttelte heftig ihren hellblonden Lockenkopf. »Ich mag deine Plätzchen.«

»Danke, Schatz.«

»Bleiben wir noch ein bisschen?«

Silke ließ sich auf die Decke fallen und streckte die Beine aus.

»Wenn du möchtest.«

Ida hatte der gesamten Familie haarklein und in ausgeschmückter Manier berichtet, wie Hannah in die eiskalte Ostsee gesprungen war, es nicht bis zur Boje geschafft hatte und schließlich von einem »komischen Mann« hatte gerettet werden müssen.

»Und jetzt wird Mama bei ihr backen lernen«, beendete sie ihren Bericht und nahm sich eine Scheibe Brot aus dem Korb.

Es kam nicht allzu oft vor, dass die ganze Familie in der Woche zusammen zu Abend aß.

»Aber sie kann doch schwimmen«, sagte Matis verständnislos.

»Das Wasser war furchtbar kalt«, erklärte Silke und reichte Ida den Teller mit Käse.

»Trotzdem«, beharrte Matis.

Seine Zwillingsschwester sah ihn von der Seite an. »Du rennst doch schon weg, wenn das kalte Wasser in deine Gummistiefel läuft.«

»Pah!« Matis funkelte sie wütend an. »Da war ich noch ein Baby!«

»Letztes Jahr«, konterte Nele ungerührt.

Er schien darüber nachzudenken, ob er noch etwas erwidern sollte, doch er schwieg. Aber sein Blick sprach Bände. Vermutlich würde seine Schwester später noch einiges zu hören bekommen. Doch sie stritten niemals wirklich ernsthaft. Meistens war eine Meinungsverschiedenheit innerhalb weniger Minuten geklärt, und sie vertrugen sich wieder.

»Was muss Hannah denn nun tun? Schließlich hat sie eine Wette verloren?«, fragte Andreas und biss in sein Brot.

»Einen Tanzkurs.«

Matis schüttete sich vor Lachen aus.

»Wie doof ist das denn.«

»Was ist daran doof?«, wollte sein Vater wissen. »Deine Mutter und ich haben auch einen Tanzkurs zusammen gemacht.«

Er sah Silke an und zwinkerte ihr zu.

Sie erinnerte sich noch ziemlich gut daran. Andreas war kein begnadeter Tänzer gewesen und würde vermutlich auch keiner mehr werden. Immerhin hatte es für den Hochzeitswalzer gereicht.

Sie warf ihm einen amüsierten Blick zu. Gleichzeitig überkam sie das schlechte Gewissen. Wie so oft. Sie hasste es, ihn anlügen zu müssen, aber sie hatte Hannah ein Versprechen gegeben, und daran würde sie sich halten.

Orangenschalen

Hiddensee im Sommer

Am Wochenende von lautem Gezwitscher der Vögel aufgeweckt zu werden, genoss Hannah unendlich. Wochentags war sie meistens vor den ersten Vögeln auf den Beinen. So früh aufzustehen hatte ihr noch nie etwas ausgemacht.

Einen Tag, nachdem sie in den eiskalten Fluten der Ostsee schwimmen gegangen war, hatte sie Halsschmerzen und einen ordentlichen Schnupfen bekommen. Was kein Wunder war. Sie hatte nicht mehr nachvollziehen können, was sie dazu veranlasst hatte, bei diesen Wassertemperaturen schwimmen zu gehen. Reiner Übermut? Selbstüberschätzung?

Sie hatte die Erkältung auskuriert und einige flapsige Sprüche von Markus über sich ergehen lassen.

»Vielleicht sollte man neben dem Iron Man noch etwas erfinden, an dem Sie teilnehmen können?«, hatte er gemeint und bis über beide Ohren gegrinst. »Wo Sie doch ganz offenbar leidenschaftlich gern im Eiswasser schwimmen gehen.«

Auch Toni hatte nicht mit liebevollem Spott gespart, und selbstverständlich wussten auch die meisten Inselbewohner schon bald Bescheid, dass es Hannah Büchner in die eisige Ostsee gezogen hatte. Nun, damit hatte sie umgehen können.

Nicht aber damit, dass Jens Winter als Held des Tages gefeiert worden war. Es war also genau so gekommen, wie sie befürchtet hatte. Jens stand als ihr Lebensretter da.

Gesehen hatte sie ihn seitdem nicht mehr, was gut war, denn auf eine Begegnung konnte sie sehr gut verzichten.

Einige Tage später empfand sie plötzlich eine Art schlechtes Gewissen. Er hatte ihr nur helfen wollen, nichts weiter. Er hatte nett sein wollen, und sie hatte ihn ziemlich böse auflaufen lassen, weil sie sich in ihrer Ehre verletzt gefühlt hatte. War es das?

Oder lag es einfach nur daran, dass sie nicht von IHM gerettet werden wollte? Weil sie ihm noch immer übelnahm, wie er sie damals abserviert hatte? Sie dachte darüber nach, während sie am Strand entlangging.

Es war ein sonniger, wunderbar warmer Samstagnachmittag, die Kinder tollten in der Brandung herum, während ihre Eltern auf Badelaken oder Decken ganz in der Nähe lagen, ein aufgeschlagenes Buch auf den Knien, die gefüllte Kühltasche unter einem Sonnenschirm. Auch etliche Strandkörbe waren besetzt, weil sich viele Menschen gern vor dem Wind schützen wollten.

Immer wieder blieb sie stehen, um ein paar Worte zu wechseln.

Das führte dazu, dass sie auch immer wieder aus ihrer Grübelei gerissen wurde, so dass sie am Ende nicht schlauer war als vorher. Mit einem Waffeleis setzte sie sich in den Sand, die nackten Beine lang ausgestreckt. Sie hatten schon ein wenig Farbe bekommen, stellte sie fest.

Wieder winkte jemand zu ihr herüber; eine ehemalige

Klassenkameradin, die nicht mehr auf der Insel lebte, sondern nach Hamburg gezogen war. Der Liebe wegen.

Hannah winkte fröhlich zurück und hoffte gleichzeitig inständig, dass Vera nicht zu ihr kommen würde. Doch sie lief Gott sei Dank weiter. Die beiden waren sich erst neulich zufällig wiederbegegnet und hatten sich eine Weile unterhalten. Viel zu erzählen gab es nicht, zumindest nicht für Hannah. Vera und sie waren keine Freundinnen gewesen, weshalb hätte sie ihr aus ihrem Leben berichten sollen?

Hannah setzte ihre Sonnenbrille auf und stützte sich auf ihre Ellbogen.

Eine Möwe kam angeflogen, offenbar hoffte sie darauf, ein Stückchen der knusprigen Waffel erbetteln zu können. Hannah ließ sich erweichen, brach ein kleines Stück ab und warf es ihr zu. Die Möwe schnappte es sich und flog davon.

Lag es vielleicht daran, dass Jens ihr zuvorgekommen war, überlegte Hannah, während sie der Möwe nachblickte. Wenn er es damals nicht beendet hätte, hätte sie es getan.

Sie horchte in sich hinein, einige Minuten lang, und kam zu dem Schluss, dass sie das Kapitel ›Jens‹ abgeschlossen hatte. Mit seinem plötzlichen Auftauchen und seiner Rettungsaktion hatte er sich wieder in ihr Leben gedrängt, und genau das empfand sie als unangenehm. Ja, genau so war es.

Sie nahm es ihm nicht übel, dass er sich damals in Silvia verguckt hatte. Warum auch? Schließlich hätte auch ihr passieren können, dass sie sich in jemand anderen verliebt hätte.

Sie seufzte gedankenverloren. Es hatte immer nur einen

gegeben, in den sie wirklich und ernstlich verliebt gewesen war.

Nein, sie wollte nicht einmal an seinen Namen denken!

Sie sprang auf und klopfte ihre weißen Shorts ab.

Langsam schlenderte sie nach Hause zurück.

Am Abend war sie bei Silke und Andreas zum Grillen eingeladen. Die ganze Woche hatte sie sich schon darauf gefreut.

Sie wollte Silke auch ihren Entschluss mitteilen, dass sie sich gleich nächste Woche zum Alphabetisierungskurs anmelden würde. Sie hatte diese dämliche, geradezu kindische Wette verloren, ja, aber es ging um mehr als einen Wetteinsatz. Hannah wollte sich selbst beweisen, dass sie es packen würde. Sie hatte lange genug gekniffen und war ihrem größten Problem hartnäckig aus dem Weg gegangen.

Damit würde nun Schluss sein.

Matis hatte die ehrenvolle Aufgabe, gemeinsam mit seinem Vater den Grill zu bewachen und darauf zu achten, dass die Grillkohle schön glühte.

Hannah hatte bereits als Kind einen Heidenrespekt vor Feuer und allem gehabt, was ungewöhnlich heiß werden konnte. Eigentlich war es mehr als absurd, dass sie sich ausgerechnet einen Beruf ausgesucht hatte, bei dem sie es tagtäglich mit einem überaus heißen Ofen zu tun hatte.

Und es war fast noch absurder, dass sie genau davor keine Angst empfand.

Sie begrüßte Andreas und seinen Sohn und ging ins Haus, um Silke bei den Vorbereitungen zu helfen.

»Ich habe einen Entschluss gefasst«, sagte sie, als sie nebeneinander am Tisch saßen und Tomaten kleinschnitten.

»Aha, und welchen?«

»Ich werde mich gleich nächste Woche an der Volkshochschule anmelden.« Hannah hob eine Hand. »Ich weiß, was du sagen willst. Ich hab diese blöde Wette verloren, und man muss seine Wettschulden einlösen. Das allein ist es aber nicht, Silke. Ich will endlich aufhören davonzulaufen. Vielleicht war es ein Wink des Schicksals, diese Wette zu verlieren.«

Glaubte sie das wirklich?

Silke legte ihr eine Hand auf den Arm. »Das finde ich großartig, Hannah.«

»Es ist ein erster Schritt«, sagte sie mit Nachdruck.
»Vielleicht sollten wir darauf anstoßen«, schlug Silke vor.

Hannah hatte noch etwas beschlossen. Das aber würde sie erst später verkünden.

Es war kurz vor Mitternacht.

Hannah saß mit Silke und Andreas im Garten unterm Birnbaum. Der Tisch war bis auf eine Flasche Weißwein, drei Gläser und einem Windlicht abgeräumt. Alle drei waren satt und so zufrieden, wie man es nach einem köstlichen Essen und einer guten Flasche Wein nur sein konnte. Es war ein herrlicher Sommerabend mit einem atemberaubenden Sternenhimmel.

»Ist das nicht unglaublich«, sagte Andreas, den Kopf in den Nacken gelegt. Er hatte minutenlang so dagesessen und in den Himmel geblickt.

Silke seufzte leise. »Diese Abende liebe ich am Sommer ganz besonders.«

Hannah hatte die ganze Zeit geschwiegen. Jetzt nahm sie ihr Glas und nippte am Wein.

»Ich möchte gern was sagen«, begann sie.

Andreas grinste sie an. »Oh, eine Rede.«

»Keine Sorge«, erwiderte sie zerstreut. »Nur ein paar Worte.« Das Windlicht flackerte leicht im lauen Wind. Es war so still, dass man eine Maus hören konnte, die durch ein Gebüsch huschte.

»Silke weiß es bereits, und ich finde, du solltest es auch wissen.«

Andreas sah sie erwartungsvoll an. Dann huschte ein breites Grinsen über sein Gesicht.

»Ich ahne was.«

»Ach ja?«

Er nickte wie ein kleiner Junge, der seiner Mutter einen Streich gespielt hatte.

»Du hast dich verliebt und willst möglichst schnell heiraten.« Er hob einen Finger. »Und du wirst euch eine riesige Hochzeitstorte backen.«

Silke verschluckte sich an ihrem Wein und musste husten. Andreas klopfte ihr auf den Rücken.

»Nein, Andreas, das wollte ich nicht sagen.« Hannah holte tief Luft. »Ich kann ...«

»Entschuldigung«, murmelte er betreten. »Das war vorlaut.«

»Und das gerade auch«, gab sie trocken zurück. »Was ich sagen wollte, ist ... ich kann nicht richtig lesen und schreiben.«

Er starrte sie ungläubig an. Dann huschte wieder ein breites Grinsen über sein Gesicht. »Ach komm, Hannah, du führst eine Konditorei, du hast Mitarbeiter.«

Sie nickte. »Es ist aber so, Andreas. Ich bin Analphabetin.«

»Quatsch.«

»Doch.«

Er beugte sich vor. »Aber wie ... das ist unmöglich.«

»Soll ich's dir beweisen?«

Er wurde blass. »Nein, nicht nötig. Aber wie ...«, sagte er dann wieder. »Wie hast du das ... ich meine, wie schaffst du das ...?«

»Dass niemand was merkt, meinst du?« Sie lachte kurz auf. »Reine Übungssache, ich bin Meisterin im Vertuschen, Schwindeln, Geschichtenerfinden ...« Sie wedelte mit der Hand.

Er nahm einen Schluck Wein. »Ich bin gerade etwas ...«

»Sprachlos?«, schlug Silke vor.

Er räusperte sich. »Sprachlos, ja. Eigentlich bin ich eher baff, dass ich es die ganze Zeit über nicht bemerkt hab.«

»Da bist du nicht allein«, murmelte Hannah.

»Und deine Eltern? Ich meine, wussten sie auch nicht ...?«

»Mein Vater schon. Meine Mutter hat es geahnt, glaube ich, aber ...« Sie seufzte. »Sie war so lange krank, es gab immer andere Dinge, die wichtiger waren. Und ich war froh, dass sie mich nie darauf angesprochen hat.«

»Und deine Schulzeit ...«, begann er.

»War die Hölle«, ergänzte sie. »Jeder Tag ein einziger Kampf. Irgendwann konnte ich einfach nicht mehr.«

Er nickte vor sich hin. »Kann ich mir vorstellen.«

»Silke musste mir versprechen, mit niemandem darüber zu sprechen, auch mit dir nicht. Inzwischen weiß ich, dass das viel zu viel verlangt war, und es tut mir wahnsinnig leid, Silke. Ich hab von dir verlangt, dass du deinen Mann belügst.«

»Es ist mir furchtbar schwergefallen«, gab Silke zu und schenkte ihr ein versöhnliches Lächeln. »Aber ich weiß, dass das alles für dich noch sehr viel schwerer war.«

Hannah reckte ihr Kinn. »Und jetzt werde ich einen Alphabetisierungskurs machen. Wenn auch nicht ganz freiwillig, das gebe ich zu.«

Andreas schenkte ihr Wein nach.

»Ich bin in diese … sagen wir Rolle hineingewachsen. Man wächst nicht nur mit seinen Aufgaben, sondern auch mit den Dingen, die man nicht beherrscht. Aber das ist nichts, worauf ich stolz bin.«

»Das muss eine riesige Belastung für dich gewesen sein. Immerhin hast du viele Jahre deine komplette Umwelt täuschen müssen.«

»Das ist wahr. Aber damit ist jetzt Schluss.«

»Vielleicht solltest du es auch deinen Mitarbeitern sagen.«

Würde sie es fertigbringen, Toni und Markus davon zu erzählen? Natürlich wäre es nur konsequent. Doch allein die Vorstellung verursachte bei ihr Übelkeit.

»Ganz ehrlich, ich weiß es nicht. Ich hab Angst, dass sie die Achtung vor mir verlieren. Ich bin ja so was wie ihre Chefin.«

»Ich finde es sehr mutig von dir, deine Tarnung aufzugeben.«

»Mutig? Ich weiß nicht, ob es Mut ist. Wäre ich mutig, dann hätte ich mich dem Ganzen längst gestellt.«

»Sei nicht so hart zu dir selbst«, meinte Silke und griff über dem Tisch nach ihrer Hand.

Andreas schien nachzudenken, dann stand er auf und ging ins Haus.

»Ob er doch gekränkt ist, dass wir ihn so lange belogen haben?«, flüsterte Hannah.

Es tat ihr weh, auch den Mann ihrer besten Freundin so viele Jahre hintergangen zu haben.

Silke schüttelte den Kopf. »Ich glaube, nicht.«

Sie lächelte, als Andreas kurz darauf mit einer Flasche Sekt an den Tisch kam und meinte: »Ich finde, wir sollten darauf anstoßen, was meint ihr?«

Hannah wollte mit hoch erhobenem Kopf nach Rügen fahren und sich in der Volkshochschule anmelden.

Noch in der Nacht davor fühlte sie sich mutig, stark und war voller Zuversicht.

Doch je näher der Morgen rückte, desto nervöser wurde sie.

Sie wälzte sich von einer Seite auf die andere.

Schließlich stand sie auf und lief barfuß durch die Wohnung, von Zimmer zu Zimmer, vom Bad in die Küche und von dort ins Wohnzimmer. Von da aus zurück ins Schlafzimmer.

Dort setzte sie sich auf die Bettkante.

In wenigen Stunden würde sie in Rügen sein, vor dem Gebäude der Volkshochschule stehen und dann hineingehen. Und käme sie wieder heraus, mit einem Formular in der Hand, das ihr ganzes Leben verändern würde. Davon ging sie aus.

Und du wirst nicht kneifen. Diesmal nicht …

Das Frühstück hatte sie ausfallen lassen, sie bekam einfach nichts herunter. Sie hatte Markus erst in der Backstube und anschließend Toni beim Verkauf geholfen.

Sollte sie es ihnen sagen? Jetzt gleich?

Am Nachmittag band sie die Schürze ab, richtete ihre wilden Locken einigermaßen und atmete tief durch.

»Hast du noch was vor?«, fragte Toni.

Hannah nickte.

Jetzt könntest du es ihr sagen …

Toni grinste vielsagend.

»Oh, du hast ein Date.«

»Nein, ich …«

»Ach, komm schon. Wer ist es? Dieser Bursche, der dich aus der Ostsee gefischt hat?«

»O bitte, Toni …«

»Entschuldige, ist mir so rausgerutscht. Ist er es?«

»Nein!«

»Wer dann? Kenn ich ihn?«

Hannah stöhnte verhalten. »Ich habe kein Date, Toni.«

»Nicht?«

»Das versuche ich die ganze Zeit, dir zu sagen.«

Toni sah enttäuscht aus.

Hannah holte ihre Handtasche und überlegte, ob sie alles eingepackt hatte.

Toni hatte sich offenbar bereits wieder anderen Dingen zugewandt. »Ob ich ihn einfach mal frage, ob er mit mir ausgeht?«

»Wen meinst du?«

»Na, Markus.«

»Warum nicht? Du bist doch emanzipiert genug.«

»Schon, aber ich mag's ganz gern klassisch.«

Hannah musste lachen. »Wirklich, Toni, ich werde allmählich das Gefühl nicht los, dass du romantischer und altmodischer bist, als du dir selbst eingestehst.«

Toni blickte sie entrüstet an, dann musste sie ebenfalls lachen. »Soll ich ihn nun fragen oder nicht?«

»Manchmal muss man eben über seinen Schatten springen.«

Hannah war bereits an der Tür. Als ihr bewusst wurde, was sie gerade gesagt hatte, stutzte sie verblüfft. Na, das war mal eine Erkenntnis. Dumm nur, dass sie ausgerechnet von ihr kam.

Die Fähre tuckerte in den Hafen von Vitte, und mit jedem Meter, den sie näher kam, sank Hannahs Mut. Mit erhobenem Kopf hatte das hier herzlich wenig zu tun. Vielmehr fühlte es sich an, als wäre er zu schwer für ihre Schultern.

Mit bleischweren Schritten ging sie an Bord.

Wie sollte sie das nur überstehen? Da hatte sie sich schön was eingebrockt. Diese verflixte Wette! Wie hatte sie sich bloß darauf einlassen können? Sie sollte gleich wieder von Bord gehen, aufs Rad steigen, nach Hause fahren und nicht mehr darüber nachdenken. Schwamm drüber. Am besten, sie würde einen Schlussstrich ziehen, und zwar endgültig. Sie würde nicht mehr richtig lesen und schreiben lernen, basta. Ihr Leben könnte doch einfach so weitergehen wie bisher. Na schön, Silke und Andreas würde sie es erklären müssen, aber das wäre ein Klacks im Gegensatz zu dem, was jetzt vor ihr lag.

Sie machte einen beherzten Schritt in Richtung Ausgang – und stellte fest, dass die Fähre bereits abgelegt hatte.

In Schaprode war sie drauf und dran, gleich wieder zurückzufahren, doch dann sagte eine leise Stimme in ihr:

Du steigst jetzt in den Bus und tust das, was du dir vorgenommen hast. Du wirst nicht wieder kneifen, hattest du dir das nicht geschworen?

Ein Aber ließ die Stimme nicht gelten.

Und so fuhr Hannah mit dem Bus nach Bergen. Sie hatte einen Fensterplatz und stellte sich vor, wie es sich anfühlen würde, wenn sie auf dem Rückweg wäre. Mit dem Formular in der Tasche und dem wunderbaren Gefühl, ihren inneren Schweinehund besiegt zu haben.

Ihre Hände waren feucht, als sie ausstieg und die Straße entlangging. Hatte sie nicht all die Jahre damit rechnen müssen, dass ihr mühsam und kunstvoll errichtetes Kartenhaus irgendwann einstürzen würde? War es nicht ein Wunder, dass es nicht schon viel früher passiert war?

Ihr Herz schlug heftig, als sie die schwere Tür aufdrückte und die Steintreppe hinaufging. Niemand kam ihr entgegen, dabei war an diesem Tag das Anmeldebüro geöffnet.

Auf der Etage angekommen, blickte sie sich nach dem Büro um. Zweite Etage, hier war sie richtig. Aber wo war das Anmeldebüro? Sie begann zu schwitzen.

Ein Mann kam ihr entgegen, mit sehr schnellem Schritt, einen Aktenordner unterm Arm. Und er sah freundlich genug aus, um ihn nach dem Weg zu fragen.

»Entschuldigung.«

Er blieb stehen, lächelte flüchtig.

»Ich möchte mich für einen Kurs anmelden. Wo finde ich das Anmeldebüro?«

Einen Moment lang sah er sie an, als wollte sie ihn verkohlen, dann grinste er und zeigte nach rechts.

»Gleich hier vorn.«

Hannah spürte, wie ihr das Blut in die Wangen schoss.

»Ach, natürlich, wie blöd von mir. Ohne meine Brille …«

Er nickte verständnisvoll, brummte: »Kenne ich«, und ging weiter.

Sie brauchte einen Moment. Keine Lügen, keine Täuschungen mehr. Das klang verlockend. Nein, es war mehr als das. Es würde ihr komplettes Leben auf den Kopf stellen. So als finge sie ganz von vorn an.

Sie atmete erneut tief durch, dann klopfte sie an die Tür. Eine Weile blieb es still, dann rief eine männliche Stimme: »Nur herein.«

Hannah öffnete die Tür und blieb wie vom Donner gerührt stehen. Das war nicht möglich! Das war doch … Arndt! Arndt Lösch!

Er hob den Kopf und blickte sie fragend an.

»Womit kann ich helfen?«

Sein Lächeln war freundlich und geschäftsmäßig. Er schien sie nicht erkannt zu haben.

Sie musste sich räuspern, so sehr hatte sie sein Anblick aus der Fassung gebracht. »Ich möchte mich für einen Kurs anmelden.«

Als es heraus war, überlegte sie blitzschnell, was für einen Kurs sie nennen sollte. Spanisch vielleicht oder Rückengymnastik? Wurde das überhaupt angeboten? Mein Gott, sie hatte sich nicht weiter erkundigt. Warum auch?

Er hat dich nicht erkannt, entspann dich, ganz ruhig …

Arndt drehte sich zur Seite und nahm einen gelben Zettel aus dem Ablagekorb. Hannah betrachtete ihn. Er sah gut aus, nein, eigentlich sah er fantastisch aus. Wie früher …

Sein Haar war noch immer dicht, mit nur sehr wenigen grauen Strähnen.

Als er ihr das Formular reichte, stutzte er.

Ihr Herz klopfte so laut, dass sie befürchtete, er würde es hören.

»Hannah? Hannah Büchner?«

»Arndt.«

Sie schaffte ein verkrampftes Lächeln, ihre Finger zitterten, als sie das Formular entgegennahm.

Er nickte. »Ist lange her, was? Lebst du hier auf Rügen?«

Sie schüttelte den Kopf. »Ich lebe noch immer auf Hiddensee.«

Er lächelte, und ihr Herz schlug eine Kapriole, die sie vollkommen aus dem Gleichgewicht brachte.

»Wie schön.«

Sie konnte nur nicken. Was sollte sie auch sagen? Vielen Menschen war es unangenehm, wenn sie zugeben mussten, dass es sie nie in die weite Welt hinaus verschlagen hatte und sie stattdessen noch immer dort lebten, wo sie aufgewachsen waren. Sie gehörte nicht zu diesen Menschen, aber vielleicht Arndt. Und in diesem Moment wollte sie unbedingt, dass er nicht so von ihr dachte.

Er räusperte sich.

»Meine Güte, ist das alles lange her. Ich weiß noch gut, wie du immer Orangenschalen in die Bowle getan hast.«

Daran erinnerte sie sich auch noch gut.

»Du hast gesagt, Orangenschalen gehören unbedingt rein.« Er schüttelte lächelnd den Kopf. »Schon komisch, aber immer wenn ich Orangenschalen rieche, muss ich daran denken.«

»Ja, das ist komisch«, sagte sie mit rauher Stimme.

Er zeigte auf einen Stuhl, der in der Ecke vor einem kleinen Tisch stand.

»Warum setzt du dich nicht und füllst das Formular aus? Dann geht es etwas schneller.«

»Ich ... ich nehme es lieber mit.« Sie lachte, und selbst in ihren Ohren klang es unecht und schrill. »Ich hab meine Brille zu Hause liegen lassen.«

Er öffnete eine der Schubladen an seinem Schreibtisch.

»Kein Problem.« Er reichte ihr ein kleines Etui. »Für solche Fälle sind wir bestens gerüstet.«

Hannah überkam eine Hitzewelle.

»Nein, ich fürchte ...« Sie atmete heftig aus.

Bestimmt hielt er sie für völlig übergeschnappt.

»Ich fühle mich schrecklich unsicher ohne meine eigene.«

Er nickte. »Verstehe. Wenn du möchtest, fülle ich für dich aus.«

Um Gottes willen!

»Nein, ich nehm's einfach mit.«

Sie schnappte sich das Formular und war bereits an der Tür.

Hundert Fragen schossen ihr durch den Kopf, und jede einzelne würde sie zu gern stellen. Was machst du hier? Lebst du hier? Bist du verheiratet? Kenne ich deine Frau? Ist es Sabrina? Hast du Kinder? Habt ihr Kinder? Wie viele? Wie heißen sie?

Sie schalt sich eine Närrin. Nein, all das würde sie ihn gewiss nicht fragen. Es ging sie nichts an. Arndts Leben ging sie überhaupt nichts an, war sie nie etwas angegangen.

Nur eine einzige Frage brannte ihr unter den Nägeln, weil von seiner Antwort alles abhängen würde.

»Ähm, unterrichtest du selbst hier?«

Er nickte. »Ich leite den Alphabetisierungskurs.«

»Aha.«

Sie war sich sicher, knallrot geworden zu sein.

Er würde mein Lehrer sein. Das geht nicht. Unmöglich. Auf gar keinen Fall.

Eine Hand auf der Türklinke, stand sie einen Moment da und glaubte, in Ohnmacht fallen zu müssen. Dabei war sie noch nie ohnmächtig geworden. Ihre Kehle war so rauh und eng, dass sie kaum sprechen konnte.

»Dann ... dann lebst du hier auf Rügen?«

Mit deiner Frau, deinen Kindern, deiner Familie ...

»Nein, momentan wohne ich noch in ...« Er machte eine winzige Pause und schien um Fassung zu ringen.

Unsinn, das musste sie sich eingebildet haben.

»Ich wohne in Stralsund.« Dann fügte er schnell hinzu: »Die Anmeldefrist ist in vierzehn Tagen.«

Hannah nickte stumm.

Wieder tauchten unzählige Fragen in ihrem Kopf auf.

Erinnerst du dich noch, wie wir alle am Strand gesessen und Lagerfeuer gemacht haben? Dabei war es verboten. Das war uns vollkommen egal. Wir haben Würstchen gegrillt, weißt du noch? Und du hast Gitarre gespielt. Sie war schwarz, ich erinnere mich genau. Du hattest eine so schöne Stimme.

Grölst du noch immer bei Wonderwall *von Oasis mit?*

»Hannah? Alles in Ordnung, du bist so blass?«

»Was? Nein, nein, alles in Ordnung. Ja, dann ...«

»Bis bald, würde ich sagen.«

Er lächelte sie wieder an.

Eine weitere Hitzewelle erfasste sie. Sie schaffte ein heftiges Kopfnicken und war aus der Tür.

Draußen lehnte sie sich schwer atmend dagegen.

Arndt. Warum ausgerechnet Arndt?

Als Siebzehnjährige hätte sie sich für ihn tätowieren oder irgendwo anketten lassen. Wahrscheinlich hatte er bis heute keine Ahnung, wie viele schlaflose Nächte sie seinetwegen verbracht hatte, wie viele Kopfkissen sie nass geheult hatte, weil er mit Sabrina ausging. Sabrina, die bildhübsch war, hüftlanges blondes Haar und gertenschlanke Beine gehabt hatte.

Hannah stieg in den Bus und biss sich die ganze Fahrt über so fest auf die Unterlippe, dass sie hinterher leicht blutete.

Während der Überfahrt starrte sie ins Wasser, bis ihr Blick verschwamm.

Auf ihrer Insel angekommen, schwang sie sich aufs Rad und trat so fest in die Pedale, bis ihr schwindelig wurde und sie kurz anhalten musste. Zu Hause ging sie in ihr Schlafzimmer und legte sich angezogen aufs Bett.

Arndt. Und sie war sicher gewesen, längst über ihn hinweg zu sein …

Die ganze Clique am Strand.

Es hatte einen kurzen, aber kräftigen Regenschauer gegeben, und sie waren nass bis auf die Haut geworden. Sie lachten, machten Witze übereinander. Die Jungs tranken Bier, die Mädchen billigen, viel zu süßen Wein. Arndt holte seine schwarze Gitarre und spielte *Lady in black*. Und alle sangen laut mit.

Ihr war übel, sie machte sich nichts aus Alkohol. Sie war ein paar Schritte gegangen, barfuß durch die Brandung.

Er kam hinter ihr her, sah besorgt aus.

Geht's dir nicht gut?

Doch, alles in Ordnung, mir ist nur ein bisschen schwindelig.

Welches Lied soll ich gleich für dich spielen?

Sie hatte nicht lange überlegen müssen.

»Come as you are«.

Er hatte lächelnd genickt.

Klar, nur für dich »Come as you are«.

Noch heute konnte sie das Lied nicht hören, ohne sentimental zu werden. Sie war in ihn verliebt gewesen, wie man als Siebzehnjährige jemanden liebt und glaubt, dass es nie vorbeigehen wird. Sie hatte gewusst, dass sie ihn bis an ihr Lebensende lieben würde. Nur ihn. Sein Lachen, seine Freundlichkeit, seine warmherzige Art, seine wundervollen Augen, sein Haar, das sie so gern berührt hätte. Er konnte albern sein wie ein Kind, dann wieder war er ernst und so furchtbar erwachsen, dass die anderen ihn damit aufgezogen hatten.

Sie hatte alles an ihm geliebt. Und es ihm nie gesagt.

Schon komisch, immer wenn ich Orangenschalen rieche, muss ich daran denken …

Sie träumte von ihm, sah ihn vor sich. Dann wieder schreckte sie hoch, fragte sich, ob sie überhaupt schon geschlafen hatte.

Um kurz nach drei stand sie auf, wusch sich mit eiskaltem Wasser das Gesicht, ging duschen und zog sich an.

Als sie vor der Backstube stand, brach sie in Tränen aus.

Und verstand sich selbst nicht mehr.

Noch nie hatte sich ein Arbeitstag so hingezogen, und noch nie hatte sie so oft auf die Wanduhr geschaut.

»Was ist denn los mit Ihnen?«

Sogar Markus fiel auf, dass etwas nicht stimmte.

»Ich hab furchtbar schlecht geschlafen.«

»Das liegt am Mond. Vollmond«, meinte er und zuckte mit den Schultern. »Mir hilft ein Glas Rotwein.«

»Ich mag keinen Rotwein.«

Er kratzte sich am Kinn. »Oh, dann wird's schwierig.«

Sie versuchte, sich auf die Hochzeitstorte zu konzentrieren, doch als sie den Ring der unteren Etage abnahm, sackte die Torte in sich zusammen.

Hannah haute mit der flachen Hand auf den Tisch.

Markus stellte sich neben sie.

»Ich fürchte, das war genau die falsche Methode, sie zu retten.«

»Da haben Sie recht«, sagte sie leise.

»Wenn Sie jemanden zum Reden brauchen ...«

Sie war gerührt und fürchtete, gleich wieder in Tränen auszubrechen.

»Nein, schon gut. Aber vielen Dank für Ihr Angebot.«

»Wenn Sie es sich anders überlegen ...« Er schlüpfte aus seiner Bäckerjacke und streckte sich. »Ich glaube, ich werde heute Abend eine Runde schwimmen gehen.«

Sie starrte ihn an, und er starrte sichtlich verunsichert zurück.

»Stimmt was nicht?«

»Nein, nein. Schönen Feierabend.«

Er zog die Tür hinter sich zu, und sie blieb noch eine Zeitlang stehen. Anstatt, dass sich alles fügte, war ihr Kartenhaus nun vollends eingestürzt. Die Karten lagen wild durcheinander, unmöglich, sie zu sortieren. Im Moment wollte sie sie auch gar nicht ordnen. Wozu? In ihrem Leben war gerade alles durcheinander, es war hoffnungslos.

Sie schloss die Ladentür, stieg aufs Rad und fuhr zu Silkes Atelier.

»Du liebe Güte, wie siehst du denn aus?«, begrüßte ihre Freundin sie.

Hannah ließ sich auf einen Stuhl fallen.

»Mein Leben ist ein einziges Chaos«, flüsterte sie.

Silke zog sich einen Stuhl heran.

»Ganz ruhig und der Reihe nach. Was ist passiert?«

»Arndt. Er ist passiert.«

»Welcher Arndt?«

Nicht einmal Silke hatte sie von ihm erzählt. Arndt Lösch hatte keine Rolle mehr in ihrem Leben gespielt, deshalb. Sie hatte ihn geliebt, aufgegeben und vergessen. So war es doch, oder?

»Arndt Lösch. Wir waren früher in einer Clique. Ich war siebzehn und er zwanzig.«

»Und du warst fürchterlich verknallt in ihn.«

»Nein. Ich hab ihn geliebt. Verknallt war ich in andere. In Jan zum Beispiel oder in Ole. Das war was anderes.«

Silke nickte. »Verstehe. Und warum bist du so durcheinander?«

»Wir sind uns auf Rügen begegnet. Er leitet den Alphabetisierungskurs.«

»Ach herrje.«

»Ich muss völlig verrückt sein. Es ist achtzehn Jahre her, Silke. Ein halbes Leben. Er war mit Sabrina zusammen.

Sie sah toll aus, richtig sexy. Ich hab verstanden, dass er lieber mit ihr zusammen war als mit mir.«

Silke schnalzte mit der Zunge. »Das, Hannah, ist pubertäres Geschwätz.«

»Er ist irgendwann weggezogen«, fuhr Hannah fort. »Ich weiß nicht mal, wohin. Er war einfach nicht mehr da, wie so viele von uns. Ich hab nicht mehr an ihn gedacht. Bis gestern.«

»Und sein Anblick hat dich vollkommen aus den Schuhen gehauen.«

»›Immer wenn ich Orangenschalen rieche, muss ich daran denken, dass du welche in die Bowle getan hast‹, hat er gesagt. Er sah so toll aus, sein Haar ... Er sah aus wie früher. Nur eben älter. Und ich ...« Sie verstummte.

»Du wusstest nicht, was du sagen solltest, und bist abgehauen.«

»Nein, ich bin geflohen. Ich dachte, ich hätte ihn längst vergessen.«

»Manche Menschen vergisst man eben nie, Hannah.«

Hannah atmete heftig aus. »Nein.«

»Vielleicht warst du nie wirklich über ihn hinweg.«

»Keine Ahnung.«

»Möchtest du einen Tee?«

»Hast du Melissentee da?«

Silke lächelte. »Klar.«

»Machst du mir eine Kanne?«

Sie hatte im Gästezimmer geschlafen und wurde wach, als sie Kinderlachen hörte. Gleich darauf leises Getrappel.

Die Tür wurde aufgeschoben, und Ida linste um die Ecke. »Schläfst du noch?«

»Nein.«

Sie rutschte etwas zur Seite, und Ida kam und kuschelte sich an sie.

»Musst du gar nicht zur Arbeit?«

Hannah setzte sich blitzschnell auf. Sie hatte verschlafen! Das erste Mal in ihrem Leben hatte sie verschlafen!

»O verdammt, ich muss los.«

Silke kam herein, gerade als sie in ihre Jeans schlüpfen wollte.

»Ich hab Toni angerufen, sie hat aufgeschlossen.«

Und Markus hatte einen eigenen Schlüssel.

Hannah atmete erleichtert auf. »Danke, Silke.«

»Ach, wofür denn. Geht's dir besser?«

Ida blickte sie prüfend an. »War Hannah denn krank?« Wahrscheinlich überlegte sie, ob sie ihren kleinen Arztkoffer holen und Hannahs Blutdruck messen sollte.

»Nein, mir geht's gut.«

Sie küsste das Mädchen aufs Haar.

»Wirklich?«, fragte Silke leise.

»Wirklich.«

»Möchtest du frühstücken?«

»Ja, ich glaub schon.«

Es war Freitag.

Die Zwillinge waren in der Schule, Ida in der Vorschule, und Andreas machte einen Kundenbesuch in Wismar.

Und Hannah saß an Silkes Frühstückstisch, anstatt in der Backstube zu stehen und Brötchen zu backen. Aber sie hatte ja Markus.

»Ich kann das nicht. Ich kann da nicht mehr hin, Silke.«

Silke schenkte ihr Kaffee nach.

»Natürlich nicht.«

»Aber ich habe die Wette verloren.«

»Manchmal gibt's Wichtigeres, als Wettschulden einzulösen.«

»Ich fühle mich elend.«

»Weil du deine Wettschulden nicht einlöst?«

»Nein, weil Arndt wieder in meinem Kopf ist«, gab Hannah zu.

Silke griff über den Tisch nach ihrer Hand. »Vielleicht vergeht es ja wieder.«

»Nein«, flüsterte sie und rieb sich die Augen.

Das letzte Mal, als sie so viel geweint hatte, war, als ihr Vater gestorben war.

»Warum kann er mir nicht gleichgültig sein? Ich meine, das ist doch lächerlich. Er hat sein Leben, ich hab meins.«

»Weil er dir nicht gleichgültig *ist*, Hannah. So etwas lässt sich nicht erzwingen. Du bist immer noch in ihn verliebt.«

Hannah schwieg.

Arndt hatte sie als Freund, als Mensch, als guten Kumpel gemocht. Sabrina war die Frau, die er interessant gefunden hatte, und sie selbst war von Sabrina so weit entfernt gewesen wie vom Mond. Es hatte weh getan, sich ihn aus dem Kopf zu schlagen und damit auch aus dem Herzen zu reißen. Doch es schien ganz offenbar geklappt zu haben, denn bis vor kurzem hatte sie nicht mehr an ihn gedacht.

»Aber wie kann das sein?«

Silke musste lachen. »Du wirst nie damit aufgehört haben, nur gab es andere Dinge in deinem Leben, die das überlagert haben.«

»Und jetzt?«

Silke zuckte mit den Schultern. »Du liebst ihn eben.«

»Aber ich will das nicht, verflixt.«

»Danach wird man nicht immer gefragt. Glaub mir.«

Drei Wochen später

Markus stand in der Backstube, Schweiß lief ihm über die Stirn. Er hatte sich die Ärmel seines T-Shirts hochgekrempelt, stand in der offenen Tür und atmete begierig die frische Luft ein, die hereinströmte.

Es hatte einen kräftigen Regenschauer gegeben, und nun schob sich die Sonne durch die Wolken.

Hannah saß an ihrem kleinen Tisch, den außer ihr niemand benutzte, und formte Mohnblüten aus rot eingefärbter Blütenpaste. Mit Blumendraht hatte sie eine kleine Mohnkapsel auf einer Styroporkugel befestigt. Mit einem Ball-Tool fuhr sie vorsichtig über die Mohnblüte, um sie leicht auszudünnen und anschließend ein wenig zu kräuseln. Die Tortenböden hatte sie bereits am Tag zuvor gebacken, wie immer.

Vor etwa zwei Wochen hatte sie ihre erste Hochzeitstorte entworfen und ins Schaufenster gestellt. Es hatte keinen halben Tag gedauert, und die erste Interessentin war hereingekommen, hatte darauf gezeigt und nach dem Preis gefragt.

Markus stellte sich neben sie und sah ihr einen Moment zu. »Sie haben wirklich sehr geschickte Hände.«

»Danke.«

»Es ist nicht von einer echten Blüte zu unterscheiden.«

Sie nickte. »Es braucht ein wenig Übung, aber inzwischen habe ich wohl den Dreh raus.«

»Für diese filigranen Arbeiten sind meine Hände nicht geeignet, fürchte ich«, erwiderte er und betrachtete seine Hände.

Hannah blickte auf. »Dafür backen Sie die besten Karamelltorten der Welt.«

»Oh, besten Dank auch.« Er wurde ein bisschen rot.

Sie kamen wirklich gut miteinander aus. Seine Probezeit war längst um, und er hatte einen unbefristeten Vertrag bekommen.

»Ich bin froh, dass Sie bei uns sind, Markus.«

»Danke, mir gefällt's hier sehr.« Er warf einen Blick auf die Uhr.

»Ich schiebe noch den Streuselkuchen rein und mache dann Feierabend. Es sei denn …« Er schaute sie fragend an.

»Nein, gehen Sie nur. Ich schaffe den Rest allein.«

Er nahm das große Backblech und öffnete die Ofentür.

»Ach, und, Markus …«

Er drehte sich zu ihr um.

»Was halten Sie davon, wenn wir uns duzen würden?«

»Eine Menge.«

Er schob das Blech rein. Dann kam er zu ihr, die Hand ausgestreckt. »Ich heiße Markus.«

»Hannah.«

Sie schüttelten sich die Hände.

Die Torte hatte eine Touristin in Auftrag gegeben, die auf Hiddensee heiraten würde. Dass sich inzwischen auch Touristen angesprochen fühlten, freute Hannah sehr.

Das obere Stockwerk der Torte war fertig. Hannah nahm vorsichtig den Ring ab und prüfte, ob es stabil genug war.

Dann stand sie auf und ging einmal um die Torte herum. Zufrieden nickte sie.

Und ich hab heute kein einziges Mal an ihn denken müssen …

Markus verabschiedete sich in den Feierabend, und sie blieb am Tisch stehen, um zu überlegen, wie sie die Braut anfertigen sollte.

»Wow!«, rief Toni, die hereingekommen war und nun näher an die Torte herantrat.

»Sie ist noch gar nicht fertig, Toni.«

»Was ist das für eine Füllung?«

»Limetten-Sahne.«

»Himmlisch. Hast du an meinen Zahnarzttermin gedacht? Ich hab's im Kalender eingetragen.« Toni zeigte auf den Kalender, der an der Wand hing.

»Klar. Geh nur.«

Toni schlüpfte aus ihrer langen dunkelroten Schürze.

»Warum machst du danach nicht gleich Feierabend?«

Toni sah sie ungläubig an.

»Im Ernst? Es ist doch erst halb vier.«

»Ich schaff das schon allein.«

Nachdem Toni verschwunden war, stellte Hannah die Torte in die Kühlung und ging nach vorn, nachdem sie die Ladenglocke gehört hatte. Ein kleiner Junge mit hellblondem Haar, der sie ein wenig an Lillebror aus »Karlsson vom Dach« erinnerte, stand da und zeigte auf die Amerikaner.

Hannah packte ihn in eine Tüte. Der Junge verfolgte alles mit seinen blauen, seltsam traurigen Augen.

»Sie sehen ein bisschen aus wie Ufos, findest du nicht?«

Sie verspürte das Bedürfnis, den Jungen trösten zu wollen, auch wenn sie nicht wusste, ob er wirklich traurig war.

Ein sehr kurzes Lächeln huschte über sein Gesicht, und er nickte.

Als er ein Geldstück in die Schale legen wollte, schüttelte sie den Kopf. »Ufos gibt's heute umsonst.«

Er ging zur Tür, und sie blickte ihm nach, bis er nicht mehr zu sehen war.

Bis kurz vor Mitternacht hatte sie noch in der Backstube gestanden und die Hochzeitstorte fertiggestellt.

Danach hatte sie sie minutenlang betrachtet. Durfte man stolz auf sein eigenes Werk sein? Also so richtig stolz, so als würde man jeden Moment platzen?

Die Hochzeitstorte war ein Traum, was sicher auch an den bildschönen Mohnblüten lag, die ihr wirklich gut gelungen waren.

Die Torte selbst war weiß, und vom oberen Stockwerk »flossen« leuchtend rote Mohnblüten und einzelne Mohnkapseln und sammelten sich unten zu einem kleinen Mohnblumenmeer.

Die Touristin, eine Frau jenseits der dreißig, wie Hannah festgestellt hatte, wollte keine »spießige Torte«. Hannah sollte ihrer Fantasie freien Lauf lassen. Und das hatte sie getan.

Die Torte war dreistöckig, auf jedem einzelnen Stockwerk war eine kleine Leiter angebracht. Auf dem oberen Stockwerk stand eine Braut in einem kniekurzen Kleid, das dieselbe Farbe hatte wie die Mohnblüten, eine Hand über den Augen, so als halte sie nach etwas Ausschau. Auf dem unteren Stockwerk stand der Bräutigam, eine Rose im Mund, und versuchte, die Leiter zu erklimmen. Die Rose war genau wie die Mohnblumen in einem leuchtenden Rot und hatte bereits einige Blütenblätter verloren.

Ein weiteres Mal ging Hannah um den Tisch herum. Es fühlte sich wunderbar an, seinen so langgehegten Traum erfüllt zu sehen. Und etwas mit den eigenen Händen zu erschaffen brachte ihr jedes Mal wieder ein tiefes Gefühl des Glücks und der Zufriedenheit.

In dem Moment klopfte es an der Außentür, und sie rief laut: »Herein!«

Silke trat ein, und sie sah so umwerfend aus, dass Hannah einen kleinen Moment brauchte, sich zu sammeln.

»Donnerwetter! Du siehst ja fantastisch aus!«

Silke drehte sich zweimal vor ihren Augen. Das dezent gemusterte, ärmellose Kleid stand ihr wirklich hervorragend.

»Andreas wird in Ohnmacht fallen.«

»Um Gottes willen. Heute ist unser Hochzeitstag, was nützt mir ein ohnmächtiger Mann?«

Silke blieb vor der Hochzeitstorte stehen und sagte zunächst kein einziges Wort, dann jedoch bewundernd und sehr leise: »Das hier ist ebenfalls fantastisch, geradezu überwältigend.«

»Warum sprichst du so leise?«

Hannah hatte ebenfalls geflüstert und musste lachen.

»Keine Ahnung, vielleicht aus Sorge, dass das Kunstwerk zusammenbrechen könnte. Ich wünschte, du hättest auch uns so eine Torte backen können.«

Seltsamerweise hatte Hannah gerade genau das Gleiche

gedacht. Und sie hatte auch schon eine Idee: Zu Silkes und Andreas' Petersilienhochzeit würde sie die beiden mit einer Torte überraschen.

Silke warf einen Blick auf ihre Uhr.

»Oh, ich muss los. Seit Wochen freue ich mich auf diesen Abend.«

Genau wie Silke sich auf einen Abend mit ihrem Mann gefreut hatte, freute sich Hannah auf einen Abend mit den Kindern. Sie durften etwas länger aufbleiben, da am folgenden Tag Samstag und somit schulfrei war. Hannah machte mit ihnen Popcorn, und anschließend tanzten sie wild und ausgelassen zu einer uralten DJ-Bobo-CD, die Silke noch im Schrank hatte. Danach schickte Hannah sie zum Zähneputzen.

»Wenn ihr fertig seid, bauen wir uns eine Höhle und erzählen uns Gruselgeschichten.«

Das hatte sie nicht zweimal sagen müssen. Die drei waren kichernd und kreischend die Treppe hochgestürmt und riefen sich Worte wie »Monster«, »Geister« und »Werwolf« zu.

Hannah schmunzelte vor sich hin. Als sie neun oder zehn gewesen war, hatte sie sich mit ihrer damaligen Schulfreundin auch gern Gruselgeschichten erzählt. Manchmal so lange, bis irgendwann ihre Mutter hereingekommen war und geschimpft hatte, dass es nun aber wirklich höchste Eisenbahn fürs Bett wäre.

Matis baute zusammen mit Nele eine erstaunlich stabile Höhle aus verschiedenen Bettdecken und Laken. Ida sammelte sämtliche Kissen ein, die sie im Haus finden konnte, und schleppte sie in die Höhle.

Hannah kroch auf allen vieren zu ihnen und raunte: »Als Erstes müssen wir uns etwas versprechen.«

»Und was?«, flüsterte Matis gespannt.

»Alles, was hier drin erzählt wird, muss unser Geheimnis bleiben.«

Er machte große Augen. »Und warum?«

»Weil es so ist, du Doofnase«, meinte seine Zwillingsschwester, die selten etwas hinterfragte, was ein Erwachsener sagte. Ihr Bruder und auch ihre kleine Schwester waren da anders. Matis wollte immer alles ganz genau wissen, und Ida hatte sowieso ihren eigenen Kopf. Sie nahm niemals etwas einfach hin, weil es schon immer so gewesen war.

»Ich will aber wissen, wieso«, beharrte Matis.

Hannah zwinkerte ihm zu. Hoffentlich würde er seine Neugier und seinen Wissensdurst nie verlieren.

»In Ordnung, ich erzähle es dir.«

Sie machte ein geheimnisvolles Gesicht und senkte die Stimme. »Alles, was hier gesprochen wird, muss unter uns bleiben, weil es sonst wahr werden könnte.«

Matis schluckte aufgeregt, während Nele sich unter eine Decke kuschelte und sie bis zur Nasenspitze hochzog. Ida schmiegte sich an Hannah und schaute sie gespannt an.

»Du meinst, die Geschichten könnten wahr werden?« Matis' Stimme überschlug sich fast. »Also all die Monster und Geister und so laufen dann durchs Haus?«

»Die meisten sind ja gar nicht gefährlich.« Hannah machte eine wegwerfende Handbewegung. »Sie tun ja nur so als ob, damit man Angst vor ihnen hat. Das gefällt ihnen.«

»Ich hab überhaupt keine Angst«, behauptete Matis.

»Ich auch nicht«, wisperte Nele unter der Decke.

Ida schwieg, sie blickte Hannah nur mit großen erwartungsvollen Augen an.

»Hannah soll die erste Geschichte erzählen.«

»Na schön. Seid ihr bereit?« Hannah machte es sich bequem.

»Dann hört gut zu. Es geht um Vincent, das Monster, das ein Versprechen nicht gehalten hatte und böse dafür bestraft wurde.«

»Was ist denn mit ihm passiert?«, wollte Ida wissen.

»Er hat etwas ausgeplaudert, was er für sich behalten sollte, und seitdem muss er mit dem Gesicht nach hinten herumlaufen.«

Nachdem die drei eingeschlafen waren, rollte Hannah sich auf der gemütlichen Couch zusammen und war irgendwann eingenickt.

Sie träumte von Arndt. Er und sie saßen am Strand. Die Sonne war bereits untergegangen, und es war noch immer wunderbar warm. Arndt zupfte auf seiner Gitarre.

Sie hatte ein riesiges Herz darauf gemalt, und er hatte ihre beiden Namen hineingeschrieben. Er sang leise *Come as you are*, und sie lauschte ihm. Dann stand er irgendwann auf, nahm ihre Hand und lief mit ihr zum Wasser. Er zeigte auf ein kleines Boot, das weit entfernt auf den Wellen schaukelte.

»Traust du dich, mit mir dorthin zu schwimmen und mit dem Boot nach Australien zu schippern?«

Sie zögerte nicht eine Sekunde. »Natürlich.«

»Es ist aber nicht besonders seetauglich«, gab er zu bedenken und blickte sie liebevoll an.

»Das macht nichts, mit dir würde ich bis ans Ende der Welt schippern.«

Er lächelte. »Australien *ist* am anderen Ende der Welt.« Dann zog er sie fest an sich, legte sein Kinn auf ihr Haar und hielt sie fest umschlungen.

Als sie aufwachte, wurde es bereits hell. Die Vögel zwitscherten laut, und sie fragte sich für einen Moment, ob Silke und Andreas noch immer unterwegs waren. Dann aber ging ihr auf, dass sie vermutlich so tief geschlafen hatte und Silke sie nicht hatte aufwecken wollen.

Leise stand sie auf, machte sich frisch und schwang sich auf ihr Fahrrad, um Brötchen fürs Frühstück zu holen.

Markus sang laut *Ein Kompliment*, das gerade im Radio lief.

Hannah blieb in der Tür stehen und unterdrückte ein Lachen, als er einen Hüftschwung hinlegte, ein volles Blech balancierend.

»*Ich wollte dir nur mal eben sagen, dass du das Größte für mich bist* …«, sang er und vollführte eine Drehung.

»*…und sichergehen, ob du denn dasselbe für mich fühlst«,* sang sie weiter, und er wirbelte zu ihr herum.

»Autsch, stehst du schon lange hier?«, fragte er laut, um die Musik zu übertönen.

Sie lachte. »Lange genug, um deinen Hüftschwung bewundern zu können.«

Sie selbst tanzte mitunter auf Zehenspitzen durch die Backstube, nur hatte sie dabei noch niemand gesehen.

Er grinste und schob das Blech mit Mohnschnecken in den Ofen.

»Ich kenne kaum einen schöneren Text mit einer romantischeren Liebeserklärung«, sagte sie.

»Wenn ich ehrlich sein soll, dann kenne ich nur den Refrain.«

»Aber du hast das Lied doch eben erst gehört.«

»Schon.« Er zog eine ulkige Grimasse. »Aber ich höre eigentlich selten hin.«

»Das ist ein Fehler.«

Das Lied kannte sie auswendig, weil sie es ganz besonders mochte. Nicht nur wegen des Textes.

»Es ist wundervoll. Romantisch, poetisch, alles zusammen.«

»Bist du gekommen, um mich wie Tom Jones tanzen zu sehen, oder möchtest du Brötchen?«

»Beides, um ehrlich zu sein. Du bist nicht mal übel. Als Tänzer, meine ich.«

Er hob die Augenbrauen. »Und als Bäcker?«

»Erst recht nicht.«

Er seufzte betont theatralisch. »Danke, Hannah.«

»Packst du mir drei Rosinenbrötchen und vier Milchhörnchen ein?«

»Klar.«

Sie sah ihm dabei zu.

»Hast du etwas Besonderes vor am Wochenende?«

»Außer, deine atemberaubende Hochzeitstorte auszuliefern, meinst du?« Er zuckte mit den Schultern. »Nein, ich werde mich meinem Hund widmen, sie kommt viel zu kurz in der letzten Zeit.«

Er gab ihr die Tüte. »Wann soll die Torte ausgeliefert werden?«, erkundigte er sich.

»Um zwei.«

Er nickte. »In Ordnung.«

Sie ging nach vorn in den Laden, wo Toni gerade vier Kunden bedienen musste und Hannah einen Anflug von schlechtem Gewissen verspürte. Sie sollte Toni dringend eine kleine Gehaltserhöhung zahlen.

Auch der kleine Junge mit den traurigen Augen stand da und schaute sie die ganze Zeit an. Warum er wohl so traurig aussieht, fragte sie sich wieder und schenkte ihm ein aufmunterndes Lächeln.

Er zeigte auf die Zimtbrötchen. »Zwei.«

Hannah legte ihre Tüte beiseite. Der Junge konnte ja nicht wissen, dass heute ihr freier Tag war.

»Wie heißt du eigentlich?«

»Julian«, antwortete er mit leiser, fast zaghafter Stimme. Vielleicht war er einfach nur schüchtern.

»Möchtest du auch ein Ufo, Julian?«

Er nickte stumm.

Sie wusste nicht genau, warum, aber ihr ging das Herz bei diesem Kind auf. Vielleicht auch, weil sie das Gefühl hatte, als müsse sie ihn trösten und beschützen. Möglicherweise appellierte er unbewusst an ihren Mutterinstinkt.

Als er hinausging, blickte sie ihm wieder nach, bis er nicht mehr zu sehen war.

»Niedlich«, meinte Toni. »Warum bist du nicht zu Hause und genießt deinen freien Tag?«

»Weil dazu auch ein üppiges Frühstück gehört«, gab sie zurück. »Hör mal, Toni, ich finde, du hast eine Gehaltserhöhung verdient.«

Toni wurde erst ein wenig blass, dann errötete sie.

»Einfach so?«

»Nein, nicht einfach so. Du machst deine Arbeit wunderbar, und du machst immer mehr, als du eigentlich müsstest.«

»Ach was.«

»Doch, doch. Ich bestehe darauf.«

»Wenn das so ist.« Toni grinste etwas beschämt.

Hannah kannte sie inzwischen und wusste, wie sehr sie sich freute.

Gemeinsam mit Markus brachte sie am frühen Nachmittag wie besprochen die Hochzeitstorte nach Kloster. Dort in einem kleinen Lokal sollte die Hochzeit stattfinden.

Markus fuhr den Elektrotransporter, den sie angemietet hatten. Vorsichtig hoben sie die Torte aus der Transportbox und stellten sie auf den langen Tisch, der mit einem schneeweißen Tuch, hellgrünen Kerzen und weißen Callas geschmückt war. Die Torte passte ganz wundervoll zur Dekoration, wie Hannah beglückt feststellte.

Jetzt musste sie nur noch dem Brautpaar gefallen.

Eine ältere Dame stellte sich neben sie.

»Was für eine wunderschöne Torte.« Sie sah Hannah an.

»Sie haben die gemacht?«

Nachdem Hannah genickt hatte, meinte sie voller Bewunderung: »Sie sind eine Künstlerin.«

Das Brautpaar kam, um die Torte zu begutachten, und Hannah hielt den Atem an.

Dann stieß die Braut einen lauten Jauchzer aus. »Ist die schön! Wäre ich nicht so nervös, würden mir bestimmt andere Worte einfallen. Worte, die viel besser passen würden, aber ich bin einfach zu aufgeregt.«

Mehr und mehr Gäste kamen, um sich die Hochzeitstorte anzuschauen, und es gab wirklich niemanden, dem sie nicht gefiel. Es gab so viel Lob und überschwängliche Komplimente, dass es Hannah fast ein bisschen unangenehm war. Sie war es nicht gewohnt, dass so viel Tamtam um sie oder ihre Arbeit gemacht wurde. Und im Mittelpunkt zu stehen lag ihr gar nicht. Sie wurde um Visitenkarten gebeten, da man ihre Kreativität selbst in Anspruch nehmen oder weiterempfehlen wollte. Silke hatte wieder einmal den richtigen Riecher gehabt und Visitenkarten drucken lassen.

Hannah hatte sie ins Handschuhfach gelegt, nicht ahnend, dass sie sie gleich heute brauchen würde.

Sie versprach, ein paar zu holen, und verließ zusammen mit Markus den Saal. Er grinste vor sich hin.

»Eigentlich ist es seltsam, aber das Lob, das *du* eingeheimst hast, hat *mich* ganz glücklich gemacht.«

Sie blieb stehen und sah ihn an. Spontan umarmte sie ihn, ganz einfach, weil seine Worte so aufrichtig und nett waren, dass sie gar nicht anders konnte.

»Das ist wirklich nett von dir, Markus«, murmelte sie an seiner Schulter.

Er stieg in den Transporter, um dort zu warten, und Hannah lief mit ein paar Visitenkarten in der Hand zurück ins Lokal.

Sie war gar nicht passend angezogen, trug ausgebleichte Jeans und eine ärmellose rot-weiß-gestreifte Bluse.

Aber im Grunde störte es sie nicht. Sie gehörte nicht zu den Gästen, warum also hätte sie sich in Schale werfen sollen?

»Hallo, Hannah!«

Britta, die das Lokal vor zwei Jahren von ihren Eltern übernommen hatte, stand am Tresen und polierte gerade Sektgläser. »Lange nicht gesehen.«

Ehrlicherweise musste man sagen, dass sie sich seit etwa gut zehn Jahren nicht mehr gesehen hatten. Britta war zwischenzeitig nach Parchim gezogen und erst vor gut zwei Jahren wieder zurückgekommen. Hannah und sie waren als Jugendliche kurzzeitig in einer Clique gewesen, zusammen mit Arndt.

Arndt. Ihr Herz machte einen Satz. Sie hatte doch nicht mehr an ihn denken wollen! Schlimm genug, dass er ihr Leben gehörig auf den Kopf gestellt hatte. So viele Jahre hatte sie nicht an ihn gedacht, und jetzt wirbelte er schon wieder alles durcheinander. Schluss damit! Genug ist genug!

Sie straffte die Schultern und ging zu Britta, um sie zu begrüßen.

»Wie geht's dir?«

»Ganz gut und selbst?«

»Mir auch.«

Damit war das Gespräch eigentlich schon wieder erschöpft.

Britta musterte sie eingehend. »Du siehst gut aus, wirklich.«

»Danke, du aber auch.«

Mein Gott, wie sie diese Art von Gesprächen hasste. Man heuchelte gegenseitiges brennendes Interesse und war froh, wenn man wieder seiner Wege gehen konnte.

»Der Laden brummt, was will man mehr.« Britta stellte die Gläser auf ein großes Tablett. »Ich hab neulich zufällig Arndt getroffen.«

»Du meinst Arndt Lösch?«, hakte Hannah nach und kam sich unglaublich blöd vor. Natürlich meinte sie Arndt Lösch, wen sonst? Es war völlig überflüssig klarzustellen, dass sie beide auch wirklich denselben Arndt meinten.

»Genau den. Und rate mal, wen er garantiert *nicht* geheiratet hat?« Britta erwartete offenbar keine Antwort. »Sabrina.«

»Ach.« Mehr fiel Hannah dazu nicht ein.

»Sabrina lebt mit Mann und zwei Kindern in Wismar. Da staunst du, was?«

Ja, Hannah staunte. Sabrina war ihr herzlich egal, sie staunte nur, dass Britta über all das so gut informiert war. Aber war sie nicht früher schon eine schreckliche Klatschtante gewesen?

»Und Arndt soll in Stralsund wohnen. Ich glaube, er ist Lehrer.« Sie polierte ein weiteres Glas und stellte es ebenfalls aufs Tablett.

Warum erzählte sie ihr das alles?

»Ich fand ihn damals ja ziemlich scharf.« Sie lachte auf. »Du etwa nicht? Komm schon, irgendwie fanden den alle toll, oder? Aber er wollte Sabrina. Tja, da konnten wir eben nicht mithalten.«

Hannah hatte nicht den Eindruck, als sei Britta an einer Unterhaltung interessiert. Warum sonst quatschte sie ohne Punkt und Komma und stellte Fragen, die sie sich selbst beantwortete? Hatte sie ihren Monolog nun beendet? Offenbar schon, denn sie sah Hannah neugierig an.

»Und? Bist du verheiratet?«

Hannah schüttelte den Kopf.

»Aber liiert?«

»Nein, ich …«

»Warst du nicht mal mit Jens Winter zusammen?«

»Ja, aber das …«

Britta musterte sie erneut, wobei sie sich wie auf einem Basar vorkam. Fehlte nur, dass sie ihre Zähne zeigen sollte. Doch dieser Blick war ihr nicht neu, schon damals hatte Britta die anderen Mädchen betrachtet, als müsse sie herausfinden, welche hübscher als sie selbst war und damit höher im Kurs stand.

Hannah betrachtete sie nun ebenfalls genauer. Britta hatte sich verändert, sie war deutlich älter geworden. Ihr Haar war spröde und hatte eine seltsame Ockerfarbe, wahrscheinlich vom ständigen Färben.

»Keinen Freund?«, fragte sie jetzt und blickte Hannah an, als leide die unter einer ansteckenden Krankheit, was dann wohl auch der Grund dafür sein müsste, dass sie in keiner Beziehung war.

»Ich bin Single, Britta«, sagte Hannah, »und ganz zufrieden.«

»Erinnerst du dich noch an Peer?«

Hannah musste überlegen. Peer, wer war noch mal Peer? Schließlich nickte sie, weil sie Britta nicht noch dazu bringen wollte, ihr zu erklären, wer Peer war.

»Wir waren über fünf Jahre zusammen, haben in Parchim in einer richtig tollen Wohnung gewohnt. Ich wollte unbedingt ein Kind mit ihm, aber er …« Britta zuckte mit den Schultern. »Und dann ging's meinem Vater schlecht, und ich sollte den Laden hier übernehmen. Tja, und das war nichts für Peer. Also bin ich allein wieder hierher.«

Hannah nickte, und bevor Britta womöglich noch aus dem Nähkästchen plaudern würde, sagte sie: »Ich muss in den Saal, ein paar Visitenkarten abgeben.«

»Schon irgendwie komisch, dass du nur für andere Hochzeitstorten backst.«

Ihren Gesichtsausdruck konnte Hannah nicht deuten.

War es Häme? Neid? Bewunderung? Gleichgültigkeit? Es hätte alles sein können, und das machte es nicht besser.

»Du richtest ja auch Hochzeitsfeiern aus und bist selbst nicht verheiratet.«

Darüber schien Britta ernsthaft nachzudenken, dann runzelte sie die Stirn. »Das ist ja nun was vollkommen anderes.«

»Ach ja? Das finde ich nicht. Ich muss jetzt wirklich weiter, Britta.« Hannah wandte sich ab.

»Wir sollten uns mal treffen, wegen der guten alten Zeit, du weißt schon. Vielleicht gehen wir mal in die Disko, so wie früher.«

»Ich hab viel um die Ohren, Britta.« Hannah schaffte es immerhin, ihr ein halbwegs freundliches Lächeln zu schenken. Dann verschwand sie um die Ecke.

Als sie kurz darauf wieder vor dem Lieferwagen stand, musste sie sich sammeln. Die Begegnung mit Britta hatte sie verwirrt, vor allem aber das, was sie ihr erzählt hatte.

Markus warf ihr einen verwunderten Blick zu. »Bist du geflüchtet?«

»Irgendwie schon. Ich hab eine Bekannte wiedergetroffen. Weißt du, manchmal verstehe ich nicht, dass Menschen, die man ewig nicht gesehen hat, der Meinung sind, dass man sich unbedingt mal treffen sollte. Wenn ich jemandem jahrelang aus dem Weg gehe, dann hab ich doch einen Grund dafür.«

»Kann man das hier überhaupt, sich aus dem Weg gehen?«

Sanddorn

Hiddensee, einige Wochen später

Für Hannah würde dieser Donnerstag ein ganz besonderer Tag werden, weil er auf eine zunächst behutsame und sehr stille Weise ihr Leben verändern sollte.

Toni hatte einen weiteren Zahnarzttermin, und so stand Hannah in der Konditorei und plauderte mit Frau Zimmermann, die in der Nacht aus dem Bett gefallen war und sich das Handgelenk verstaucht hatte.

»Und ich hab noch Glück gehabt«, sagte sie gerade, als die Tür aufging und Arndt hereinkam.

Hannah starrte ihn an, als wäre er ein Gespenst.

»Arndt.« Mehr brachte sie nicht heraus.

Ihre Kundin verabschiedete sich und ging mit ihren so typischen Trippelschritten zur Tür. Arndt hielt sie ihr auf und achtete darauf, dass sie nicht über die Matte stolperte.

Hannah hatte die wenigen Sekunden nutzen wollen, um ein möglichst kluges Gespräch zu beginnen. Ihr rasendes Herz machte ihr allerdings klar, dass daraus wohl nichts werden würde.

Arndt betrachtete die Auslage.

»Das sieht alles wahnsinnig gut aus. Kannst du mir was empfehlen?«

Sie räusperte sich. Wenn sich ihr Herz doch nur ein bisschen beruhigen würde.

»Vielleicht die Sanddorntorte?« Ihre Stimme war rauh, fast kratzig.

»Die kenne ich noch von früher. Deine Eltern haben sie damals schon verkauft, richtig? Dann nehme ich zwei Stücke. Ich hab gehört, dass du die Konditorei übernommen hast?«

Wieder nickte sie.

»Tut mir leid, das mit deinem Vater, meine ich.«

»Danke«, hauchte sie.

Er stand so dicht vor ihr, dass sie sein Rasierwasser riechen konnte. Es passte gut zu ihm. Sie zwang sich, einfach so zu tun, als würde er tagtäglich in ihre Konditorei kommen. Sie setzte ein heiter-fröhliches Gesicht auf und drückte den Rücken durch.

»Möchtest du sonst noch was?«

»Nein, vielen Dank.«

Er kramte sein Portemonnaie hervor und legte einen Fünfer auf den Tresen.

»Du hast deine Anmeldung nicht abgegeben.«

»Welche Anmeldung?«

Ihr war natürlich sofort klar, was er meinte.

»Ach so, die Anmeldung.«

Ihr Herz schlug einen doppelten Salto.

Sie blickten sich wenige Sekunden an.

Hannah schluckte. »Ich hab's glatt vergessen.«

»Früher warst du nicht so vergesslich.«

Er lächelte ein wenig verschmitzt und sehr flüchtig. Eine Sekunde später war es vorbei, und sein Gesicht war ernst.

Früher. Ein weiterer Salto ihres übermütigen Herzens.

»Nein.«

»Früher hast du auch keine Brille getragen. Steht dir.«

»Danke.«

Sie spürte, wie ihr das Blut in die Wangen schoss.

Er ging zur Tür, und sie stellte sich vor, wie sie ihm nachlaufen und ihn umarmen würde. Wie sie ihn küssen und ihm tief in die Augen schauen würde. Doch sie starrte ihm nur auf den Rücken.

An der Tür blieb er kurz stehen. »Bis bald mal wieder.«

Er hatte leise gesprochen, und doch klang es in ihren Ohren so laut, als hätte man Kanonenschüsse abgefeuert.

»Dann bis bald«, hörte sie sich krächzen.

Sie hatte schlecht geschlafen, was kein Wunder war. Arndts Erscheinen hatte sie vollkommen durcheinandergebracht.

Als sie am nächsten Morgen aufstand, überlegte sie, ob sie sich nicht krankmelden sollte. War sie überhaupt schon ein einziges Mal krank gewesen?

Als sie die Wohnung verließ, riss sie sich zusammen. Vielleicht würde er irgendwann wiederkommen und etwas kaufen, und wenn schon. Wahrscheinlich war er zu Besuch hier.

Ja, vermutlich würde er ein-, zweimal herkommen, bei ihr kaufen, und dann würden sie sich nicht wiedersehen.

Sie sollte endlich das tun, was naheliegend war: nicht mehr an ihn denken und ihn sich aus dem Kopf schlagen. So wie sie es schon einmal getan hatte.

Toni war bereits da und fegte gerade den Fußboden.

»Was ist passiert?«, fragte Hannah überrascht.

»Weil ich schon da bin, meinst du?« Toni seufzte laut, dann lachte sie auf. »Ich hab von Markus geträumt, stell dir vor. Wir haben zusammen Brötchen gebacken. Verrückt, was?«

Hannah musste lachen und spürte, wie das ihren Geist befreite.

Sie ging zur Tür und öffnete sie weit. Sie sah förmlich, wie ihre düsteren Gedanken davonflogen.

»Weg mit euch«, murmelte sie.

»Was tust du da?«

»Ich verscheuche meine dunklen Gedanken.«

»Oh, *du* hast dunkle Gedanken?«

»Hin und wieder.«

Sie ging in die Backstube, wo Markus mit einer köstlich aussehenden Biskuitrolle beschäftigt war.

»Ich nenne sie Biskuitrolle Light. Joghurt, Früchte, wenig Zucker, keine Sahne.«

Er hob den Kopf und stutzte. »Fehlt dir was?«

»Warum fragst du?«

»Entschuldige, wenn ich das so direkt sage, aber du siehst aus, als hättest du nicht besonders gut geschlafen.«

»Hab ich auch nicht.«

»Soll ich meinen Mund halten?«

»Wenn's dir nichts ausmacht.«

»Überhaupt nicht. Ich kann schweigen wie ein Grab.«

Bis zum späten Vormittag arbeiteten sie mehr oder weniger stumm nebeneinander. Markus hatte inzwischen die Außentür geöffnet, um frische Luft hereinzulassen. Allerdings machte das wenig Sinn, da es draußen sehr schwül war.

Hannah dekorierte die fertige Sanddorntorte. Dabei musste sie die ganze Zeit an Arndt denken. Konnte es wirklich sein, dass sie ihn all die Jahre irgendwo tief in ihrem Herzen vergraben, geradezu verschüttet hatte, ohne es zu wissen? Dass sie nie aufgehört hatte, ihn zu lieben?

»Du grübelst heute ganz schön viel«, meinte Markus schließlich. »Bist du sicher, dass du nicht drüber reden willst?«

»Es geht um einen Mann.«

Er seufzte schwer. »Ach, du liebe Zeit.«

»Genau. Und du bist ein Mann. Irgendwie würde es mir komisch vorkommen, mit dir darüber zu sprechen.«

Seltsamerweise musste sie lachen, und das war ungeheuer befreiend.

»Brauchst du einen Rat? Ich meine, wenn es um einen Kerl geht, kann ich dir vielleicht einen Rat geben.«

»Nein, aber trotzdem danke, Markus. Ich brauche keinen Rat. Wahrscheinlich brauche ich einen Psychiater.«

Über Mittag hatte Hannah die Konditorei geschlossen, wie immer. Sie war zum Strand gegangen und wollte sich in der Ostsee abkühlen. Sie schwamm mit kräftigen Zügen bis zur Boje und konnte kaum glauben, wie sie sich vor einigen Wochen so hatte abquälen können. Diesmal war ihr die Strecke sehr kurz vorgekommen, und genau genommen war sie das ja auch. Mit dem großen Unterschied, dass das Wasser heute wunderbar erfrischend und angenehm kühl war.

Sie tippte die Boje leise lachend an und machte wieder kehrt.

Zurück in ihrer Wohnung, aß sie eine Kleinigkeit und öffnete sämtliche Fenster. Heute war es ganz besonders heiß und in der Backstube kaum auszuhalten.

Als sie dann wenig später die Treppe hinunterlief, um die Ladentür aufzuschließen, bremste sie verblüfft ab, als sie zwei Leute davorstehen sah; einen Mann und eine Frau, beide etwa Ende zwanzig. Die Frau trug eine riesige Umhängetasche und machte einen leicht hektischen Eindruck, der Mann hatte eine Kamera um den Hals und eine Baseballkappe auf dem Kopf, mit dem Schirm nach hinten. Er ließ laut einen Kaugummi knallen, als Hannah um die Ecke kam.

»Ah, Sie sind Frau Büchner? Hannah Büchner?«

Die junge Frau kam sofort auf sie losgestürmt.

Hannah nickte etwas verwirrt. Was wollten die beiden von ihr?

»Wir sind von der Tageszeitung und würden gerne einen Artikel über Sie und Ihre Hochzeitstorten bringen.«

»Oh.« Mehr brachte Hannah gerade nicht heraus.

»Dürfen wir?«

»Ja, sicher. Natürlich.«

Sie war gar nicht richtig angezogen, außerdem war ihr Haar noch nass, und im Gesicht hatte sie sicher noch Reste von der Sonnenmilch. Warum hatten die beiden sich nicht angemeldet?

Na schön, sie würde es professionell angehen, es half ja nichts.

»Lassen Sie uns reingehen. Wir suchen uns einen Platz, wo es angenehm kühl ist.«

Die Teeküche vielleicht?

Der junge Mann nickte sichtlich begeistert. Er hatte ein

feuerrotes Gesicht und ganz offensichtlich keine Sonnencreme benutzt.

Hannah führte die beiden in dem Moment in die Teeküche, als Toni hereinkam.

»Ich bin da!«, rief sie gut gelaunt.

»Ich auch. Und wir haben Besuch von der Zeitung.«

Toni blieb stehen, als sie die beiden Reporter sah. Und sie tat das, worüber Hannah nur nachgedacht hatte: Mit beiden Händen fuhr sie sich über ihr zu einem Zopf zusammengebundenes Haar und strich anschließend sichtlich nervös ihr T-Shirt glatt, zu dem sie einen kniekurzen Jeansrock und Sandalen trug.

»Ach herrje, wenn ich gewusst hätte …«

Hannah blickte die Reporterin an. »Von mir aus kann's losgehen.«

Der Fotograf hatte ein paar Fotos von Hannah gemacht, auf denen sie höchstwahrscheinlich gruselig aussah. Ihre Locken in alle Richtungen abstehend, auf der Nasenspitze und den Wangen Reste von Sonnenmilch.

Als sie bemerkt hatte, dass er sie fotografierte, war sie aufgesprungen und zum Spiegel gelaufen.

»Darf ich mich bitte erst ein bisschen herrichten?«

»Sie sehen doch prima aus«, hatte er schulterzuckend zurückgegeben.

Wenn er fand, sie sähe prima aus, musste das nicht bedeuten, dass sie derselben Meinung war. Sie hatte ihr Haar kräftig ausgebürstet und hinters Ohr gesteckt. Dann hatte sie Toni nach einem Puder und Wimperntusche gefragt.

»Meinst du, dass er mich auch fotografieren will?«, hatte Toni geraunt.

Das hatte er tatsächlich getan: Hannah und Toni einträchtig nebeneinander hinterm Verkaufstresen, eine Hand am Korb mit den Brötchen, ein breites Lächeln im Gesicht. Hannah hatte sich gut vorstellen können, wie das Bild aussehen würde.

Der Artikel sollte am Samstag erscheinen. Sie versprachen, drei Exemplare vorbeizubringen, und verabschiedeten sich.

Sie waren kaum draußen, als eine ältere Dame hereinkam, die Hannah hier noch nie gesehen hatte.

»Mein Enkel kauft bei Ihnen Ufos. Ich habe leider nicht die geringste Ahnung, was er damit meint.«

Hannah zeigte auf die Amerikaner.

»Dann sind Sie Julians Großmutter?«

»Ach, Sie haben sich einander schon vorgestellt?«, fragte die alte Dame zurück. »Geben Sie mir zwei von diesen Ufos und bitte zwei Stück von Ihrer Sanddorntorte, von der ich schon so viel gehört habe.«

Hannah packte alles ein und reichte ihr dann das Kuchenpaket. »Guten Appetit. Und grüßen Sie Julian bitte von mir.«

Toni stand hinter ihr und hatte sie die ganze Zeit gezwickt. Erst als die Kundin hinausgegangen war, drehte sie sich zu ihr um.

»Verrätst du mir, warum du mich dauernd kneifst?«

»Wir sind in der Zeitung, Hannah!«

»Ja, und?«

»Findest du das nicht aufregend?«

»Nicht besonders.«

»Vielleicht kommt ja auch noch jemand vom Fernsehen.«

Toni schüttelte ihr Haar aus und band es neu zum Zopf.

Hannah musste lachen. »Klar, und danach drehen sie einen Film über eine berühmte Konditorin, frei nach meinen Memoiren.«

Dazu müsste ich sie erst einmal schreiben können ...

»Könnte doch sein. Und Juliette Binoche spielt die Hauptrolle.«

Hannah sah sie irritiert an. »Juliette Binoche?«

»Sag bloß, du kennst sie nicht. Sie hat in diesem tollen Film mitgespielt: *Chocolat*.«

»Na, das passt doch.«

Am Abend war sie durch Neuendorf spaziert, vorbei an ihrem Elternhaus. In einiger Entfernung blieb sie stehen und blickte in den Garten. Ihr Vater hatte ihr, als sie klein war, eine Schaukel in den alten Kirschbaum gehängt. Manchmal hatte er ihr Anschwung gegeben, und sie hatte laut gekichert und gerufen: »Schneller, Papi, gleich kann ich fliegen.«

»Hauptsache, du fliegst mir nicht davon«, hatte er dann immer geantwortet.

Der Garten war gepflegt, überall standen Sonnenblumen und Rittersporn.

»Hannah.«

Sie wirbelte schuldbewusst herum. Das hatte sie nun davon, dass sie hier herumstand und neugierig in fremde Gärten spähte.

»Jens.«

Mit ihm hatte sie nun wirklich nicht gerechnet.

Er zeigte auf das Haus. »Warum wohnst du nicht hier?«

»Das Haus ist zu groß für mich allein.«

»Verstehe.«

Sie hatte das Gefühl, als müsse sie ihr merkwürdiges Verhalten neulich am Strand wiedergutmachen. Immerhin hatte er sie aus der kalten Ostsee gefischt, und sie hatte ihn ziemlich unhöflich abserviert.

»Danke, dass du mich aus dem Wasser gezogen hast. Ich hätte es wahrscheinlich wirklich nicht allein geschafft.«

Er sah ihr in die Augen, und sie musste den Blick abwenden, weil es ihr unangenehm war.

»Gern geschehen.«

Er wollte noch etwas sagen, das spürte sie deutlich. »Vielleicht machen wir mal was zusammen, was hältst du davon?«

Genau das wollte sie nicht. Das mit Jens und ihr war Geschichte und ein halbes Leben her. Und sie wurde das Gefühl nicht los, dass er etwas aufwärmen wollte, was längst erkaltet war.

Doch sie hörte sich »Warum nicht« sagen und biss sich auf die Zunge. Es war ihr schlechtes Gewissen, das an ihr nagte, nichts weiter. Sie wollte nett zu ihm sein, weil er nett zu ihr gewesen war.

Er rieb sich die Hände. »Klasse. Morgen Abend?«

Morgen schon …

»Meinetwegen.«

»Um acht bei Britta?«

Bei Britta? O bitte, nein.

»Warum treffen wir uns nicht am Strand? Das Wetter ist so schön. Wir könnten ein Picknick machen.«

War das unverfänglich genug? Oder war ein Picknick womöglich zu romantisch, zu intim? Es war leider zu spät, sich darüber Gedanken zu machen.

»Das klingt noch besser.«

Er schwang sich wieder auf sein ziemlich verrostetes Rad. Das Schutzblech schepperte und quietschte, und sie wunderte sich, dass sie ihn nicht hatte kommen hören.

Sie blickte ihm nach. Er war ihr fremd geworden, so als wäre nie etwas Inniges zwischen ihnen gewesen.

Sie hätte nicht zusagen sollen.

Jens roch so intensiv nach Rasierwasser, dass sie für einen Moment den Atem anhalten musste. Du meine Güte, er musste darin gebadet haben.

»Siehst klasse aus.«

Er legte ihr eine Hand auf die Schulter und zeigte dann auf den Korb, den sie mitgebracht hatte.

Sie hatte belegte Brötchen, eine Flasche Weißwein und Weintrauben dabei, Jens Sekt, Erdnüsse und Salzstangen.

»Verhungern werden wir jedenfalls nicht.«

»Verdursten auch nicht.«

Er öffnete die Sektflasche, während sie die Decke ausbreitete und zwei Plastikbecher aus dem Korb nahm. Es war noch immer sehr warm und erstaunlich windstill.

Ein paar Kinder spielten am Wasser und kreischten, wann immer eine Welle kam.

Jens stand neben ihr, eine Hand über den Augen, und sagte unvermittelt: »Ich hätte auch gern Kinder gehabt. Und du auch, das weiß ich.«

Es klang merkwürdig, fand sie, so als würde er sein Leben Revue passieren lassen und hätte soeben bemerkt, dass es für viele Dinge längst zu spät war.

»Du kannst noch immer Vater werden«, meinte sie leichthin und trank einen Schluck Sekt. »Prost übrigens.«

»Prost.« Er stieß leicht an ihren Becher und trank seinen in einem einzigen Zug aus. Sofort schenkte er nach.

»Ich bin siebenunddreißig«, sagte er dann.

»Na und?«

»Ich wollte immer ein junger Vater sein.«

Sie musste lachen. »Na, dafür ist es ein bisschen spät. Andererseits ist man doch mit Ende dreißig nicht alt.«

»Vorausgesetzt, ich wäre mit Ende dreißig Vater.«

Das Gespräch ging in eine Richtung, die ihr nicht gefiel. Am Ende würden sie sich gegenseitig vorjammern, wie schlecht sie es getroffen hatten. Womöglich würde es noch darauf hinauslaufen, dass es besser gewesen wäre, wenn sie sich nicht getrennt hätten.

Hannah suchte verzweifelt nach einem anderen Thema, doch es wollte ihr partout keins einfallen.

Jens griff nach den belegten Brötchen und biss eher lustlos hinein.

»Ich hoffe, du magst Käse.«

»Klar.«

Sie wühlte im Korb. »Ich hab sonst auch noch welche mit Salami.«

»Käse ist prima, danke.«

»Oder lieber Schinken? Den müsste ich auch irgendwo …«

Er seufzte laut. »Käse ist perfekt, Hannah, wirklich.«

»In Ordnung.«

Sie blickten aufs Meer hinaus und schwiegen.

Sie gingen zu Wein über, und nach dem zweiten Glas war Hannah hoffnungslos beschwipst. Sie vertrug einfach nichts.

Jens lag auf der Decke, die Ellbogen aufgestützt.

»Ich hab dir das Herz gebrochen. Du glaubst ja nicht, wie oft ich darüber nachgedacht hab.«

»Ach, Jens ...« Sie wollte sich ebenfalls bequemer hinlegen, dabei knickten ihre Unterarme weg, und sie landete flach auf dem Rücken. Als sie sich hastig wieder aufsetzte, wurde ihr schwindelig. »Das ist doch schon so ...«

»Ich hab mir die schwersten Vorwürfe gemacht.«

»Das ist wirklich nicht ...«

»Dabei wollte ich dich nicht verletzen, das musst du mir glauben. Ich war nur so ... Und wir beide ... Irgendwie war die Luft raus, oder?«

Sie nickte eifrig, dankbar, dass sein Geständnis das Gespräch in eine andere Richtung lenkte.

»Genau, die Luft war raus.«

Er sah sie an, und sie drehte rasch den Kopf und blickte angestrengt aufs Meer.

»Ich hab's bereut. Immer hab ich bereut, dass ich abgehauen bin.«

Die Kinder hatten ihre Sachen zusammengepackt und waren nach Hause gelaufen. Nur ein einzelner Spaziergänger war zu sehen, der immer wieder stehen blieb, um Muscheln oder Steine aufzuheben. Die Sonne ging langsam unter und zauberte einen wunderschönen orangefarbenen Farbton aufs Wasser.

Hannah blinzelte. Auch mit neunzig hätte sie sich an diesem Schauspiel noch nicht sattgesehen.

Jens' Hand tastete nach ihrer, und sie entzog sie ihm geschickt, indem sie dringendes Naseputzen vortäuschte und ein Taschentuch aus ihrer Hose zog.

»Hallo, Hannah.«

Als sie die vertraute Stimme hinter sich hörte, war es,

als würde ihr jemand das Herz mit beiden Händen fest zusammendrücken und anschließend gleich noch ein Messer in ihre Eingeweide bohren. *Bitte nicht …*

Sie blieb kerzengerade sitzen, drehte nur den Kopf ein wenig. Arndt stand da, beide Hände in den Hosentaschen, und blickte wie sie aufs Wasser. Langsam trat er näher und hockte sich neben sie.

»Ein Picknick, wie nett.«

Jens sah ihn stirnrunzelnd an.

»Willst du uns nicht vorstellen?«, sagte er ein wenig mürrisch.

»Ach, natürlich. Jens, das ist Arndt. Arndt, das ist Jens.«

Sie schluckte schwer. Dann warf sie Arndt einen flüchtigen Blick zu und zeigte auf die Decke. »Möchtest du? Ist noch genug da.«

»Nein, vielen Dank, ich hab schon gegessen.«

Sie spürte, wie ihr Herz eine dieser wohlbekannten Kapriolen schlug, die sie inzwischen nur zu gut kannte.

»Sind Sie auch von hier?«, fragte Jens, als würde er Arndt zum Verhör bestellen.

Arndt nickte. »Ich bin hier aufgewachsen.«

Hannah und Jens hatten sich kennengelernt, nachdem Arndt Hiddensee verlassen hatte.

»Und ich stelle wieder mal fest, wie unfassbar schön es hier ist.« Er seufzte auf, den Blick noch immer aufs Meer gerichtet. »Ich hab gar nicht gewusst, wie sehr mir das gefehlt hat.«

Es hatte wehmütig geklungen.

Noch bevor sie etwas Tröstendes darauf erwidern konnte, denn genau das hatte sie tun wollen, sagte er: »Ich muss dann mal wieder. Viel Spaß noch.«

Damit schlenderte er langsam über den Strand, hin zu den heidebewachsenen Flächen, und war kurz darauf nicht mehr zu sehen.

Hannah ballte die Hände zu Fäusten. Gern hätte sie ihm nachgerufen, dass sie gar keinen Spaß hatte und dieses Picknick eine komplette Schnapsidee war. Dass sie ein schlechtes Gewissen Jens gegenüber gehabt und sich nur deshalb darauf eingelassen hatte.

Jens hielt ihr die Flasche hin und zeigte auf ihren leeren Becher. »Noch Wein?«

»Nein, ich glaube, ich gehe dann auch mal …«

Plötzlich stand er dicht bei ihr, so dicht, dass sie seinen Atem riechen konnte.

»Ach, komm schon, Hannah, noch 'ne halbe Stunde.«

»Wie du weißt, muss ich morgens früh raus, Jens.« Sie machte einen Schritt zurück und begann, die Sachen in den Korb zu räumen. »Außerdem ist es schon spät.«

»Gerade mal halb zehn.«

Sie klopfte ihre Jeans ab.

»Ich muss ziemlich früh raus, Jens.«

»Wie du meinst. Ich bringe dich nach Hause.«

Er hatte die leere Sektflasche samt den beiden Bechern aufgehoben.

»Ich bestehe darauf«, setzte er hinzu.

Wahrscheinlich hatte er geahnt, dass sie etwas einwenden wollte. Er wirkte sehr entschlossen.

Vor der Konditorei blieben sie stehen.

Hannah wich seinem bohrenden Blick aus, genau so empfand sie es.

»Gute Nacht, Jens. Und danke fürs Bringen.«

Er schien noch auf etwas zu warten. Dachte er, er bekäme einen Gutenachtkuss?

Gerade als sie sich abwenden und die Tür aufschließen wollte, zog er sie an sich und küsste sie.

Und sie konnte sich dieser Umarmung nicht entziehen. Erstens trug sie den Picknickkorb, und zweitens war sie vollkommen überrumpelt.

»Schlaf gut«, murmelte er in ihr Haar.

Sie erwiderte nichts, drückte die Tür auf und ließ sie hinter sich ins Schloss fallen.

Worauf hatte sie sich da nur eingelassen?

Ausgerechnet Jens. Jetzt dachte er sich womöglich weiß Gott was. Sie hätte ihm viel deutlicher zeigen müssen, dass er sich keine Hoffnung machen sollte.

Müde und träge betrat sie die Backstube, wo Markus bereits laut pfeifend beschäftigt war.

»Morgen. Gut geschlafen?«

»Nein, miserabel.«

»Oh, das tut mir leid. Am Mond kann es aber diesmal nicht liegen.«

»Nein, an Jens«, knurrte sie und band sich die Schürze um.

»Ach, das ist der Bursche, der dir neulich schon Kopfzerbrechen bereitet hat?«

Sie blickte ihn zerstreut an. Von wem sprach er?

Zwei Sekunden später war sie im Bilde. »Nein, das war jemand anderer.«

»Zwei Männer, zwei Probleme.«

Er stellte den Ofen an und sprach ihm gut zu, so wie auch Hannah es sich mittlerweile angewöhnt hatte.

Toni kam hereingestürmt.

»Die Zeitung ist da!« Sie warf sie auf den Tisch.

»Das musst du lesen, Hannah! Du wirst dich vor Aufträgen nicht mehr retten können, wetten?«

Von Wetten hatte Hannah vorerst genug. Sie nahm die Zeitung und schlug sie auf. Als sie das Foto sah, auf dem Toni und sie breit lächelten, musste sie schmunzeln. »Wir sahen schon mal besser aus.«

»Ach, so schlimm finde ich es gar nicht. Und? Was sagst du zu dem Artikel?«

Hannah tat so, als würde sie ihn überfliegen. Dann nickte sie. »Schön. Ich freue mich.«

»Das könntest du ruhig ein bisschen zeigen«, fand Toni. »Das, was sie über deine Torten geschrieben haben, finde ich umwerfend. Oder?«

»Umwerfend, ja.«

»Hast du ihnen deine Skizzen gezeigt?«

»Natürlich nicht.«

Hatte etwas darüber in dem Artikel gestanden? Aber dann hätte Toni es sicher erwähnt.

Markus lugte ihr über die Schulter. Er tippte auf das Foto, das sie an ihrem Tisch zeigte, auf dem sie ihre Hochzeitstorten herstellte, und sagte: »Ein hübsches Foto.«

Er übertrieb hemmungslos, fand sie.

»Bekomme ich auch eine Zeitung? Ich möchte sie mir übers Bett hängen.«

Toni klappte den Mund auf, und Hannah ahnte, was sie gerade dachte. Wahrscheinlich glaubte sie, Markus wolle sich Hannahs Konterfei übers Bett hängen.

Er zeigte auf den Artikel. »Na, immerhin werde auch ich lobend erwähnt.«

Hannah war froh, dass er die Situation unbewusst gerettet hatte.

Auch Toni schien zufrieden. Sie schlug die Zeitung wieder zu.

»Jeder bekommt eine.«

Irgendetwas lag in der Luft, das spürte Hannah deutlich. Es hatte etwas damit zu tun, wie Markus und Toni sich ansahen. Allmählich ging ihr ein Licht auf.

Als die Ladenglocke bimmelte, sagte sie schnell: »Ich übernehme das, Toni.« Damit lief sie aus der Backstube.

Vorn im Laden stand Arndt.

Er sah atemberaubend aus in der hellen Jeans und dem weißen Hemd, das er leger darüber trug. Die Sonnenbrille hatte er auf den Kopf geschoben.

Hannah stockte der Atem, und sie spürte, wie ihr das Blut erst aus den Wangen wich und dann wieder heiß einströmte.

»Hallo, Hannah. Ich hätte gern vier Brötchen.«

Ihre Finger versagten, und sie bekam die Papiertüte nicht richtig zu fassen. Das erste Brötchen landete deshalb auf dem Fußboden. Sie nahm ein neues aus dem Korb.

»Die Kurse haben schon begonnen«, sagte Arndt. »Ich fürchte, du hast den Zeitpunkt verpasst.«

Mit zittrigen Händen reichte sie ihm die Tüte.

»Ja, sieht so aus. Ich hab so viel im Kopf gehabt, weißt du.«

»Zu welchem Kurs hattest du dich eigentlich anmelden wollen?« Er legte das Geld auf den Tresen.

Sie räusperte sich, und um Zeit zu schinden, sortierte sie das Geld in die Kasse und beschäftigte sich intensiv mit dem Wechselgeld.

»Ich wollte … einen Yogakurs machen.«

»Yoga. Wie nett.«

Sie musste lachen. »Ja, ich finde Yoga nett.«

»Ich habe den Zeitungsartikel gelesen.«

»Ach ja?«

Er nickte. »Eine schöne Idee, das mit den Hochzeitstorten.«

Sie wusste nicht recht, was sie sagen sollte.

»Ich hätte da vielleicht einen Auftrag für dich. Ein guter Freund von mir heiratet Anfang Oktober.«

Ihr Puls raste, und der Blick in seine Augen machte sie ganz kribbelig.

»Ich bin Trauzeuge und möchte ihn mit einer Torte überraschen.«

Anstatt etwas zu erwidern, lächelte sie nur. Was daran lag, dass sie viel zu perplex war.

»Oder hast du schon zu viel zu tun?«

»Was?«

»Würdest du den Auftrag annehmen?«

»Welchen Auftrag? Ach so, ja natürlich.«

Himmel noch mal, wie sie herumstammelte.

»Vielleicht setzen wir uns zusammen und besprechen alles?«

»Wir beide?« Sie räusperte sich. Dann lachte sie etwas schrill, bevor sie entgegnete: »Ich glaube, ich bin noch immer etwas durcheinander wegen des Artikels.«

»Wann hättest du denn Zeit?«

Immer.

Sie tat so, als müsse sie darüber nachdenken, blätterte sogar in dem Kalender, der neben der Kasse lag und in den Toni Kundenbestellungen eintrug.

Sie betrachtete ihre ganz persönlichen Mohnstreusel.

»Wie wär's mit nächstem Mittwoch? Sagen wir um halb sieben. Ähm ... abends.«

»Da bin ich auf Rügen. Der Alphabetisierungskurs, du weißt schon.«

Der, bei dem ich eigentlich auch sein sollte.

»Schön, dann vielleicht Donnerstag?«

Er nickte.

»Halb sieben?«

»Halb sieben wäre perfekt.«

Arndt verabschiedete sich, und Hannah wusste, bis Donnerstag würde sie wahrscheinlich weder vernünftig schlafen noch essen können.

Krokant

Hiddensee im Spätsommer

Markus und Toni bandelten miteinander an.

Hannah hatte es bereits geahnt. Nun aber war es mehr als deutlich zu sehen. Toni ging anders, sprach anders, benutzte Make-up und lackierte sich die Fingernägel. Wenn Markus vor ihr stand, fuhr sie sich immerzu durchs Haar und lachte schriller als sonst, wenn jemand etwas Lustiges sagte. Und Markus hatte sich sein Haar sehr flott und jugendlich schneiden lassen, duftete selbst in der Backstube nach Rasierwasser und hatte diesen ganz besonderen Glanz in den Augen, wann immer Toni ihn anschaute.

Hannah hatte nicht mal Amor spielen müssen, die beiden hatten es ganz allein hinbekommen.

Bis Mittwochmorgen war sie tatsächlich ein Nervenbündel. Sie hatte schlecht geschlafen, intensiv geträumt und nur wenig essen können. Als sie am Abend Feierabend machte, überkam sie eine solche, heftige Sehnsucht nach ihrem Vater, dass sie beschloss, nach Kloster zum Friedhof zu gehen.

Es nieselte leicht, doch der Himmel klarte schon wieder auf.

Als kleines Mädchen hatte sie geglaubt, wenn sie schnell

genug fahren würde, dann fiele der Regen an ihr vorbei, und sie würde nicht nass werden.

Der Pastor kam aus der Kirche und winkte ihr von weitem zu.

Sie ging zum Grab ihrer Eltern, hockte sich hin und zupfte gedankenverloren Unkraut unter den beiden Ranunkelsträuchern heraus. Es war keine gute Idee gewesen, sie zu pflanzen. Schon jetzt breiteten sie sich zu sehr aus. Im Spätherbst würde sie sie wieder herausnehmen.

»Endlich kann ich mich meinen Hochzeitstorten widmen«, sie seufzte leise, »und ich kann mich nicht mal richtig drüber freuen. In meinem Leben geht's gerade drunter und drüber.« Sie strich über eine kleine vertrocknete Blüte, die noch nicht abgefallen war. »Ich weiß nicht mehr, wo mir der Kopf steht, Papa. Du fehlst mir so.«

Was würde er ihr raten? Sich auf die Hochzeitstorten zu konzentrieren? Endlich auch vor Toni und Markus Farbe zu bekennen? Beides? Und was war mit Arndt?

Sie wandte sich ab und machte sich auf den Heimweg.

Als sie den Leuchtturmweg entlangging, beschloss sie spontan, Silke zu besuchen.

Andreas war gerade dabei, die beiden kleinen Tore wieder aufzustellen, die sein Sohn und er ganz offenbar bei einem wie üblich wilden Fußballspiel umgeschossen hatten.

»Hannah.« Er schnaufte. »Warte. Ich hab was für dich.«

Sie musste sich ein Lachen verkneifen, als er über einen Maulwurfshügel stolperte und beinahe lang hinschlug.

»Dieses verflixte Tier«, schimpfte er vor sich hin.

Als er fertig war, wischte er sich die Hände an den Hosenbeinen ab und zog einen Zettel aus der hinteren Hosentasche.

»Ein Bekannter aus Wismar heiratet in zwei Wochen. Ist das zu knapp für dich, um eine deiner ...« Er fuchtelte mit einer Hand in der Luft herum. »Deiner unglaublichen Torten zu entwerfen?«

»Nein, das müsste gehen.«

Er zeigte auf den Zettel. »Seine Handynummer. Ruf ihn an, damit ihr alles besprechen könnt. Auch wenn du meine Vermittlungen natürlich gar nicht mehr nötig hast. Immerhin bist du *die* Hochzeitstortenbäckerin von Hiddensee.«

Sie lachte. »Du übertreibst hemmungslos, Andreas. Trotzdem, vielen Dank. Das ist nett von dir.«

»Meine Vermittlung oder mein Kompliment?«

»Beides.«

Sie blickte zum Haus. »Ist Silke da?«

»Sie wird oben bei den Kindern sein.«

Er verschwand im Gartenhaus, und sie ging ins Haus.

Ihre Freundin kam gerade die Treppe herunter.

»Hannah, das ist ja eine Überraschung.«

Sie umarmten sich.

»Ich war auf dem Friedhof. Und dann bekam ich Lust auf einen kleinen Plausch.«

»Möchtest du was trinken?«

»Sehr gern, irgendwas Kaltes.«

Sie setzten sich unter den alten Birnbaum.

Ein angenehmer Wind wehte, und die Blätter raschelten leise. Alles wirkte so friedlich, dass sie einen Moment schwiegen und nur dasaßen, ihr Glas in den Händen, und die Stille auf sich wirken ließen.

»Und? Bist du aufgeregt wegen morgen Abend?«, fragte Silke schließlich.

»Und wie.«

Als sie den Blick ihrer Freundin sah, verdrehte sie die Augen. »Ja, ja, ich weiß schon, was du sagen willst.«

»Und was?«

»Dass ich noch immer oder schon wieder in ihn verliebt bin.«

Silke erwiderte nichts und nippte nur an ihrem Wasser.

»Ich mag ihn immer noch.«

Silke sah sie amüsiert an. »Ach, du magst ihn.«

»Ja.«

»Sei doch ehrlich zu dir, Hannah, du liebst diesen Mann. Du warst als Siebzehnjährige verschossen bis über beide Ohren, und jetzt …« Silke verstummte.

Hannah trank ihr Wasser und drehte dann das Glas gedankenverloren in den Händen.

Ja, sie liebte Arndt, sie hatte wahrscheinlich niemals damit aufgehört.

Andreas gesellte sich kurz zu ihnen, aber nur um seiner Frau stolz zu erzählen, dass er noch das Gartenhaus aufgeräumt und den Spaten gesäubert hatte.

Silke lachte kopfschüttelnd, als er ihr einen Kuss aufs Haar gab und dann im Haus verschwand.

»Er ist und bleibt ein großer Junge.«

»Frauen werden schwach bei großen Jungs«, sagte Hannah leise.

»Was?«

»Du hast mir mal einen Artikel vorgelesen, weißt du nicht mehr? Da ging es darum, was Frauen an Männern besonders anziehend finden.«

Silke lächelte. »Sogar Nietzsche hat gesagt: ›Im echten Manne ist ein Kind versteckt.‹ Was ist mit Arndt? Ist er auch ein großer Junge?«

»Keine Ahnung.«

»Doch, du weißt es. Du willst nur nicht darüber nachdenken.«

»Ach, Frau Freud, wenn es doch nur nicht so kompliziert wäre.«

Hannah stöhnte wütend auf.

»Wenn ich es doch nur einfach abstellen könnte! Klick, ich liebe ihn nicht mehr. Und fertig.«

Es hatte dramatisch geklungen, aber genau so war ihr zumute.

Silke lehnte sich zurück. »Na also. Immerhin gestehst du es dir ein.«

Hannah stand auf. Sie war so nervös, dass sie nicht mehr still sitzen bleiben konnte.

»Willst du schon wieder gehen?«, fragte Silke überrascht.

»Ich muss mich unbedingt noch ein bisschen bewegen. Nicht böse sein.«

Sie umarmte ihre Freundin und verabschiedete sich.

Den Weg bis Vitte legte sie in einem flotten Sprint zurück, auch wenn sie nicht die passenden Schuhe trug.

Als sie vor ihrer Wohnungstür stand, fiel alles von ihr ab. Leise keuchend lehnte sie sich dagegen, und für wenige Sekunden fühlte sie sich unbeschwert und frei. Es war fast wie ein kleiner Rausch.

Wenn sie ihr Leben endlich neu ordnen und alles anpacken würde, was sie bisher dauernd vor sich hergeschoben hatte, könnte sie sich immer so fühlen.

Arndt war ein paar Minuten zu früh.

»Wollen wir hoch in meine Wohnung gehen?«

Als es heraus war, überlegte sie fieberhaft, ob das womöglich zu privat, zu intim sein könnte.

»Wir können natürlich auch in die Backstube gehen.«

»Warum gehen wir nicht runter zum Strand?«, schlug er vor. »Dahin, wo wir früher mit der Clique waren.«

Ihr Herz schlug schneller, weil sie gleich wieder das Bild vor Augen hatte, wie er mit der Gitarre im Sand gesessen und gesungen hatte.

»Gute Idee«, murmelte sie und lief in die Backstube, um ihren Skizzenblock zu holen. Wirre und zum Teil sogar beängstigende Gedanken gingen ihr durch den Kopf, wo sie sich zu einem einzigen Knäuel zusammenballten, bis sie kaum noch einen klaren Gedanken fassen konnte. Arndt und sie allein am Strand.

Vielleicht träumte sie.

Die Sonne spiegelte sich im Wasser, und der Wind, der heute ziemlich kräftig, aber angenehm warm war, spielte mit ihren Locken, so dass sie sich immer wieder eine Strähne aus dem Gesicht schieben musste. Über ihnen kreisten ein paar Möwen.

Es waren nur noch vereinzelt ein paar Leute unterwegs. Etwas weiter abseits saß ein Paar eng umschlungen und blickte aufs Meer hinaus.

Arndt hatte sich lang ausgestreckt und auf den Ellbogen gestützt.

Hannah räusperte sich und schlug den Block auf.

Er betrachtete einige der Skizzen. »Die sind wirklich gut, sehr gut sogar. Du bist talentiert, Hannah.«

»Danke schön.« Sie musste sich wieder räuspern. »Beschreib mir deinen Freund und vielleicht auch die Braut. Dann kann ich mir ein Bild machen.«

»Daniel liebt Musik, genau wie Daniela.« Er lachte auf. »Sie heißen wirklich so.«

»Daniel und Daniela?« Hannah musste ebenfalls lachen. »Wenn das kein Schicksal ist.«

»Vielleicht, ja. Sie haben sich in einer Jazzbar kennengelernt.«

»Spielen sie ein Instrument?«

»Daniel spielt Klavier.«

»Und seine Frau? Also die Braut?«

»Daniela ist Sängerin.«

Schon hatte Hannah eine Torte vor Augen, die entweder die Form eines Notenblattes haben würde, oder aber sie würde sich an einem Klavier versuchen. Sie nickte vor sich hin, während sie eine erste Zeichnung machte.

»Konntest du schon immer so gut zeichnen?«

Sie hob den Kopf und nickte. »Und du? Spielst du noch immer Gitarre?«

»Ab und zu.«

Hastig schlug sie die Augen nieder. Sie hätte ihn das nicht fragen sollen. Ihr Kopfkino war sofort wieder angegangen. Sie suchte schnell nach einem anderen Thema.

»Was essen die beiden besonders gern? Also vielleicht Marzipan oder Nougat? Etwas in der Art.«

»Krokant. Sie lieben beide Krokant.«

»Und gibt's eine Farbe, die sie nicht leiden können? Ich möchte ungern mit einer knallroten Torte kommen, wenn beide Rot nicht ausstehen können.«

»Nicht dass ich wüsste. Daniela liebt Katzen.«

Er lächelte versonnen.

»Wir hatten auch eine. Sie hat uns regelmäßig Mäuse ins Haus geschleppt. Meistens tote. Manchmal aber auch lebende. Wusstest du, dass Katzen ihren Menschen lebendige Mäuse bringen, um ihnen zu zeigen, dass sie sie für miserable Jäger halten?«

Hannah hatte mit angehaltenem Atem zugehört. Er sprach von sich und seinem Zuhause. Sie hatten eine Katze gehabt.

Sie würde ihn nicht unterbrechen und schüttelte deshalb nur stumm den Kopf.

»Meine Frau ist vor fast anderthalb Jahren gestorben.«

Er hatte mit tonloser Stimme gesprochen.

Hannah brauchte einen langen Moment, der ihr geradezu endlos vorkam, um wirklich zu begreifen, was er gerade gesagt hatte.

Sie wollte spontan etwas Tröstendes erwidern, irgendetwas, doch es fiel ihr nicht ein einziges Wort ein. Stattdessen schwieg sie beklommen, während ihr Herz wild pochte.

»Sie hatte einen Autounfall ...« Er schluckte und schüttelte den Kopf. »Es hat mir den Boden unter den Füßen weggerissen.«

Endlich erwachte sie aus ihrer Starre und legte für einen Moment die Hand auf seine Schulter.

»Es tut mir so leid, Arndt, so leid.«

Wie konnten sie jetzt einfach weitermachen? Weiter über eine Hochzeitstorte sprechen, wo er ihr gerade erzählt hatte, dass seine Frau gestorben war?

Lange blieben sie so sitzen, schweigend.

Irgendwann sagte Hannah leise, um ihn nicht zu erschrecken: »Wir hätten uns was zu trinken mitnehmen sollen.«

Er nickte und drehte den Kopf, um sie anzusehen. »Es tut gut, mit dir hier zu sitzen, Hannah.« Mehr sagte er nicht.

Das musste er auch gar nicht. Seine Worte hallten in ihren Ohren, und sie wusste schon jetzt, dass sie sie in der nächsten Zeit immer wieder abrufen würde.

Sie blieben bis spät in der Nacht am Wasser sitzen, beobachteten den Sonnenuntergang und plauderten über alte Zeiten. Über seine Frau sprachen sie nicht mehr.

Irgendwann, es war kühl geworden, stand Hannah auf und holte zwei Decken aus ihrer Wohnung. Darin kuschelten sie sich ein.

Der Sternenhimmel über ihnen war überwältigend.

Hannahs Nacken tat schließlich so weh, dass sie sich auf die Seite legte und zusammenrollte. Arndt lag dicht bei ihr, sein leises Atmen vermischte sich mit dem Rauschen der Wellen.

Auch diesen Moment würde sie festhalten.

Offenbar war sie eingenickt. Sie zuckte zusammen, als sie ein Geräusch hörte, und setzte sich erschrocken auf. Wo war sie?

Das war doch nicht ihr Bett, ihr Schlafzimmer. Was war das für ein seltsames Rauschen? Und warum hatte sie so kalte Füße?

Erst jetzt wurde ihr klar, dass sie in eine Decke gewickelt im kühlen Sand lag. Und sie war nicht allein, Arndt lag neben ihr und schien zu schlafen.

Sie streckte vorsichtig die Hand aus und traute sich sogar, sein Gesicht zu berühren. Wenn er wüsste, wie sehr er ihr Leben durcheinandergewirbelt hatte. Wieder einmal.

Wie spät mochte es sein?

Sie tippte ihm leicht auf die Schulter. »Arndt?«

»Hmmm ...«

»Wie spät ist es? Ich hab meine Uhr in der Backstube liegenlassen.«

Er machte wieder »Hmm«, dann setzte er sich langsam auf.

»Wir sind eingeschlafen.«

Sie lächelte. »Ja.«

»Wie früher, weißt du noch? Manchmal sind wir hier eingeschlafen, einige sogar im Sitzen.«

Sie mussten beide lachen.

»Oder wir sind bis zum Sonnenaufgang wach geblieben«, redete er leise weiter. »Ich denke gern an die Zeit zurück. Entschuldige, du wolltest wissen, wie spät es ist. Kurz nach halb vier.«

»Ich muss in die Backstube.«

Arndt stand auf und streckte sich. »Mein armer Rücken. Ich bin eben keine zwanzig mehr.« Für einen Moment legte er die Hand auf ihren Arm. »Ich begleite dich.«

Sie gingen nebeneinanderher.

»Danke, Hannah.«

»Danke? Wofür?«

»Dieser Abend hat mir so gutgetan.«

Sie wollte etwas erwidern, wusste aber nicht, was.

»Es war gut, einfach mit dir am Strand zu sitzen. Manchmal braucht es nicht mehr.« Er gähnte. »Ich glaube, ich lege mich noch ein bisschen aufs Ohr.«

Den Weg bis zur Konditorei gingen sie schweigend.

Als sie vor der Tür zur Backstube standen, berührte Arndt sie an der Schulter. »Und wegen der Hochzeitstorte …«

»… müssen wir, denke ich, noch mal sprechen.« Sie lächelte ihn an und war überrascht, wie unverkrampft es möglich war.

»Das machen wir.«

Markus war bereits da und schob gerade das erste Blech in den Ofen, als Hannah hereinkam.

»Morgen, Markus. Du bist ja noch früher als sonst.«

»Morgen, Hannah. Konnte nicht schlafen.«

»Der Mond?«

Er stöhnte auf, dann lachte er. »Er ist doch immer schuld, oder? Nein, im Ernst, mir sind so viele Dinge durch den Kopf gegangen.«

»Das kenne ich.« Sie band sich die Schürze um und ging zur Teigmaschine. »Ich hab am Strand übernachtet.«

»Auch schön.« Er grinste sie an. »Allein?«

»Nein, nicht allein, Markus. Aber auch nicht so, wie du jetzt vielleicht denkst.«

Er winkte ab. »Oh, ich denke gerade gar nichts, keine Sorge.«

Sie musste lachen.

»Aber du siehst ziemlich glücklich aus«, fügte er dann hinzu und widmete sich der Teigmaschine, die ein erschreckendes Röhren von sich gab.

»Verdammt, was hat sie denn?«, murmelte er.

»Altersschwäche.«

»Das klingt aber gar nicht gut.«

Er inspizierte sie genauer. »Ich fürchte, da muss eine neue her.«

»Auch das noch.«

Er nickte und kratzte sich am Kinn. »Ähm, wo wir schon mal dabei sind ... Wir brauchen auch einen neuen Gärschrank.«

Hannah seufzte auf. Das hatte ihr gerade noch gefehlt.

»Ich weiß nicht, woher ich das Geld nehmen soll.«

Markus schob ein zweites Blech in den Ofen.

»Ich hab ein bisschen was gespart ...«

»Kommt überhaupt nicht in Frage.«

Er bestäubte die Brote mit Mehl und schob das letzte Blech ein.

»Dann wirst du einen Kredit aufnehmen müssen.«

Sie nickte missmutig. Ja, ihr würde wohl gar nichts anderes übrigbleiben.

Markus zog sich einen Hocker heran.

»Ich hab das mal grob überschlagen.« Er runzelte die Stirn, schrieb ein paar Zahlen auf einen Zettel und fuhr sich über seine unrasierte Wange. »Tja, ich würde sagen, mit zweitausend Euro musst du rechnen. Und ich fürchte, der Ofen ist auch bald fällig.«

»Ich weiß.«

Ihr Vater hatte bereits eine Liste mit den Geräten gemacht, die ausgetauscht werden müssten.

»Mein Angebot steht. Tausend Euro könnte ich beisteuern.«

»Die wirst du kaum für einen neuen Gärschrank gespart haben.«

»Nein, für eine Kreuzfahrt.«

Hannah blickte ihn überrascht an. »Eine Kreuzfahrt?«

Er nickte. »Aber da hatte ich Amber noch nicht. Ich werde sie wohl kaum mitnehmen können.«

»Ich würde sie nehmen«, erklärte Hannah spontan, ohne groß darüber nachzudenken. Markus war ausgesprochen großzügig, und sie wollte ihm gern etwas zurückgeben.

»Das würdest du tun? Ich weiß gar nicht, was ich sagen soll.«

Hannah war mit ihren Gedanken bereits ganz woanders. »Ich denke, ich werde wirklich einen Kredit aufnehmen. Es hilft ja nichts. Stell dir vor, der Ofen fällt aus. Oder der Gärschrank. Dann können wir schließen.«

Sie schüttelte den Kopf. »Nein, ich werde einen Termin mit der Bank machen.«

Markus stand wieder auf. Dann fiel ihm offenbar noch etwas ein, und er setzte sich wieder.

»Hat dein Vater dir nichts hinterlassen? Entschuldige, wenn ich so direkt frage.«

»Das ist schon in Ordnung, immerhin hast du mir dein Erspartes angeboten. Meine Eltern haben ihr Leben lang jeden Pfennig, jeden Cent in die Konditorei gesteckt. Der Tod meines Vaters kam so plötzlich ...« Sie schluckte. »Er ist nicht mehr dazu gekommen, irgendwas zu regeln.«

»Tut mir leid, ich hätte nicht davon anfangen sollen.«

»Schon gut, Markus. Es muss ja irgendwie weitergehen.«

»Denk noch mal drüber nach, mein Angebot steht.« Damit erhob er sich und ging zum Ofen.

Hannah kaute auf ihrem Stift. Wie großherzig von ihm. Dieser Mann war nicht in Gold aufzuwiegen.

Hannah hatte an einer Skizze für die Hochzeitstorte gearbeitet, die Arndt in Auftrag gegeben hatte. Sie sollte wie ein Flügel aussehen, und die Braut würde obendrauf sitzen, ein Mikrofon in der Hand. Und unten vor dem Flügel würde eine kleine Katze sitzen, den Kopf geneigt, weil sie der Musik lauschte.

Markus stellte sich neben sie. »Was ist das?«

»Ein Flügel.«

Sah man das nicht?

»Nein, ich meine, wird das deine nächste Hochzeitstorte?«

Sie nickte.

»Donnerwetter.« Er schürzte beeindruckt die Lippen. »Du bist wirklich eine Künstlerin. Hast du schon mal daran gedacht, dein Hochzeitstortengeschäft ganz groß aufzuziehen?«

»Nein.«

Er lachte. »Wirklich nicht?«

Sie schüttelte den Kopf. »Wie sollte das gehen? Allein das Festland von Hiddensee aus zu beliefern würde ziemlich schwierig sein. Ich würde jemanden einstellen müssen, der sich um die Lieferung kümmert, und noch jemanden, der mir bei der Herstellung hilft.« Erneut schüttelte sie den Kopf.

Markus hob eine Hand. »Du könntest sie verschicken. Es gibt spezielle Transportboxen. Warum informierst du dich nicht mal ein bisschen im Internet?«

»Ja, vielleicht.«

»Der Mann deiner Freundin ist doch Unternehmensberater, er könnte das mit dir zusammen ausarbeiten.« Wieder hob er eine Hand. »Ist nur so eine Idee.«

»Danke, dass du dir so viele Gedanken machst.«

»Dafür benutze ich meinen Kopf am liebsten.«

Sie musste lachen.

Er nahm ein Blech mit Biskuitteig aus dem Ofen und stellte es ab. »Kann ich dich was fragen?«

»Na klar.«

»Du kennst doch Toni ziemlich gut ...«

Hannah lächelte in sich hinein. Na endlich. Sie wartete schon länger darauf, dass er davon anfing.

»Ja, und warum fragst du?«

Er kratzte sich am Kinn. Es war eine etwas unbeholfene, drollige Geste. »Ich würde sie gern einladen, irgendwas in der Art, na, du weißt schon.«

»Sie geht leidenschaftlich gern ins Kino.«

»Wirklich?« Er strahlte. »Ich auch.«

»Ich leider nicht. Mir ist das meistens zu laut und zu voll. Toni fragt mich trotzdem dauernd, ob ich nicht mitkommen möchte.«

»Und was für Filme mag sie so?«

»Horrorfilme.«

Seinem Blick nach zu urteilen machte er sich wenig aus Horrorfilmen.

»Du nicht, was?«, fragte sie ihn.

»Doch, schon«, antwortete er etwas gedehnt.

»Das klingt nach einem Aber.«

»Wenn ich ehrlich sein soll, hatte ich eher an etwas Romantisches gedacht.«

Hannah lachte auf. »Entschuldige, aber Toni und ich haben in der letzten Zeit häufiger über Romantik gesprochen, und irgendwie sind wir da nie einer Meinung gewesen.«

Markus seufzte. »Was mache ich denn nun?«

»Mit ihr in einen Horrorfilm gehen.«

»Meinst du wirklich?«

Mit sehr ernstem Gesicht nickte sie.

»Und wenn sie nicht will? Ich meine, wenn sie nicht mit *mir* ins Kino gehen will?«

Hannah legte ihm die Hand auf den Arm. »Ich glaube, da musst du dir keine Sorgen machen.«

Sie hatte soeben die Ladentür abgeschlossen und überlegt, ob sie zum Leuchtturm laufen oder mit dem Rad nach Neuendorf fahren sollte. Sie brannte darauf, Silke von ihrer Nacht mit Arndt zu erzählen.

Sie zog den Schlüssel ab und drehte sich um.

Und prallte gegen Arndt.

»Arndt!«

Er lächelte belustigt. »Hat dich mein Anblick so erschreckt?«

»Ja, ich meine, nein.«

»Ich komme wohl ziemlich ungelegen.«

»Überhaupt nicht.«

»Du bist bestimmt total müde, ich meine, wir haben ja kaum geschlafen heute Nacht.« Er verstummte und schüttelte den Kopf. »Das klang jetzt ziemlich bescheuert.«

»Ich kann ganz gut mal eine Nacht ohne viel Schlaf auskommen, Arndt.«

Wenn du wüsstest, wie viele schlaflose Nächte ich deinetwegen ohnehin schon hatte …

»Tja, dann … Wir könnten eine Kleinigkeit essen«, schlug er vor. »Aber wenn du keine Zeit hast …«

»Ich hab Zeit, Arndt. Und Hunger hab ich auch.«

Das Restaurant hatte einen herrlichen Blick auf den Bodden und den Hafen in Kloster. Früher war Hannah oft mit ihrem Vater hierhergekommen.

Jetzt fiel ihr Blick auf den Tisch, an dem sie meistens gesessen hatten.

Arndt steuerte genau diesen Tisch an. »Oder möchtest du woanders sitzen?«

Sie schüttelte den Kopf.

Sie bestellten Fisch und Salat, dazu eine Flasche Weißwein.

War die Stimmung am letzten Abend etwas melancholisch, so war sie heute deutlich heiterer. Sie lachten viel, prosteten sich immer wieder zu und erzählten sich ihr halbes Leben.

Nur über eins sprachen sie nicht: Arndts Frau.

»Nachtisch?«, fragte er, als sie aufgegessen hatten.

»Gern. Ich würde vorher aber noch meine Freundin anrufen. Ich hatte versprochen, mich heute zu melden.«

Arndt klappte die Speisekarte auf. »Soll ich einfach schon mal bestellen? Was hältst du von Roter Grütze?«

»Perfekt.«

Sie ging nach draußen und nahm ihr Handy aus der Tasche.

»Rate, mit wem ich grade Fisch gegessen habe und wer jetzt Rote Grütze bestellt?«

Ihre Freundin lachte. »Ich tippe mal auf diesen Jens.«

»Falsch. Mit Arndt. Ich kann's selbst kaum glauben. Und die letzte Nacht haben wir zusammen am Strand verbracht.«

»Du hast die Nacht mit ihm verbracht?«

»Ja. Nein! Nicht so, wie du jetzt denkst. Wir haben nur

geredet und sind dann irgendwann eingeschlafen.« Es sprudelte nur so aus ihr heraus. »Er hat mir erzählt, dass seine Frau gestorben ist. Sie hatte einen Autounfall. Wir haben geredet und geredet, aber auch ganz viel geschwiegen. Und jetzt lachen wir total viel. Es ist so wunderbar mit ihm. Bist du noch dran?«

»Natürlich, denkst du, ich lege einfach auf, wenn du so viel zu berichten hast?«

»Darf ich glücklich sein? Ich meine, seine Frau ist gestorben, und er war gestern ganz still, so traurig und niedergeschlagen. Aber heute ... ich würde so gern glücklich sein.«

»Dann sei es, Hannah.«

»Aber ...«

»Kein Aber. Mach dir nicht immer so viele unnötige Gedanken. Genieß den Abend, Hannah. Und genieß, dass Arndt bei dir ist.«

»Meinst du wirklich?«

»Absolut.«

Hannah legte auf und schloss einen Moment die Augen. Silke hatte recht, sie sollte diesen Abend genießen. Arndt war hier bei ihr, und das allein zählte.

Arndt brachte sie nach Hause.

Sie blieben vor der Wohnungstür stehen und schwiegen eine Zeitlang. Doch es war kein unangenehmes Schweigen, im Gegenteil, es war, als wäre für den Moment alles gesagt, und sie wollten einfach nur beieinanderstehen und nicht sprechen.

»Ich werde übrigens wieder hierher zurückkommen.«

Seine Worte hallten in ihren Ohren.

»Was?«, hörte sie sich fragen.

»Noch wohne ich in Stralsund, aber ich möchte wieder hier auf Hiddensee leben.« Er machte eine kurze Pause und fuhr sich mit einer Hand durchs Haar. »Ich dachte, du würdest den Gedanken vielleicht gar nicht so schlecht finden.«

»Oh, ich … ich freue mich. Ich meine, ich finde es toll, wenn du wieder hier wohnen wirst.«

Wieder schwiegen sie einige Minuten. Der Duft seines Rasierwassers vermischte sich mit dem Salzgeruch der nahen Ostsee.

»Gehst du gern ins Ozeaneum?«, fragte er schließlich.

»Es ist eine Weile her, dass ich das letzte Mal dort war, aber ja, ich mag es.«

Er betrachtete sie eine Weile, und sie überlegte, was ihm wohl gerade durch den Kopf ging.

»Wir könnten Sonntag hinfahren.«

»Ja, warum nicht.« Hastig fügte sie hinzu: »Das wäre toll.«

Sie hielt den Atem an, weil sie hoffte, dass er sie küssen würde. Nein, sagte sie sich gleich darauf. Das war viel zu früh. Wahrscheinlich würde er nicht einmal darüber nachdenken.

Sie war nicht mal davon überzeugt, dass sie nicht im Bett lag und träumte. Einen dieser Träume, die sie oft geträumt hatte. Arndt und sie am Strand. Arndt spielte auf der Gitarre, und sie sang leise dazu. Sie blickten sich verliebt an.

Und nun träumte sie, dass sie vor ihrer Wohnungstür standen.

»Ich bin bis zwei Uhr nachmittags noch verplant.« Er schien nachzudenken. »Ich könnte dich um drei abholen.«

Sie nickte. Ihre Finger bekamen die Hausschlüssel nicht zu fassen, sie war zu aufgeregt. Sie würde einfach warten, bis Arndt gegangen war.

»Dann also bis Sonntag.«

Arndt ging trotzdem nicht.

»Ja, dann bis Sonntag«, sagte er wieder. »Ich glaube, das hab ich grade schon mal gesagt.«

Sie lachte leise. »Ja.«

»Es war ein schöner Abend.«

»Stimmt.«

»Dann bis Sonntag.«

Jetzt lachten sie beide.

»Schlaf gut.«

Er drehte sich langsam um, und sie starrte auf seinen Rücken.

»Du auch, Arndt.«

Jens! An ihn hatte sie überhaupt nicht mehr gedacht.

Sie sollte ihm schleunigst sagen, dass er sie erstens nicht einfach so küssen durfte, und zweitens, dass sie nicht an ihm interessiert war.

Sollte sie ihn einfach jetzt gleich anrufen?

Warum eigentlich nicht. Es war kurz vor Mitternacht, aber sie hatte plötzlich das unbändige Verlangen, das dringende Bedürfnis, es ihm sofort zu sagen, alles zu klären.

Doch sie erreichte nur seine Mailbox. Dann würde es bis morgen warten müssen.

Todmüde und überglücklich fiel sie ins Bett und schlief bis zum frühen Morgen durch.

Als das Ozeaneum eingeweiht worden war, hatte ihr Vater sie dorthin eingeladen. Er war ganz begeistert gewesen, dass Stralsund nun so ein Touristenmagnet hatte.

Jetzt mit Arndt hierherzukommen fühlte sich einerseits wunderbar an, andererseits hatte sie einen Kloß im Hals.

Sie sah ihren Vater vor sich, wie er vor dem Panoramafenster des riesigen Aquariums stand und gebannt auf die Rochen blickte. »Sind sie nicht eindrucksvoll, Hannah?«, hatte er gemurmelt. »Irgendwie gefährlich, aber auch sehr faszinierend.«

Arndt legte ihr eine Hand auf den Arm. »Woran denkst du?«

»An meinen Vater«, antwortete sie wahrheitsgetreu.

Er nickte. »Ihr standet euch sehr nahe.«

Da es keine Frage war, schwieg sie. Sie schlenderten langsam weiter, und er zeigte auf das Pottwalskelett. »Seltsam, aber ich kann mir nie wirklich vorstellen, dass sie im Meer schwimmen. Sie sind so gigantisch.«

Hannah lächelte. Etwas Ähnliches hatte sie zu ihrem Vater gesagt.

Im Souvenir-Shop kaufte Arndt ihr einen kleinen Plüsch-Pinguin.

»Ein Andenken.«

Mit wild pochendem Herzen nahm sie ihn und hielt ihn fest. Auch ohne den Pinguin würde sie diesen Tag wohl niemals vergessen.

»Du wirst also bald Trauzeuge sein«, sagte sie, um ein lockeres Gespräch zu beginnen. »Wie lange kennt ihr euch eigentlich, Daniel und du?«

»Ewig. Wir haben zusammen studiert.«

Arndt nahm ihre Hand und rannte ohne Vorwarnung

mit ihr über die Straße. Hannah kreischte auf, dann lachte sie.

»Schneller! Komm!«

Sie rannten wie die Kinder, so lange, bis sie keine Luft mehr bekamen und stehen bleiben mussten.

Arndt keuchte. »Verrückt, aber manchmal brauche ich das.«

»Ich hab Seitenstechen«, gab Hannah zu und schnaufte. »Und jetzt?«, fragte sie ihn.

»Gehen wir was essen.« Er nahm wieder ihre Hand.

»Wir haben doch eben grade erst was gegessen.«

Er blickte gespielt entrüstet auf seine Armbanduhr. »Grade? Das ist über zwei Stunden her. Also ich hätte schon Hunger.«

»Na schön. Ich eigentlich auch.«

Sie hatten sich bei einem Imbiss ein Sandwich geholt und sich – wenig erwachsen – mit vollem Mund unterhalten. Immer wieder hatten sie so lachen müssen, dass sie nicht mehr weiteressen konnten. Hannah hatte sich schon ewig nicht mehr so lebendig, so jung und so unbeschwert gefühlt. Sie konnte sonst nur mit Silke so herrlich albern sein.

Arndt wischte sich mit der Serviette den Mund sauber. »Ich hab Lust auf was Süßes.«

Sie lachte kopfschüttelnd. »Das ist jetzt nicht dein Ernst.«

»Doch. Und zwar auf was *richtig* Süßes.«

»Krokant?«

Er verzog das Gesicht. »Lieber nicht.«

»Wie bitte? Du magst keinen Krokant?«

»Nein. Und du? Was magst du nicht?«

»Marzipan.«

Sie lachte, als sie sein verblüfftes Gesicht sah.

»Du bist Konditorin und magst kein Marzipan?«

Sie nickte. Ihr ging durch den Kopf, dass sie zwar in einer Konditorei arbeitete, aber keine Konditorin war. Sie hatte ja nie eine Ausbildung gemacht.

»Sie mag kein Marzipan.« Er grinste. »Aber Eiscreme?«

»O ja.«

Sie holten sich ein großes Eis und setzten sich damit auf eine kleine Mauer. Ein paar Spatzen kamen angeflogen und bettelten.

»In Ordnung, ihr bekommt was, bevor uns noch die Ohren abfallen von eurem Gekreische.«

Arndt zerbröselte die Eiswaffel und warf ihnen ein paar Brocken hin. Dann klatschte er vergnügt in die Hände.

»Und jetzt?«

»Gehen wir spazieren.«

Hannah hätte ihn gern gefragt, was er all die Jahre gemacht hatte, ob er glücklich gewesen war und seinen Beruf als Lehrer liebte, aber sie wagte es nicht. Auf keinen Fall wollte sie eine Wunde aufreißen, die vielleicht gerade zu heilen begann. Deswegen vermied sie auch jede noch so kleine Anspielung auf seine Frau und die Ehe im Allgemeinen. Nicht einmal ihre Hochzeitstorten mochte sie erwähnen, aus Angst, allein das könnte ihn an seine verstorbene Frau erinnern. Stattdessen plauderten sie wieder über alte Zeiten.

»Triffst du dich manchmal mit jemandem aus der alten Clique?«

Sie schüttelte den Kopf. »Nein.« Fast hätte sie »um Gottes willen« hinzugefügt. »Und du? Bist du noch mit Björn befreundet?«

Arndt und er waren damals gute Freunde gewesen. Der strohblonde, furchtbar dürre Björn, der davon geträumt hatte, eines Tages nach Amerika auszuwandern und dort als Surflehrer zu arbeiten. Alle hatten es als Spleen abgetan und sich über seinen Traum lustig gemacht.

Arndt schmunzelte. »Björn lebt in der Nähe von Los Angeles.«

»Dann hat er seinen Traum wirklich wahrgemacht.«

Wenn sie ehrlich war, dann hätte sie ihm das nie im Leben zugetraut. Für sie war Björn immer ein Spinner und Traumtänzer gewesen.

Arndt sah sie nachdenklich an, dann senkte er den Blick. »Wenn du mich fragst, wartet man oft viel zu lange damit, seinen Traum in die Tat umzusetzen.«

Sie hätte ihn zu gern gefragt, was genau er damit meinte, worauf er gerade anspielte. Gab es einen Traum, den er sich nie erfüllt hatte?

»Jetzt musst du mich fragen, was ich damit gemeint habe.«

Konnte er Gedanken lesen?

»Und? Was hast du damit gemeint, Arndt?«

»Du wirst wahrscheinlich lachen, aber ich hätte gern irgendwas mit Musik gemacht.«

Sie lachte nicht. »Du hattest eine tolle Stimme, und du konntest ziemlich gut Gitarre spielen.«

Er blickte sie entrüstet an. »Moment mal. Ich spiele immer noch ziemlich gut Gitarre. Und meine Stimme …« Er winkte ab.

»Was ist mit deiner Stimme?«

»Ach, ich weiß gar nicht, wann ich das letzte Mal gesungen habe.«

»Wir haben oft *Wonderwall* gesungen, weißt du noch?«

Hannah warf ihm einen Blick zu, den er erstaunlicherweise sofort deuten konnte. Denn er nickte und stimmte das Lied an.

Mit den Händen klopfte er den Takt auf der Bank mit, auf der sie saßen. Beim Refrain sang Hannah mit.

Ein paar Spaziergänger waren stehen geblieben, und als sie zu Ende gesungen hatten, stand Arndt auf und verbeugte sich tief. Die Leute applaudierten lachend und baten um eine Zugabe.

Arndt schaute Hannah auffordernd an. »Na, was ist? Haben wir noch eine?«

»Kennst du *Frankfurt Oder*?«

Ihr Lieblingslied.

Als er nickte, zog sich ihr Magen vor Freude zusammen.

Mit den Händen schlug er wieder den Takt auf der Bank an.

Hannah sang die erste Strophe, und als der Refrain kam, stimmte er mit ein. Sie bemerkte kaum, dass ihnen wildfremde Menschen zuhörten. Sie befand sich in einer Art Tunnel, in dem nur Arndt und sie waren. Die Welt um sie herum existierte im Moment nicht.

Als das Lied zu Ende war, klatschten die Zuhörer, inzwischen waren es mehr geworden.

»Wir sollten einen Hut rumgehen lassen«, schlug Arndt vor.

Nachdem die Spaziergänger weitergegangen waren,

meinte er: »Vielleicht hätten wir es als Gesangs-Duo zu etwas bringen können.«

»Ich war eigentlich immer der Meinung, nicht besonders singen zu können.«

Arndt stand auf und streckte sich. »Du hast eine sehr schöne Stimme.«

Meinte er das ernst? Sie freute sich über sein Lob, auch wenn sie sich dabei ein bisschen albern vorkam.

Vor ihrer Wohnungstür blieben sie stehen und blickten sich in die Augen. In Hannahs Magen flatterten unzählige Schmetterlinge. Selten hatte sie sich so glücklich gefühlt.

»Das war ein unglaublich schöner Tag.«

Arndt nahm nicht den Blick von ihren Augen. »Du tust mir gut«, sagte er leise.

»Du tust mir auch gut.«

Er zog sie an sich und küsste sie. Es war ein sehr sanfter und zärtlicher Kuss, der nach Schokoladeneis schmeckte.

»Du schmeckst nach Zitroneneis«, murmelte er, als er sich von ihr löste. Er betrachtete ihr Gesicht.

»Und du nach Schokoladeneis.«

Er lächelte und zog sie erneut an sich. »Es ist wunderbar mit dir.« Das sagte er wirklich.

Später würde sie sich diesen einen Satz immer und immer wieder ins Gedächtnis rufen, das wusste sie schon jetzt.

Jemand räusperte sich hinter ihnen, energisch, wütend, fassungslos.

Hannah machte sich sanft los.

»Jens.«

Verdammt, sie hatte ganz vergessen, ihn anzurufen.

»Den ganzen Tag versuche ich, dich zu erreichen.« Er lachte bitter auf. »Aber du hast Besseres zu tun, wie ich sehe.« Ruckartig wandte er sich ab.

Sie wollte ihm zunächst nachgehen, doch dann entschied sie, es nicht zu tun.

Arndt hielt noch immer ihre Hand.

»Er ist eifersüchtig. War es was Ernstes zwischen euch?«

»Nein. Nicht mal damals, als wir zusammen waren.«

»Erzählst du mir davon?«

»Wenn du möchtest.«

»Unten am Strand?«

Diesmal saßen sie dicht beieinander, so dass sie ihre Hände miteinander verschränken konnten. Hin und wieder rutschte Arndt noch näher an sie heran, um sie zu küssen oder ihr Gesicht zu streicheln.

Sollte sie ihm sagen, dass sie als Siebzehnjährige für ihn gestorben wäre?

»Warum hast du nicht geheiratet?«, fragte er irgendwann.

Sie musste lachen.

»Ach, Arndt, wen hätte ich denn heiraten sollen?«

»Gab es wirklich niemanden in deinem Leben?«

Sie blickte in den sternenklaren Himmel. »Den ich hätte heiraten wollen? Nein.«

»Und Jens und du?«

Sie konnte nur die Umrisse seines Gesichts erkennen.

»Wir waren siebzehn Monate zusammen, dann hat er Silvia kennengelernt und ist mit ihr auf und davon. Nur ein Zettel auf dem Küchentisch: ›Es geht irgendwie nicht mit uns.‹«

»Hmmm …«

»Keine allzu gute Basis für eine Ehe, oder?«

Jetzt lachte er leise. »Nein.«

»Und du? Wie lange bist du … warst du verheiratet?«

Durfte sie ihn das fragen? Hatte sie sich nicht vorhin noch geschworen, den Mund zu halten, keine Wunden aufzureißen?

»Fünf Jahre.« Seine Stimme war rauh. »Sandra und ich haben uns bei der Arbeit kennengelernt. Sie war Lehrerin für Englisch und Geographie.«

Hannah hatte den Atem angehalten, weil sie befürchtete, dass ihn das kleinste Geräusch davon abhalten könnte weiterzusprechen. Doch er hielt auch so inne.

»Es tut mir leid, Arndt«, flüsterte sie.

»Schon gut.«

»Es ist so schwer, einfach weiterzumachen. Allein.«

Darauf erwiderte er nichts. Er seufzte nur auf. Und plötzlich erhob er sich. »Ich glaube, ich sollte jetzt gehen. Ich brauche dringend ein paar Stunden Schlaf.«

Hatte sie ihn verschreckt? Aber sie hatte doch nur gesagt, dass es ihr leidtue. Sie hätte still sein sollen.

»Es liegt nicht an dir.« Er zog sie sanft hoch. Dann legte er beide Arme um sie und hielt sie fest. »Du tust mir gut«, sagte er wieder.

Schließlich gab er sie frei und ging langsam los.

Einen kurzen Augenblick blieb sie stehen, dann sprang sie los und lief ihm nach. »Warte!«

Er drehte sich zu ihr um. Dann huschte ein flüchtiges Grinsen über sein Gesicht. »Du hast Angst, allein hierzubleiben, stimmt's?«

»Ach was, nein, überhaupt nicht.« Sie lief neben ihm

her und wünschte, er würde ihre Hand nehmen. »Na schön, doch. Ein bisschen schon.«

Würde er sie anrufen? Würden sie sich wiedersehen? Wollte er sie wiedersehen?

»Ich rufe dich an, wenn ich noch Fragen habe wegen der Hochzeitstorte.«

»Okay.«

Bis zur Konditorei schwiegen sie, dann wünschte er ihr eine gute Nacht, hob die Hand und ging weiter.

Hannah betrat mit hängenden Schultern ihre Wohnung, ließ die Tür hinter sich ins Schloss fallen und setzte sich auf den Balkon. Sie würde ja doch nicht schlafen können.

Sie war aber doch eingenickt und schreckte hoch, als etwas sie an der Nase kitzelte. Träge stand sie auf und ging ins Bett.

Aber sie fand keinen Schlaf mehr und machte sich stattdessen Gedanken um die Hochzeitstorte für Andreas' Bekannten aus Wismar.

Er hatte ihr lediglich den Tipp gegeben, dass das Brautpaar begeisterte Ballonfahrer waren.

In der vergangenen Nacht hatte sie sich für eine zweistöckige Torte in quadratischer Form entschieden, mit einem Baumkuchenteig und einer Schokoladen-Himbeer-Füllung.

Sie war noch vor Markus in der Backstube und begann mit einer genauen Skizze. Sie würde die Torte in einem schlichten Weiß eindecken, so wie es ihr am liebsten war.

Auf dem oberen Stockwerk würde sie einen Ballon befestigen, der noch nicht ganz aufgeblasen war. Daneben das Brautpaar, die Braut mit gerafften Röcken. Auf dem Ballon würde stehen »Gemeinsam können wir starten«, und rund um die Torte sollten mehrere Luftballons in allen möglichen Farben liegen.

Hannah war ganz und gar in ihre Arbeit vertieft, als Toni zu ihr trat und die Skizze betrachtete. »Sehr schön. Der Junge ist übrigens wieder da.«

»Diesmal brauche ich deine Hilfe, Toni.«

»Beim Abschmecken der Füllung? Ich bin dabei.«

»Das hättest du wohl gern. Nein, bei dem Spruch, der auf dem Ballon stehen soll. Du hast eine viel schönere Handschrift, und ich möchte es in Schreibschrift haben.« Hannah stutzte und blickte auf. »Welcher Junge?«

»Der mit den Ufos.«

»Julian.« Hannah stand auf und wischte sich die Hände an ihrer Jeans ab.

Der Junge stand im Laden, den Blick fest auf die Auslage gerichtet, so als könne er sich nicht entscheiden.

Hannah schenkte ihm ein Lächeln, das hoffentlich aufmunternd wirkte, ging um den Tresen herum und kniete sich neben ihn.

Sie wusste, dass die meisten Kinder so schneller aus sich herausgingen, außerdem mochte sie es selbst sehr gern, wenn sie auf Augenhöhe mit einem Kind war.

»Geht's dir gut, Julian?«

Mit seinen melancholischen blauen Augen blickte er sie an und nickte.

»Was möchtest du denn haben?«

Er zuckte kurz mit den Schultern.

»Wollen wir zusammen schauen, was dir gefallen könnte?«

Ein wenig zaghaft nahm sie seine Hand, um ihn nicht zu erschrecken. Er ging bereitwillig mit ihr mit, und sie überkam wie immer, wenn sie eine Kinderhand in ihrer spürte, ein geradezu überwältigendes Gefühl von Mütterlichkeit und Beschützerinstinkt.

Julian trottete neben ihr her, blickte in die Körbe mit den Brötchen und sah sich die Schokoladentorte an, die Toni frisch in die Auslage gestellt hatte.

»Gibt es irgendwas, das du gern magst?«

Er schien noch immer unentschlossen.

In dem Moment ging die Tür auf, und seine Großmutter betrat den Laden.

»Um Himmels willen, Juli, hier bist du ja!« Sie kam auf den Jungen zu und riss ihn in ihre Arme. »Ich hab mir schreckliche Sorgen gemacht, du kannst doch nicht einfach weglaufen.«

Dann hielt sie ihn etwas von sich weg und musterte ihn streng. Gleich darauf entspannten sich ihre Gesichtszüge. »Schon gut, ich bin nicht böse, Juli. Alles ist gut, hörst du?«

»Entschuldigung, ich wusste nicht, dass er …«, begann Hannah.

»Es ist ja nicht Ihre Schuld.« Seine Großmutter lächelte traurig. »Es gibt Tage, da sprechen wir beide offenbar nicht dieselbe Sprache.«

Sie nahm Julians Hand und wollte mit ihm hinausgehen, doch er riss sich los und lief zu Hannah zurück. Seine kleine Hand schob sich in ihre, und sie war so gerührt, dass sie nichts sagen konnte.

»Er mag Sie.«

»Wenn Sie nichts dagegen haben, kann er hierbleiben.«

Für die Torte würde sie noch genügend Zeit haben.

»Wir könnten gemeinsam Kekse backen, was meinst du?«

»Wird er Sie auch nicht bei der Arbeit stören?«

»Ach was.«

»Dann hole ich ihn in zwei Stunden wieder ab, einverstanden?«

»Fein. Was sagst du, Julian?«

Der Junge sagte gar nichts, er nickte nur.

Hannah ging mit ihm in die Backstube und zeigte ihm den großen Ofen, die Teigmaschine, die Mehlsäcke, die im Nebenraum standen, und die Kuchenbleche, viele davon waren noch oder wieder leer. Er war ganz offensichtlich fasziniert und bestaunte jedes kleine Detail.

»Gefällt's dir hier? Es riecht gut, oder?«

Ein leises, fast glückliches Lächeln huschte über sein blasses Gesicht.

»Möchtest du vielleicht Schokoladenkekse backen?«

Jetzt hellte sich sein Gesicht auf.

»Dann sollten wir gleich anfangen.«

Hannah wusch sich die Hände.

»Und als Erstes heißt es: gründlich Hände waschen. Wir wollen doch keine Flusen im Teig haben, stimmt's?«

Julian hatte rosige Wangen und glänzende Augen, als seine Großmutter ihn später abholte. Hannah hatte ihm eine Tüte der Schokoladenkekse mitgegeben, die sie zusammen gebacken hatten.

»Vielleicht magst du mal wiederkommen?«, fragte sie ihn zum Abschied. »Ich würde mich freuen.«

Das war weder gelogen noch übertrieben. Sie mochte den Jungen mit den melancholischen Augen. Er war still und zurückhaltend, aber auch klug und wissbegierig. Und wann immer sie etwas Lustiges gesagt oder getan hatte, hatte er gelächelt oder auch mal leise gelacht. Dieses Kind hatte ihr Herz im Sturm erobert.

Dabei wusste sie kaum etwas über den Jungen. Nicht einmal, ob er hier Ferien mit seiner Großmutter machte.

Sie würde es sehr bedauern, wenn er schon bald wieder abreisen und womöglich nicht wiederkommen würde.

Safran

Hiddensee im Herbst

Als Hannah an diesem Morgen in die Backstube kam, traf sie auf Markus und Toni. Was nicht weiter ungewöhnlich war, schließlich arbeiteten sie beide zusammen. Ungewöhnlich war vielleicht nur, dass sie blitzschnell auseinanderstoben, so als habe Hannah sie bei irgendetwas gestört oder zumindest sehr erschreckt.

Tonis Wangen glühten, und Hannah ahnte, was los war. »Entschuldigt bitte.«

Damit ging sie still vor sich hin schmunzelnd nach vorn, um den Tresen abzuwischen. Sie klopfte die Krümel aus den Körben und ordnete den kleinen Prospektstapel, der neben der Kasse lag. Silke hatte Flyer für ihr Hochzeitstortenimperium, wie sie es scherzhaft nannten, entworfen und drucken lassen.

In dem Moment kam Toni um die Ecke. »Es ist nicht so, wie du denkst.«

Hannah lachte kopfschüttelnd. »Entschuldige, aber das klingt wirklich merkwürdig. Du bist mir keine Rechenschaft schuldig, Toni. Genau wie Markus.«

»Ich nehme mal an, dass ihr beide euch sehr sympathisch seid. Denk nicht, ich sei blind. Ich habe wohl bemerkt, wie ihr euch anseht.«

Toni blinzelte verblüfft. »Dann weißt du's?«

»Wissen? Nein, ich hab vermutet, dass da was zwischen euch ist. Ich freue mich für euch.«

»Vielleicht ist es ja diesmal für länger«, murmelte Toni. Es hatte hoffnungsvoll geklungen.

Auch sie hatte bisher nicht unbedingt Glück mit Männern gehabt.

»Wer könnte dich besser verstehen als ich?«

»Vielleicht ist es ja sogar für immer, wer weiß das schon.« Gedankenverloren wischte Toni über den Tresen, den Hannah gerade blitzsauber geputzt hatte.

»Würde es dir was ausmachen, dir eine andere Stelle zu suchen?«

»Was?«, fragte Toni zerstreut.

»Toni, du bist ja richtig verliebt!« Hannah umarmte sie spontan. Dann ließ sie sie recht abrupt los. »Und ich bin gefühlsduselig, entschuldige.«

»Ach was, überhaupt nicht.«

»Doch, doch.« Hannah wischte geschäftsmäßig über die Kasse.

Toni legte den Kopf schief und betrachtete sie eingehend.

»Hat deine Gefühlsduselei, wie du sie nennst, einen bestimmten Grund?«

»Nein. Ich bin halt manchmal so.«

»Ach ja?«

»Ja.«

Es blieb einen Moment still, dann lachten beide.

Markus kam in den Laden. Er sah wirklich gut aus in seiner Bäckerjacke, wie Hannah wieder einmal feststellen musste. Nicht jedem Mann stand so etwas.

»Ach, verdammt und zugenäht, ich hab keinen Safran mehr«, brummte er kopfschüttelnd. »Hab glatt vergessen, welchen zu bestellen.«

»Ich hätte auch dran denken können.«

Sie machte selbstverständlich keine Bestelllisten, sondern hatte sämtliche Bestände im Kopf. Ihr Vater hatte auch sehr gern Safran benutzt. Sie selbst nahm nur für Pralinen etwas.

»Ich bin furchtbar schusselig zurzeit«, meinte Markus. »Was guckt ihr denn so?«

Toni drehte sich schnell zur Seite, und Hannah fragte: »Wie gucken wir denn?«

»So, als ob ihr euch gerade sehr amüsiert.« Er schien zu überlegen. »Was mache ich denn jetzt?«

»Ohne Safran backen?«, schlug Toni trocken vor und erntete einen verständnislosen Blick von ihm.

»Safran ist nicht zwingend notwendig, macht aber den Teig schön gelb, Toni.« Seine Mundwinkel zuckten. »Es ist wie mit manchen Menschen, sie bereichern dich enorm. Und hat man sie erst mal gefunden, möchte man sie nicht mehr missen.« Damit ließ er die beiden stehen und verschwand wieder in der Backstube.

Toni sah ihm verwundert nach. »Was war das denn jetzt?«

»Das war Markus, der heute ganz offenbar mit einem Philosophen gefrühstückt hat.«

Hannah hatte zwar mit einem flapsigen Spruch geantwortet, dennoch hatte Markus' Satz sie nachdenklich zurückgelassen. Er hatte damit ganz wunderbar den Nagel auf den Kopf getroffen, fand sie.

Da an diesem Tag wenig zu tun war, wischte Toni das große Regal aus, in dem Konfitüren und Honig aus der Region standen. »Ich glaube, ich hab mich wirklich in ihn verliebt«, sagte sie mehr zu sich als zu Hannah, die im Schaufenster hockte und über eine herbstliche Dekoration nachdachte.

»Wie schön, Toni.«

»Mir macht's irgendwie Angst.«

Hannah hob den Kopf. »Warum? Ich finde, ihr passt prima zusammen.«

»Aber wir arbeiten zusammen. Meine Mutter hat immer gesagt: Toni, such dir bloß keinen Mann, der mit dir zusammen in einer Firma ist.«

»Ich würde es schön finden, wenn ich mit meinem Partner zusammenarbeiten würde.«

Hannah hatte das gesagt, ohne groß darüber nachzudenken, doch jetzt, als es heraus war, überlegte sie, ob es wirklich stimmte. Nein, wenn sie ganz ehrlich war, dann würde sie es schöner finden, wenn sie verschiedene Berufe hätten. Allein schon deswegen, weil man sich am Abend darüber unterhalten konnte, was man am Tag erlebt hatte.

»Entschuldige, Toni, manchmal rede ich, ohne nachzudenken.«

»Schon gut«, murmelte Toni. »Wer kennt das besser als ich.«

Sie räumte die Gläser wieder ein.

»Ob er mich vorhin damit gemeint hat, mit diesem Satz über Safran und Menschen, du weißt schon?«

»Ich denke schon.«

»Ach je, mir ist das irgendwie unheimlich.«

Markus kam plötzlich um die Ecke, und Toni erschrak so, dass sie eine der Sanddornkonfitüren fallen ließ.

»Ach, verdammt noch mal! Jetzt seht euch diese Schweinerei an!«

Sie lief los, um einen Lappen zu holen.

Markus blickte ihr verdutzt nach. »Was hat sie denn?«

Hannah verkniff sich eine Erwiderung. Sie kroch rückwärts aus dem Schaufenster.

»Ähm, es ist mir ein bisschen peinlich, aber ich fürchte, ich muss dich daran erinnern, dass du einen neuen Gärschrank anschaffen wolltest.«

Sie schloss kurz die Augen. »Ach, herrje, gut, dass du mich daran erinnerst. Ich muss einen Termin bei der Bank machen.«

»Hast du noch mal über mein Angebot nachgedacht?«

Nein, aber das musste sie auch nicht.

»Es ist wirklich sehr nett, Markus, nein, es ist mehr als das, aber ich kann das nicht annehmen. Ich werde einen Kredit beantragen.«

»Soll ich mitkommen? Möglicherweise brauchst du seelischen Beistand.«

Vielleicht war das gar keine schlechte Idee. Es gab tausend Dinge, die sie lieber tat, als zur Bank zu gehen und nach einem Kredit zu fragen.

»Danke, Markus.«

»Danke ja? Oder danke nein?«

»Danke ja.«

Hannah war zum Leuchtturm spaziert, um in Ruhe über die Hochzeitstorte für Arndts Freund nachzudenken.

Aber nicht nur das, sie wollte auch über Arndt und sich

nachdenken. Wie es mit ihnen weitergehen würde. Würde es überhaupt weitergehen? Vielleicht hatte er sich nur ein wenig ablenken wollen. Hatte er nicht mehrmals zu ihr gesagt: Du tust mir gut? Aber hatte das wirklich nur etwas damit zu tun, dass er Zerstreuung, Ablenkung brauchte?

Nein, entschied sie, als sie am Leuchtturm angekommen war. Arndt war nicht so.

Arndt ist mein ganz persönlicher Safran.

Sie lächelte vor sich hin. Vor der Sonnenuhr aus Granit blieb sie nachdenklich stehen. Sie liebte diesen Ort wie keinen anderen.

Ihr Handy klingelte. Ohne aufs Display zu blicken, wusste sie, dass es Silke war. Manchmal glaubte sie, am Klingelton zu erkennen, wenn ihre Freundin anrief.

»Hallo, Silke.«

»Hannah?« Das war nicht Silke.

Ihr Herz machte einen Satz.

»Arndt, schön, dass du anrufst.«

»Wenn du mich aber lieber Silke nennen möchtest …«

Sie musste lachen. »Nein, Arndt gefällt mir ganz gut. Entschuldige, ich dachte, du bist meine Freundin.«

Jetzt lachte er ebenfalls. »Das lassen wir mal einfach so stehen. Ich hab den ganzen Tag an dich denken müssen. Hast du Lust auf ein Glas Wein?«

Erst jetzt begriff sie, was sie gesagt hatte. Und sie begriff auch, was er gesagt hatte. Oder hatte sie sich verhört?

Sie versuchte, sich vorzustellen, wie er gerade aussah, von wo er anrief. Aus seiner Stralsunder Wohnung? Oder hatten er und seine Frau ein Haus besessen? Das war eins der Dinge, über die sie nicht gesprochen hatten.

»Bist du in Stralsund?«

»Ja, aber ich könnte die nächste Fähre nehmen.«

»Das wäre total schön, Arndt.«

»Wo bist du gerade? Irgendwo draußen, stimmt's? Ich kann den Wind hören.«

Prompt kam eine Windböe und zerrte an ihrem Tuch. Mit einer Hand hielt sie es fest. »Ich bin am Leuchtturm.«

»Da war ich ewig nicht mehr.«

Sie überlegte, ob sie ihm vorschlagen sollte, dass sie zusammen herkommen könnten.

»Ich bin sehr oft hier«, sagte sie stattdessen.

»Ich könnte mich gleich auf den Weg machen.«

»Schön, dann warte ich hier auf dich.«

»Am Leuchtturm«, sagten sie dann fast gleichzeitig und mussten lachen.

»Soll ich was zu essen mitbringen? Mir knurrt der Magen.«

»Gute Idee, ich bin nämlich ohne Picknickkorb aus dem Haus.«

»Ich mag deinen Humor, Hannah.«

Sie errötete und war froh, dass er es nicht sehen konnte.

Ihr Herz machte einen geradezu waghalsigen Hüpfer, und sie räusperte sich.

»Dann bis später, Arndt. Ich freue mich.«

Sie setzte sich auf eine Bank und ließ den Blick schweifen.

An diesem Ort fühlte sie sich unglaublich geborgen. Selbst im Dunkeln würde sie sich hier nicht gruseln.

Sie hatte die Augen geschlossen und sich vorgestellt, wie Arndt auf der Fähre in Richtung Hiddensee tuckerte.

Gerade als er von Bord ging, klingelte ihr Handy. Auf

dem Display war ein Foto von Arndt zu sehen, das sie vor dem Ozeaneum gemacht hatte.

»Ich muss leider absagen, Hannah.«

»Wie schade.«

»Es geht nicht anders. Wollen wir's verschieben? Auf morgen Abend?«

Ihre Enttäuschung machte einer kribbelnden Vorfreude Platz. Sie hatte nicht damit gerechnet, dass er sofort einen neuen Termin ausmachen wollte.

»Sehr gern.« Ein Samstag, wie schön. »Wo treffen wir uns?«

»Ich hole dich ab.«

»Und dann?«

»Sei nicht so neugierig.« Er lachte leise. »Lass dich einfach überraschen.«

Später saß sie auf dem Balkon, ihren Skizzenblock auf den Knien. Die Torte für Arndts Freund sollte ein kleines Meisterwerk werden. Die Skizze war fast fertig.

Während sie sie betrachtete, ging ihr etwas durch den Kopf. Vielleicht sollte sie ein Notenblatt auf dem Flügel anbringen, darauf könnte ein kurzes Zitat stehen.

Silke wäre ihr sicher behilflich, ein passendes auszusuchen.

Hannah rief sie gleich an.

»Ich brauche ein Zitat für eine Hochzeitstorte, möglichst kurz.«

»Warte, ich sehe gleich mal im Internet nach.«

Hannah hörte, wie Silke auf der Tastatur tippte.

»Ich werde übrigens einen Banktermin machen müssen. Ich muss einen Kredit aufnehmen.«

»Ach je, und wofür?«

»Der Gärschrank und die Teigmaschine streiken, und ein neuer Ofen ist demnächst auch fällig.«

»Soll ich mitkommen?«

Hannah lächelte in sich hinein, weil sie geahnt hatte, dass Silke das sagen würde.

»Nein, aber vielen Dank. Markus hat angeboten, mir tausend Euro zu leihen, aber ich hab abgelehnt. Und dann hat er vorgeschlagen, mich zur Bank zu begleiten, und ich glaube, ich werde annehmen. Es klingt vielleicht seltsam, aber ich habe das Gefühl, er würde sich besser fühlen, wenn er mir helfen kann.«

»Das klingt gar nicht seltsam. Weiß er, dass du …?«

»Nein, ich hab mich noch nicht getraut.«

Rasch lenkte sie das Gespräch auf ein anderes Thema.

»Arndt wollte sich mit mir am Leuchtturm treffen, aber ihm ist was dazwischengekommen. Wir haben es auf Samstag verschoben.«

»Und du bist jetzt schon aufgeregt.«

»Und wie.«

Wieder war das Klappern der Tastatur zu hören.

»Warte, hier ist ein schönes Zitat. *Glücklich allein ist die Seele, die liebt.*«

»Das nehme ich«, erwiderte Hannah ganz spontan.

»Sehr romantisch«, stimmte Silke zu. »Und kurz genug für eine Torte. Schaffst du das allein? Oder wär es dir lieber, wenn ich noch einen Blick auf die Torte werfe, bevor sie ausgeliefert wird?«

»Das wäre mir sehr viel lieber. Sie wird Freitag um halb zwei geliefert.«

»Kannst dich auf mich verlassen.«

Tat sie das nicht immer? Seit Jahren schon?

»Danke, du bist ein Schatz.«

Sie legte auf und warf erneut einen Blick auf die Skizze. Der Flügel würde wieder aus Baumkuchenteig bestehen, der ließ sich prima überziehen und war sehr stabil.

Sie stand auf und gähnte. Sie würde ins Bett gehen und hoffen, etwas Schlaf zu finden.

Um sich abzulenken, räumte sie Samstagnachmittag ihre Wohnung auf, goss die Pflanzen, staubte ihre Hörbuchsammlung ab und wischte sogar die Küchenregale aus.

Mit den Gedanken war sie trotzdem bei Arndt. Sie erinnerte sich an jedes noch so kleine Detail ihrer letzten Begegnung, wusste noch jedes Wort, das er gesagt hatte. Sogar den Duft seines Rasierwassers hatte sie noch in der Nase. Auch sein Hemd hatte danach gerochen.

Sie ging duschen und überlegte, was sie anziehen sollte.

Sie würde gern etwas »Weibliches« anziehen. Das verblüffte sie selbst, normalerweise trug sie am liebsten Jeans und Shirts. Hatte sie überhaupt feminine Kleidung im Schrank?

In ihr Handtuch gewickelt, stand sie vor dem offenen Schrank. Sie besaß zwei Röcke und ein langes Sommerkleid, das Silke Janis-Joplin-Kleid nannte. Das Kleid wäre wohl nicht besonders passend, aber vielleicht einer der Röcke?

Sie schlüpfte in den kniekurzen Rock mit Schottenmuster und betrachtete sich im Spiegel. Gar nicht übel.

Dazu ein paar dunkle, blickdichte Strümpfe und Stiefel?

Als sie fertig angezogen war, stand sie lange vor dem Spiegel. Einerseits kam sie sich ein wenig fremd vor, andererseits gefiel sie sich durchaus. Und warum sollte sie Arndt nicht ein bisschen aus der Ruhe bringen?

Nur wenige Minuten später klingelte es an der Tür.

Als er dann vor ihr stand, musste sie sich fragen, wer hier wen aus der Ruhe brachte.

Er zog sie an sich. »Du siehst umwerfend aus. Ich hab dich noch nie in einem Rock gesehen«, flüsterte er in ihr Haar.

»Ich mich selbst nur ganz selten.«

Sie küssten sich auf dem Flur.

Arndt hatte ihre Hände nicht losgelassen und zog sie fest an sich, um sie so zu küssen, dass sie nach Luft schnappen musste. Himmel, diese Lippen, der Duft seines Rasierwassers, seine Arme auf ihrem Rücken. Seine kratzige Wange an ihrer.

Sie kam sich vor wie ein Teenager.

Arndt lachte kopfschüttelnd. »Weißt du, was mir gerade durch den Kopf gegangen ist? Ich komme mir vor wie ein Teenager. Verrückt, oder?«

»Nein, überhaupt nicht. Ich hab grade das Gleiche gedacht.«

Sie blickten sich in die Augen.

»Und? Bist du so weit?«, fragte er schließlich.

Sie mochte Überraschungen nicht besonders, wollte es aber nicht zugeben.

»Von mir aus kann's losgehen.«

»Dann komm.« Er zog sie mit sich.

Sie stolperte hinter ihm her und lachte. »Moment, darf ich mir vielleicht erst noch eine Jacke anziehen?«

Sie waren auf die Fähre gestiegen.

Arndt hatte den Arm um sie gelegt und sie aufs Haar geküsst. »Ist dir auch nicht zu kalt?«, fragte er immer wieder besorgt.

Irgendwann lachte sie kopfschüttelnd. »Ich bin nicht aus Zucker, Arndt.«

»Aber genauso süß.« Er verzog das Gesicht. »Oha, das war schwülstig. Entschuldige, ich weiß auch nicht, was mit mir los ist.«

Sie schluckte. Er fand sie süß? Noch nie hatte ein Mann sie als süß bezeichnet.

In Stralsund steuerte Arndt einen Parkplatz an, und sie stiegen in einen dunklen Kombi.

»Gehört dir der Wagen?«, fragte Hannah überrascht.

»Einem alten Freund.«

Er ließ den Motor an und fuhr los. »Ich habe mein Auto verkauft. Wozu brauche ich auf Hiddensee ein Auto?«

Sie hielt seinen Blick fest. Ob es ihm schwerfiel, Auto zu fahren, weil er dabei unweigerlich an seine Frau denken musste? Ihr würde das sehr wahrscheinlich so gehen.

Arndt suchte einen Sender im Autoradio. Immer wieder verzog er das Gesicht, dann aber hatte er offenbar endlich einen Sender gefunden, der ihm gefiel.

Ein typischer Popsong der Neunziger lief, und Arndt sang aus voller Kehle mit.

»Weißt du noch?«, fragte er grinsend.

Und ob sie noch wusste. Damals hatten sie das Lied am Strand gegrölt und sich regelmäßig Ärger eingehandelt.

»*What is love? Baby, don't hurt me, dont't hurt me no more.*« Arndt trommelte aufs Lenkrad.

Was für eine schöne Stimme er hat …

Früher hatte er manchmal ein Lied von den Crash Test Dummies gesungen, und sie hatte eine Gänsehaut am ganzen Körper bekommen.

»Eine tolle Zeit, oder?«

Sie nickte lächelnd. Ja, eine tolle Zeit. Es hatte Tage gegeben, da war sie einfach nur glücklich gewesen, dass es ihn gab. Von früh bis spät hatte sie an ihn denken müssen und oft kaum das Wochenende erwarten können.

»Fahren wir nach Rostock?«

Arndt zuckte mit den Schultern. »Schon möglich.«

Sie boxte ihm sacht auf den Arm. »Komm schon, Arndt, spann mich nicht länger auf die Folter.«

»Du magst wohl keine Überraschungen, was?«

Er hatte den Nagel auf den Kopf getroffen, aber das würde sie ihm nicht auf die Nase binden.

Er fand einen Parkplatz, und sie stiegen aus.

Noch immer hatte Hannah nicht die geringste Ahnung, was er hier mit ihr vorhatte.

Arndt streckte seine Hand aus und lächelte, als sie ihre Hand in seine schob.

»Lass uns rennen!«

Ihre Stiefelabsätze waren nicht hoch, aber die Sohlen ziemlich glatt, und ihr wurde ein wenig mulmig, als Arndt immer schneller rannte.

»Ich fange dich auf, falls du fällst«, versprach er.

Er konnte ihre Gedanken lesen, daran hatte sie kaum noch Zweifel. Plötzlich blieb er keuchend stehen, blickte ihr tief in die Augen und zog sie wieder an sich.

»Du tust mir so gut, Hannah.«

Zwei Sekunden später lief er wieder mit ihr los.

Sie liebte diesen Mann so sehr, dass sie es ihm gern jetzt gleich sagen würde. Ach was, sie würde es am liebsten hinausschreien. Alle sollten es hören.

Doch dieses leise, eigenartige Gefühl in ihrem Magen – oder war es anderswo? – konnte sie nicht ignorieren.

»Hast du Lust auf gute Musik?«, fragte er im Laufen.

Sie schnaufte. »Können wir vielleicht eine kurze Pause machen? Ich kann nicht mehr.«

Er bremste ab und zeigte nach vorn. »Wir sind schon da.«

»Eine Disko?«

»Nein. Eine Musikkneipe. Ich bin da vor Jahren mal mit meiner alten Band aufgetreten.«

»Du warst in einer Band?«

Er ging zum Eingang und hielt ihr die Tür auf. Sofort schlugen ihr laute Musik mit ohrenbetäubenden Bässen und Stimmengemurmel entgegen, und der Geruch nach Bier und Deospray ließ sie kurz nach Luft schnappen.

»Ist schon eine Weile her.«

Er nahm ihr die Jacke ab. »Möchtest du zuerst was trinken?«

»Gern. Eine Cola vielleicht.«

Er ging zur Theke und bestellte, und als er zurückkam, sagte er laut: »Gleich spielt eine Band.«

»Aber nicht deine.«

Er strich mit dem Handrücken über ihre Wange.

»Wir sollten unbedingt mal zusammen zum Leuchtturm gehen.«

Sie blinzelte verwirrt, weil es so vollkommen aus dem Zusammenhang war. Dann nickte sie. »Ja, unbedingt.«

Hannah konnte sich nicht erinnern, wann sie das letzte Mal so viel getanzt hatte.

Als sie wieder einmal eine Pause einlegen mussten, gingen sie vor die Tür, um frische Luft zu schnappen.

Hannah blickte in den Himmel, und Arndt schlang von hinten beide Arme um sie und legte sein Kinn auf ihre Schulter.

So standen sie minutenlang da. Keiner von beiden sagte ein Wort. Das mussten sie auch gar nicht. Für diesen Moment schien ihr Schweigen genau richtig zu sein.

Hannah hatte nur den einen Wunsch: Arndt sollte sie nach Hause bringen und dableiben. Warum sagte sie es ihm nicht einfach? »Ich hatte mich vorhin wirklich gefragt, wo du mit mir hinwillst«, sagte sie leise.

»Bis ans Ende der Welt.«

Er hauchte ihr einen Kuss aufs Haar, und sie zitterte leicht.

»Ist dir kalt?«

»Nein, überhaupt nicht.«

Plötzlich lachte er, und sie drehte sich zu ihm um.

Sein Lachen war so ansteckend, dass auch sie zu kichern begann.

»Habe ich eine sehr komische Figur abgegeben?«

Sie wusste nicht, wovon er sprach, und hob nur die Augenbrauen.

»Na, beim Tanzen?«

»Warum fragst du?«

»Du musst mich nicht schonen, ich weiß genau, dass ich ein miserabler Tänzer bin.«

Sie stellte sich auf die Zehenspitzen, um ihr Gesicht an seins zu schmiegen.

»Ich finde, du tanzt ganz passabel.«

»Passabel? Für ein Kompliment zu kläglich, fürchte ich.«

»Wollen wir wieder reingehen?«

»Und weitertanzen?«

Sie lachte fröhlich. »Klar.«

Auf der Rückfahrt nach Stralsund hatten sie alle Popsongs mitgesungen, die im Radio liefen.

Arndt fuhr auf den Parkplatz und stellte den Motor ab.

Hannah spürte ihr Herz heftig schlagen. Sie hätte nichts dagegen, wenn sie jetzt wie die Teenager knutschen würden. Sie konnte ein leises Lachen nicht mehr rechtzeitig unterdrücken.

»Was ist los?«

»Ich musste nur grade daran denken, dass ich mich wirklich wie ein Teenager fühle.«

Er beugte sich zu ihr und küsste sie zärtlich und leidenschaftlich zugleich. Und nach einer Weile sagte er leise: »Dann lass uns jetzt etwas richtig Erwachsenes tun.«

Auch wenn sie ahnte, was er meinte, fragte sie: »Und was?«

»Wir könnten uns ein Zimmer nehmen.«

Sie blickte ihm in die Augen und zögerte keine Sekunde. »Ja, eine gute Idee.«

Hand in Hand liefen sie über den Rathausplatz und blieben einen Moment stehen.

»Ich mag diesen Platz ganz besonders«, meinte Arndt leise.

»Ja, ich auch.«

Sie zeigte auf eins der gelbgestrichenen Häuser.

»Sie strahlen eine gewisse Naivität aus, und das gefällt mir.«

»So hab ich das noch nicht gesehen. Aber ich finde, du hast recht.«

Eine Kirchturmuhr schlug, und sie gingen weiter.

Arndt zeigte nach vorn. »Komm, da vorne ist ein nettes kleines Hotel.«

Ob er seine Wohnung, sein Haus hier in Stralsund schon aufgelöst hatte? Das würde sie ihn morgen fragen. Vielleicht.

Erst einmal hatte es keine Bedeutung für sie.

Das Zimmer war klein, aber sehr gemütlich eingerichtet. Mit einem schönen Doppelbett und einem eleganten Bad.

Und es hatte sogar einen Balkon.

Arndt öffnete die Balkontür, breitete die Arme aus und zog Hannah an sich.

»Gefällt's dir?«

»Mir gefällt es vor allem, hier mit dir zu sein.«

Wieder küsste er sie, zärtlich und sehr sanft. Dann wurden seine Küsse fester, begieriger.

Sie begannen, sich gegenseitig zu entkleiden, wobei sie manchmal kichern mussten, wenn es nicht schnell genug ging. Einerseits hatten sie es sehr eilig, auf der anderen Seite wollten sie es langsam angehen, den anderen kennenlernen, anschauen, riechen, schmecken, spüren.

Als sie beide nackt voreinander standen, lächelten sie.

Arndt zog sie zum Bett.

Plötzlich fröstelte sie ein wenig. Sie war nervös. Sie war mit Arndt hier in diesem Hotelzimmer und würde mit ihm die Nacht verbringen. Als Siebzehnjährige hätte sie dafür alles getan und gegeben, jetzt aber überkam sie eine Art Panik.

Arndt hatte offenbar gespürt, dass sie zögerte.

»Was ist?«, fragte er leise.

»Ich weiß auch nicht.«

»Wenn ich mich wieder anziehen soll ...«

»Nein, bloß nicht.«

Sie legte ihm die Hand auf die Brust und überließ sich seinen sanften, sehr warmen Händen.

Und dann verlor sie jegliches Zeitgefühl, auch war ihr egal, was morgen oder übermorgen oder irgendwann sein würde. Sie war hier und jetzt mit Arndt in diesem Bett, und sie würde es genießen.

Er seufzte leise im Schlaf.

Sie küsste seine nackte Brust und strich mit einem Finger über den blonden Haarflaum. Noch nie hatte sie so für einen Mann gefühlt, und sie wusste, dass sie auch nie wieder für einen anderen Mann so empfinden würde. Das hier mit Arndt und ihr war einzigartig.

Sie hatten sich zweimal in der Nacht geliebt, und noch jetzt spürte sie seinen warmen, vom Schweiß leicht feuchten Körper auf ihrem. Sie hatte noch immer seine Stimme im Ohr, seine zärtlichen, liebevollen Worte, seinen heißen Atem, sein leises Stöhnen.

»Ich liebe dich so sehr, Arndt«, raunte sie und legte den Kopf auf sein Herz. Sie schloss die Augen und atmete gleichzeitig mit ihm.

Nach einer Weile regte er sich. »Kannst du nicht schlafen?«

Ob er gehört hatte, was sie gesagt hatte?

»Ich liege viel lieber neben dir und sehe dir beim Schlafen zu.«

Er drehte sich auf die Seite und strich mit einem Finger über ihre nackte Schulter.

»Wir könnten zusammen hier liegen und uns ansehen, bis die Sonne aufgeht. Und wer als Erster einschläft ...« Er winkte ab und lachte. »Fast hätte ich gesagt, der muss Frühstück machen.« Er küsste sie und zog sie fest an sich.

So lagen sie bis zum Morgen zusammen, und irgendwann waren sie beide eingeschlafen.

Von lautem Möwengeschrei wurde Hannah wach.

Auch Arndt blinzelte. »Was ist das denn?«

Sie zeigte zur Balkontür.

»Das sind die Möwen draußen. Wir haben vergessen, die Tür zuzumachen.«

»Rutsch ein bisschen näher«, bat er.

Sie schmiegte sich eng an ihn.

»Danke für die ...« Er schien nach einem Wort zu suchen. »Für die wundervolle Nacht.«

»Ich danke *dir*.«

Eine ganze Weile schwiegen sie.

Irgendwann räusperte sich Arndt. »Ich möchte nicht unromantisch sein, aber ich habe einen Riesenhunger.«

Nach dem ausgiebigen Frühstück hatten sie einen kleinen Stadtbummel gemacht und sich die Häuser angesehen, die man restauriert und saniert hatte.

»Toll, was sie daraus gemacht haben.« Arndt zeigte auf die Milchbar, ein orangefarbenes Gebäude, dessen Putz noch vor einigen Jahren abgeblättert und rissig gewesen war.

Sie schlenderten Hand in Hand weiter.

»Wäre es in Ordnung, wenn du allein zurück nach Hiddensee fährst?«

»Natürlich. Du wohnst schließlich hier, warum solltest du mit auf die Insel zurückfahren?«, fragte sie zurück.

»Ich dachte, ich bringe dich nach Hause, küsse dich stundenlang und lege mich vor deine Tür.«

Sie kicherte. »Das könntest du natürlich machen.«

»Das klingt nach einem Aber.«

Sie blieb stehen und küsste ihn. »Nein, kein Aber.«

»Ich bringe dich aber bis zur Fähre.«

»Also doch ein Aber.«

Sie lachten beide.

»Es macht dir wirklich nichts aus?«, fragte Arndt wieder, als sie am Fähranleger standen.

»Ich bin ein großes Mädchen, Arndt, ich darf schon ganz allein mit der Fähre fahren.«

»Dann bin ich beruhigt.«

Der Abschied hatte eine kleine Ewigkeit gedauert. Immer wieder war Arndt entweder hinter ihr hergelaufen, um sie zu küssen, oder aber sie war zu ihm gerannt, um sich ein weiteres Mal zu verabschieden. Eigentlich benahmen sie sich nicht wie Teenager, sondern wie Kinder.

Am Ende hätte sie sogar beinahe die Fähre verpasst.

Arndt stand am Anleger, hatte ein Taschentuch aus der Tasche gezogen und es wie eine Fahne hin- und hergeschwenkt.

Hannah winkte mit ihrem hellgrünen Tuch zurück und

warf ihm Kusshände zu. Hin und wieder tat Arndt dann so, als müsse er einem Kuss hinterherjagen, weil der sein Ziel verfehlt hatte. Als Arndt schließlich nicht mehr zu sehen war, wandte sie sich ab und blickte aufs Meer hinaus.

Sie war rundum glücklich.

Und doch war da schon wieder dieses seltsame Gefühl, eine Art Furcht, gemischt mit einer unheilvollen Vorahnung, das sie sich nicht erklären konnte.

Sie war gleich auf ihr Rad gestiegen und nach Neuendorf gefahren. Silke hatte eine Kanne Glückstee gekocht, auch wenn Hannah den nun wirklich gerade nicht nötig hatte.

Silke schenkte ihr ein und reichte ihr den Kandis.

»Ihr habt also die Nacht zusammen in Stralsund verbracht?«

Hannah nickte selig. »Es war himmlisch.«

Noch immer hatte sie Arndts Rasierwasser in der Nase, spürte seine nackte Haut auf ihrer, schmeckte seine Küsse.

»Es könnte so wunderbar sein, wenn da nur nicht dieses komische Gefühl in der Luft schweben würde.«

»Was für ein Gefühl?«

»Genau das weiß ich ja nicht. Ich versteh's selbst nicht.« Hannah hielt den Teebecher mit beiden Händen umfasst.

»Wir haben die halbe Nacht hindurch getanzt. Wir waren so ausgelassen, so verrückt, wie Kinder. Es war, als hätten wir den Alltag, das Leben draußen vor der Tür gelassen. So als spielte das alles gerade keine Rolle für uns.«

Silke lächelte. »Dieses Gefühl kenne ich. Das ging mir mit Andreas auch sehr oft so.«

»Heute nicht mehr?«

»Doch, aber nicht mehr so häufig. Irgendwann hat einen der Alltag dann doch eingeholt und lässt sich nicht ignorieren. Das geht wohl nur, wenn die Beziehung sehr frisch und alles ganz neu ist.«

Hannah lehnte sich zurück. »Es klingt komisch, aber ich würde mir nichts mehr wünschen, als genau diesen Alltag mit Arndt leben zu können. Ich brauche keine rosarote Brille.« Sie schluckte. »Und dann ist da wieder dieses seltsame Gefühl, diese Angst, dass das alles bald vorbei sein könnte.«

»Aber warum sollte es das, Hannah? Du hast so lange auf diesen Mann gewartet, und jetzt könntest du einfach glücklich mit ihm sein.«

»Das bin ich ja auch. Eigentlich.«

Am Montagmorgen tanzte sie durch die Backstube, summte das Lied mit, das im Radio lief, und drehte eine Pirouette nach der anderen.

In dem Moment kam Markus herein und blieb verdutzt stehen. »Das sieht nach einem herrlichen Wochenende aus.«

Sie hielt an und schnaufte leise. »Stimmt.«

»Ich wette, du warst als kleines Mädchen beim Ballett.« Er schlüpfte in seine Bäckerjacke und stellte den Ofen an.

»Ich? Nein.«

»Ich dachte, alle kleinen Mädchen wollen zum Ballett.«

Sie kicherte. Die Vorstellung, wie sie in einem rosafarbenen Tutu durchs Zimmer hüpfte, war zu lustig.

»Ich wollte auf einer Ritterburg wohnen, auf einem schwarzen Pferd schnell wie der Wind reiten und mit anderen Rittern kämpfen.«

Markus grinste. »Ach, so eine warst du.«

Sie lachte. »Ja, so eine war ich. Ich glaube, meine Mutter hatte sich eine Tochter gewünscht, die sich auch mehr wie ein Mädchen benommen hätte.«

»Dafür warst du bestimmt so ganz nach dem Geschmack deines Vaters«, entgegnete er.

Sie stellte das Radio etwas leiser und nickte stumm.

»Tanz ruhig weiter«, forderte er sie auf und wedelte mit einer Hand.

»Mir ist schon ganz schwindelig. Brauchst du mich hier noch? Sonst würde ich Toni vorne helfen.«

»Nur zu.«

Toni tänzelte durch den Laden und bremste ab, als Hannah um die Ecke kam.

»Da sind wir schon zu zweit.«

»Wie?«, fragte Toni verwirrt.

»Markus hat mich erwischt, wie ich durch die Backstube getanzt bin.«

Toni lehnte sich an den Tresen, die Arme verschränkt. »Erzähl.«

»Ich hatte ein wunderschönes Wochenende.«

»Mehr willst du nicht erzählen?«, hakte Toni enttäuscht nach.

»Nein. Und du?«

Toni machte ein geheimnisvolles Gesicht. »Ich hatte auch ein wunderschönes Wochenende.«

»Mehr willst du nicht erzählen?«

»Nur so viel: mit Markus.«

Kurz vor Mittag ging Hannah zurück in die Backstube, wo sie Markus laut singend und inmitten einer seiner Tom-Jones-Tanzeinlagen vorfand.

Sie applaudierte, als er einen Hüftschwung hinlegte.

»Du wolltest als kleiner Junge aber nicht zum Ballett, oder?«

Er erschrak und wirbelte herum.

»Das wird zur Angewohnheit, was? Um deine Frage zu beantworten ... Oder war sie etwa gar nicht ernst gemeint?«

Als sie eifrig nickte, erwiderte er: »Ich wollte Profifußballer werden.«

»Wirklich?«

»Hat leider nicht gereicht.« Er zuckte mit den Schultern. »Und nun bin ich Bäcker und Konditor.«

»Und, trägst du schwer an deinem Schicksal?«

Anstatt einer Antwort hob er nur bedeutungsvoll die Augenbrauen.

»Ich habe Mittwochnachmittag einen Banktermin«, sagte Hannah.

»Wann genau?«

»Um sechzehn Uhr. Ich würde mich freuen, wenn du mitkommst.«

Am Abend telefonierte sie mit Arndt und ergötzte sich an seiner dunklen schönen Stimme.

»Wann bist du wieder hier?«, fragte sie ihn.

»Sobald wie möglich. Im Moment hab ich eine Menge zu tun.«

Sie erzählte ihm von dem bevorstehenden Banktermin.

»Warum hast du mich nicht gefragt? Ich hätte dir doch was leihen können.«

Er wartete ihre Antwort gar nicht erst ab. »Nein, schon gut, war eine blöde Idee. Man leiht sich kein Geld, wenn man …« Er brach ab, und sie hätte ihn zu gern aufgefordert, weiterzusprechen. Wenn man was? Eine Beziehung hatte? Sich liebte? Ein Paar war?

»Das ist keine gute Idee«, sagte er schließlich.

»Nein, wahrscheinlich nicht.«

»Begleitet Silke dich?«

»Nein, Markus.«

Er räusperte sich betont laut. »Ähm, wer ist Markus?«

»Mein Konditormeister.«

»*Dein* Konditormeister?«

Sie musste lachen. »Er hat angeboten mitzukommen, und ehrlich gesagt bin ich wirklich froh. Dieser Termin liegt mir ziemlich auf der Seele.« Sie machte eine kleine Pause. »Aber es tut gut, mit dir zu reden.«

»Ja, es tut gut, deine Stimme zu hören.«

Ich liebe dich, Arndt …

Herrgott noch mal, warum sprach sie es nicht einfach aus? So schwer war es doch nicht. *Arndt, ich liebe dich, seit ich siebzehn war. Und ich werde dich auch mit siebzig noch lieben.*

Er räusperte sich wieder. »Du fehlst mir, Hannah.«

Wie schön, dass er das sagte! Ihr Herz machte einen Satz.

»Du fehlst mir auch.«

»Wirklich?«

»Und wie.«

»Rufst du morgen an und erzählst mir, wie der Termin gelaufen ist?«

»Versprochen.«

Markus schnaubte, als sie Mittwochnachmittag aus der Tür der Bankfiliale in Stralsund traten.

»Was für ein arroganter Schnösel. Wofür hält der sich eigentlich?«

»Für jemanden, der dafür sorgt, dass andere Leute etwas anschaffen können, was sie dringend benötigen und wofür sie kein Geld haben«, erwiderte sie trocken.

Markus schnaubte erneut.

»Ich komme mir immer dämlich vor, wenn ich vor so jemandem sitze. Warum eigentlich?«

»Ich glaube, je dämlicher man sich vorkommt, desto arroganter führen sie sich auf. Oder umgekehrt.«

»Schon möglich«, knurrte er.

»Hat dir das jetzt den ganzen Nachmittag verdorben?«

»Ach was. Warum hast du nicht gleich direkt unterschrieben?«, wollte er dann wissen.

»Ich sehe mir lieber alles ganz in Ruhe an.«

Besser gesagt, Andreas und Silke würden das tun.

Er nickte. »Verstehe. All das Kleingedruckte.«

»Darf ich dich zu einem Eis oder etwas Kaltem zu trinken einladen? Als Entschädigung sozusagen?«

Sie waren kaum zurück auf Hiddensee, als Markus einen Anruf aus einer Klinik in Weimar bekam. Seine Mutter hatte einen Schwächeanfall, bei dem sie gestürzt war.

Er war kreidebleich geworden.

»Fahr zu ihr.«

»Jetzt gleich?«

»Natürlich jetzt gleich.«

»Ich hätte mir doch in Weimar einen Job suchen sollen«, meinte er. »Dann wäre ich näher bei ihr. Aber genau das wollte ich nicht. Wir haben ständig wegen Kleinigkeiten gestritten. Meine Mutter kann furchtbar rechthaberisch sein und stur wie ein Esel. Ich hab immer klein beigegeben, weil ich Streit hasse. Beim letzten Mal aber hab ich sie einfach stehen lassen und bin gegangen.«

»Und jetzt machst du dir Vorwürfe.«

»Ein bisschen schon. Kommst du ein paar Tage ohne mich klar?«

»Sicher.«

Am Abend fuhr sie nach Neuendorf, um mit Silke und Andreas den Investitionsvertrag durchzugehen.

Andreas bot ihr an, ihn gleich am nächsten Tag mit nach Rügen zu nehmen, weil er dort einen Geschäftstermin hatte.

Hannah fuhr zurück und telefonierte lange mit Arndt.

Danach fiel sie todmüde ins Bett und schlief durch, bis der Wecker klingelte.

Donnerstagmittag rief Markus an. Seine Mutter hatte Glück gehabt, sich bei dem Sturz nur den rechten Arm gebrochen.

»Ihr geht's schon besser. Ich würde trotzdem gern noch einen Tag bleiben. Du kommst wirklich zurecht?«, hakte er nach.

»Natürlich komme ich zurecht. Außerdem ist ja Toni da.«

Das war sie, allerdings war sie nicht in Topform. Im Gegenteil. Offenbar hatte sie sich eine heftige Erkältung eingefangen. Mit einem dicken Schal um den Hals, tränenden Augen und einem röchelnden Husten schleppte sie sich durch die Räume. Und irgendwann blieb ihr die Stimme einfach weg.

Hannah hoffte, dass es sie selbst nicht auch noch erwischte. Was würde dann aus der Hochzeitstorte werden?

»Du gehörst ins Bett, Toni«, sagte sie zum wiederholten Mal, als Toni am Tresen stand und mit trüben Augen nach draußen blickte.

»Ist doch nur eine Erkältung.« Sie nieste dreimal hintereinander.

»Gesundheit. Du solltest zum Arzt gehen.«

»Nicht nötig.«

»Du steckst mir noch die ganze Kundschaft an.«

Darauf erwiderte Toni nichts.

Hannah wurde energisch. »Du gehörst ins Bett.«

»Aber Markus ist nicht da. Wie willst du das allein schaffen?« Wieder ein bellender Husten.

»Du gehst jetzt zum Arzt und legst dich anschließend ins Bett.«

»Nein, es geht schon.«

»Ich bin deine Chefin, und ich bestehe darauf.«

Huh, wie das klang. Selbst in ihren Ohren hörte es sich komisch an.

»Na schön.«

Toni legte die Schürze ab und verließ mit hängenden Schultern und laut hustend die Konditorei.

Hannah ging zurück in die Backstube.

Die Hochzeitstorte stand auf dem Tisch. Sie war fertig bis auf das Zitat, das auf dem Flügel stehen sollte.

Ihr Handy klingelte.

Es war Silke. Auch sie hustete grauenvoll.

»Du meine Güte, was ist denn heute los? Hat es dich etwa auch erwischt?«

»Ich liege mit Fieber im Bett, Hannah. Ich fürchte, du musst Toni bitten, einen Blick auf die Torte zu werfen.«

»Na klar, kein Problem.«

Hannah nagte an ihrer Unterlippe. Auch das noch. Erst Markus, dann Toni und jetzt auch noch Silke.

Und sie stand mutterseelenallein da mit zwei großen Problemen: Wer sollte den Lieferwagen fahren? Wer würde kontrollieren, ob das Zitat richtig geschrieben war?

»Der Zettel mit dem Zitat liegt in deinem Block. Ich hab es in Druckbuchstaben geschrieben. Du schaffst das, Hannah.«

»Na klar«, erwiderte sie. »Gute Besserung.«

Ja, sie würde das schon schaffen. Was blieb ihr auch anderes übrig?

Vorsichtig nahm sie den letzten Buchstaben aus dem kleinen Ausstecher. Die anderen lagen vor ihr auf dem eingefetteten Tisch. Ihre ganz persönlichen Mohnstreusel.

Komm schon, Hannah, nur ein paar Buchstaben.

Für jeden normalen Menschen wäre es ein Leichtes, sie auf eine Torte zu bringen. In richtiger Reihenfolge wohlgemerkt.

Hannah schluckte. Dann nahm sie den ersten Buchstaben mit der Pinzette auf. Ihre Hand zitterte.

Der Platz auf dem Notenblatt war sehr begrenzt, und sie musste die Buchstaben dreimal vorsichtig wieder aufnehmen, um sie dann wieder neu abzulegen.

Schließlich hatte sie es geschafft. Sie atmete erleichtert auf. Diese Hürde wäre genommen.

Blieb das Problem mit der Lieferung. Sollte sie Arndt anrufen und fragen?

Sie hatte sich kaum dazu entschlossen, als er sie anrief.

»Wie schön, deine Stimme zu hören«, sagte er.

»Bei mir ist das Chaos ausgebrochen.« Und sie erzählte ihm, was passiert war. »Ich kann den Lieferwagen nicht fahren. Und ich kann die Torte schlecht mit dem Rad ausliefern.«

»Ach herrje, was machen wir denn da?«

»Ich hab nicht die geringste Ahnung. Heute geht wirklich alles schief.«

»Und wenn du sie zu Fuß …?«

Sie schnaubte leise.

»Arndt Lösch, du bist wirklich der Meinung, dass ich die Torte …«

»Nein, schon gut. War 'ne blöde Idee.«

»Stimmt.«

Sie nagte an ihrer Unterlippe.

»Du könntest vielleicht einen Handkarren ausleihen«, schlug er vor.

Sie stieß erneut ein Schnauben aus. »Das ist nicht dein Ernst.«

Es klopfte an der Außentür der Backstube, und für einen kurzen Moment überkam sie ein Hoffnungsschimmer, dass Toni spontan und auf wundersame Art genesen sein könnte.

»Es hat geklopft. Wartest du einen Moment?«

Mit dem Handy in der Hand ging sie zur Tür, wo Arndt stand und sie in die Arme zog.

Erst nach einer ganzen Weile konnte sie »Was machst du denn hier?« fragen.

Er trug einen schwarzen, sehr gut sitzenden Anzug mit einem weißen kragenlosen Hemd. Er sah umwerfend aus.

»Ich wollte dich fragen, ob du mich nicht zur Hochzeit begleiten möchtest?«

Sie öffnete den Mund, um etwas zu erwidern.

Doch er hob die Hand. »Und wenn ich schon mal da bin, könnte ich auch gleich den Transporter fahren.«

»Gott sei Dank!« Sie atmete erleichtert aus. Dann schüttelte sie den Kopf. »Aber ich weiß nicht, ob es eine gute Idee ist, wenn ich dich zur Hochzeit begleite. Schließlich kennen mich deine Freunde gar nicht, und ich ...«

»Sag jetzt ja nicht, du hast nichts anzuziehen.«

Sie hob die Augenbrauen. »Das weiß ich nicht. Aber was ist, wenn sie gar nicht möchten, dass ich zu ihrer Hochzeit komme?«

»Sie freuen sich.«

»Du hast sie bereits gefragt?«

Er nickte.

»Bevor du mich gefragt hast?«

»Ich hab geahnt, dass du dich ein wenig zieren wirst. Deshalb hab ich dich nicht schon in Stralsund gefragt.«

»Du wolltest mich lieber überrumpeln.«

Er strahlte wie ein kleiner Junge.

Hannah konnte nicht anders, sie musste lachen. »Ach, Arndt ...«

»Du wirst doch was Hübsches zum Anziehen haben?«

»Für eine Hochzeit?« Sie schüttelte nachdenklich den Kopf, doch dann fiel ihr ein, dass sie außer dem Janis-Joplin-Kleid noch ein sehr schlichtes besaß, das sie erst ein einziges Mal getragen hatte. Hoffentlich hat es keinen Fleck, betete sie inständig.

»Na schön, es wird sich schon was finden.«

Das Kleid hatte weder einen Fleck, noch war es verknittert.

Im Gegenteil, es sah wunderhübsch aus. Hannah war selbst ganz überrascht, als sie sich im Spiegel betrachtete.

Sie hatte in aller Eile geduscht und sich die Haare gewaschen, während Arndt auf ihrem Balkon stand und aufs Meer blickte.

Als sie fertig angezogen vor ihm erschien, verschlug es ihm erst einmal glatt die Sprache.

»So schlimm?«

Er schluckte. »Nein, ich ... ich bin sprachlos.«

»Das merkt man.«

»Du siehst fantastisch aus.«

Ihr Haar war noch etwas nass, das machte aber nichts, es würde von allein trocknen. Einer der Vorteile, wenn man lockiges Haar hatte, es machte keinen Unterschied, ob man es föhnte oder nicht.

»Und wie du duftest.«

»Danke.«

»Und dieses Kleid.«

»Danke, Arndt.«

»Du hast noch kein Wort über mein Outfit verloren«, beschwerte er sich vorwurfsvoll.

»Hab ich nicht? Du siehst großartig aus.«

Er tat sehr überrascht. »Wirklich?«

»Der Anzug steht dir sehr gut.«

»Dann sieht man nicht, wie unwohl ich mich darin fühle?«

Er spreizte den Arm ab, so dass sie eine Hand auf seinen Unterarm legen konnte.

»Nein, du siehst aus, als würdest du selten etwas anderes tragen.«

»Jetzt übertreibst du aber.« Er zwinkerte ihr zu. »Ich bin unglaublich gespannt auf die Torte.«

Sie lächelte. »Du wirst dich noch ein wenig gedulden müssen.«

Kokos

Hiddensee, am selben Tag

Arndt fuhr so langsam und vorsichtig, dass Hannah irgendwann lachte und meinte, dass sie zu spät kämen, wenn sie weiterhin so kriechen würden. Sie war unendlich erleichtert, als die Torte in der riesigen Transportbox dann schließlich in der Restaurantküche stand.

Britta wollte die Abdeckung anheben, doch Hannah gab ihr einen leichten Klaps auf die Finger.

»Erst, wenn das Brautpaar da ist.«

»Ach, komm schon, Hannah. Nur einen Blick. Einen ganz kleinen.«

Arndt stand plötzlich hinter ihnen.

»Hallo, Britta.«

Sie wirbelte herum und starrte ihn sekundenlang an.

»Ich fasse es ja nicht! Arndt. Arndt Lösch.« Sie begutachtete ihn von oben bis unten. »Siehst gut aus.«

Er lächelte flüchtig anstatt einer Antwort.

Hannah betete, dass Britta ihn nicht mit Fragen bombardieren würde. *Bist du verheiratet? Wer ist deine Frau? Wo wohnt ihr?* Am liebsten würde sie ihn einfach an der Hand nehmen und nach draußen ziehen.

»Arndt? Wir sollten uns ein bisschen beeilen«, drängte sie.

Britta hatte von ihr zu Arndt geblickt, dann huschte eine Art erhellendes Grinsen über ihr Gesicht.

»Ich fass es ja nicht! Ihr beide?« Sie knuffte Hannah leicht. »Warum hast du neulich nichts gesagt? Du hättest mir doch sagen können …«

»Wir müssen jetzt wirklich los.« Hannah nahm Arndts Hand. »Die Trauung beginnt gleich.«

Britta schnalzte mit der Zunge, was auch immer sie damit ausdrücken wollte.

»Hast dich kaum verändert«, rief sie Arndt noch nach.

Im Laufen drehte er sich zu ihr um. »Du dich auch nicht, Britta.« Es klang, als hätte er gern ein »Leider« hinzugefügt.

Deutlich leiser sagte er: »Ich gebe die Hoffnung nie auf, dass sich manche Menschen im Laufe ihres Lebens ändern. Bin ich naiv?«

Hannah schüttelte den Kopf.

»Naiv? Nein. Ich gehöre auch zu dieser Sorte Mensch.«

»Ich konnte Britta nie leiden«, flüsterte er ihr zu, als sie wenig später vor der weißen Inselkirche in Kloster standen, ihre Hände noch immer miteinander verschränkt. »Sie wirkte immer so gekünstelt. Außerdem war sie eine Tratschtante.«

»Stimmt, und ich fürchte, das ist sie immer noch«, raunte Hannah. »Ich wette, morgen weiß es die ganze Insel, dass sie uns zusammen gesehen hat.«

»Damit könnte ich leben.« Er zeigte nach vorn. »Ah, da ist ja unser Bräutigam.«

Ein gutaussehender Mann mit ziemlich wilden dunklen Locken kam auf sie zu, die Arme ausgebreitet.

»Komm her, mein alter Freund.«

Sie umarmten sich und klopften sich gegenseitig auf die Schulter. Beide sagten fast gleichzeitig: »Gut siehst du aus.«

Der Bräutigam schien überhaupt nicht nervös zu sein.

Die Braut dagegen, eine hübsche Frau in einem so umwerfend schönen cremefarbenen Kleid, dass Hannah die Luft wegblieb, wirkte aufgeregt und ein bisschen nervös.

Sie umarmte Hannah, als seien sie alte Freundinnen.

»Du musst Hannah sein. Schön, dass du mitgekommen bist.«

»Darf ich bekannt machen? Dani, das ist Hannah, Hannah, das ist Dani, also Daniela, Daniels Frau, also zukünftige Frau«, stellte Arndt sie nun einander vor.

Hannah fand Daniela auf Anhieb sympathisch. Sie schätzte sie auf ein paar Jährchen älter als den Bräutigam, aber das mochte täuschen.

Daniela sah sie lächelnd an. »Darf ich dir was sagen?«

»Na klar.«

»Diese Brille steht dir unglaublich gut. Du bist ein richtiger Brillen-Typ.«

Hannah hätte beinahe aufgelacht. Wenn Daniela wüsste …

Der Pfarrer kam und stellte sich neben sie.

»Wenn dann alle so weit wären …«

Hannah hatte während der ganzen Trauung auf Arndts Rücken geschaut. Sie fühlte eine kribbelnde, geradezu prickelnde Vorfreude auf die bevorstehende Nacht.

Als sich das Brautpaar küsste, hörte sie sich aufseufzen.

Als kleines Mädchen hatte sie sich oft vorgestellt, wie

sie selbst als Braut vor dem Altar stehen würde. Sie hatte sich eine lange Schleppe gewünscht, die mindestens vier Leute tragen müssten. Und der Inbegriff von Romantik war für sie eine Hochzeitskutsche mit einem weißen Pferd gewesen, die vor der Kirche warten würde.

Heute würde sie es mindestens genauso romantisch finden, wenn sie barfuß am Strand heiraten würde, mit den Füßen im Wasser. Nein, eigentlich fand sie es heute viel romantischer.

Sie musste auch daran denken, wie Arndt sich wohl gerade fühlte. Bestimmt dachte er an seine eigene Hochzeit. Ob es ihn sehr schmerzte?

Sie hob den Kopf und betrachtete den Rosenhimmel. Diese kleine bescheidene Kirche mit ihren weißblauen Holzbänken hatte einen ganz besonderen Charme, dem man sich nicht entziehen konnte.

Als die Orgel erklang, fuhr Hannah leicht zusammen, weil sie in Gedanken versunken war. Das Brautpaar schritt an der Reihe vorbei, in der sie saß, und Daniela zwinkerte ihr zu. Sie sah glücklich aus, und Hannah ignorierte eisern das wehmütige Gefühl, das sie erfasste.

Nach der Trauung wartete sie draußen auf Arndt, der ein paar Leute begrüßt hatte und etwas abseitsstand.

Nach einer Weile kam er zu ihr.

Sie drückte seine Hand.

»Alles in Ordnung?«

Er schaute sie verwundert an. »Sehe ich so blass aus? Die Luft in der Kirche war furchtbar, du hast ganz recht.«

Sie schüttelte den Kopf. »Ich dachte, du wärst vielleicht … ich meine, du musstest sicher an deine eigene Hochzeit denken.«

Gerade als er ansetzte, um ganz offenbar etwas zu erwidern, kam Daniel und bat sie, ruhig schon mal vorauszugehen.

»Bestellt euch etwas zu trinken oder auch zu essen. Es wird hier noch einen Moment dauern.«

»Wir setzen uns da vorn unter den Baum.« Arndt zeigte nach rechts. »Und dann gehen wir mit euch zusammen zum Lokal.«

»Wie ihr wollt.«

Daniel ging zurück zu seiner frisch angetrauten Frau.

Und Arndt spazierte mit Hannah ein paar Schritte und zog sie dann auf eine wacklig aussehende Holzbank.

Sie setzte sich sehr vorsichtig.

»Ich bin ewig nicht bei einer kirchlichen Trauung gewesen.«

»Ich auch nicht.«

Sie sah ihn ungläubig an. »Aber deine eigene …«

»War nur standesamtlich.«

Sie nickte stumm.

»Hannah, ich würde dir gern etwas sagen, aber ich glaube, das hier ist nicht der richtige Rahmen und Zeitpunkt.«

Ihr Herz begann, wild zu pochen, und sie spürte einen Kloß im Hals. War das der Schatten, den sie seit kurzem über ihnen spürte? Was wollte Arndt ihr sagen? Es musste etwas mit ihnen beiden zu tun haben, so wie er sie angeschaut hatte. Wollte er ihr behutsam beibringen, dass es nicht funktionieren würde mit ihnen? Aber warum hatte sie dann den Eindruck, als sei er glücklich in ihrer Nähe?

Vielleicht war ihm das alles zu früh, das würde sie sogar verstehen. Nun, sie würde ihm so viel Zeit geben, wie er brauchte.

Plötzlich hatte sie das Gefühl, als könne sie das, was er ihr sagen würde, nicht ertragen, auch wenn sie nicht einmal wusste, was es war. Der Anblick der Menschen um sie herum schnürte ihr die Kehle zu. Am liebsten würde sie aufstehen und davonlaufen, fort von all den lachenden und glücklich aussehenden Menschen um sie herum.

Einen winzigen Moment lang überlegte sie, Arndt zu sagen, wie sehr sie ihn liebte, um ihn davon abzuhalten, ihr das zu sagen, wovor sie sich so fürchtete. Doch dann war ihr klar, dass sie es nicht tun sollte, weil sie ihn damit manipulieren würde.

Sie atmete mehrmals tief durch. Offenbar tat sie das so laut, dass Arndt sie prüfend anblickte. »Was ist mit dir?«

»Nichts, alles in Ordnung.«

Sie lachte fröhlich auf und zog ihn von der Bank hoch. »Lass uns ein paar Schritte gehen. Ich muss mich ein bisschen bewegen.«

Daniela duftete nach Kokos. Vielleicht benutzte sie eine Körperlotion mit Kokosmilch.

Hannah war übel davon geworden. Sie hielt den Atem an und war bemüht, sich nichts anmerken zu lassen.

Daniel kam angelaufen und riss seine Braut stürmisch an sich, um sie vor versammelter Gästeschar zu küssen. Alle applaudierten kräftig und riefen Glück- und Segenswünsche aus. Arndt stand mitten unter ihnen, sein Blick suchte Hannahs.

Daniela drehte sich zu ihr um.

»Darf ich euch Hannah vorstellen?«, rief sie laut. »Unsere Hochzeitstortenbäckerin.«

Sie hielt einen Moment inne. Es fehlte nur noch der Trommelwirbel.

»Wollen wir das Tortengeheimnis lüften?«

»Ja!«, riefen alle.

Sie nahm die Tortenabdeckung vorsichtig und langsam ab. Gleich darauf schlug sie eine Hand vor den Mund.

»Oh, fantastisch!«

Daniel stand schweigend neben ihr. Dann murmelte er etwas, das Hannah nicht verstand, und drehte sich zu den Gästen um.

»Kommt her, und seht euch das an.«

Er trat beiseite und gab somit den Blick für die Umstehenden frei.

Einen Augenblick lang blieb es still, dann klatschten die Ersten und andere riefen verzückt »Ah« und »Oh«.

Hannah spürte, wie die Anspannung von ihr abfiel.

Daniela kam zu ihr und umarmte sie. »Ich weiß gar nicht, was ich sagen soll. Danke, Hannah.«

»Ich bin ja so froh, dass sie euch gefällt.«

Alle Gäste hatten sich nun um den Tisch versammelt, auf dem die große Torte stand. Sie sprachen durcheinander und zeigten immer wieder auf die Torte.

Dann sagte plötzlich jemand: »Nanu, da stimmt aber was nicht.«

Um Himmels willen, war die Katze umgefallen oder die Braut womöglich vom Flügel gekippt?

Hannah schaute auf die Torte. Aber egal, wie lange sie auch hinsah, sie konnte nichts Merkwürdiges entdecken. Alles war an seinem Platz, die Glasur war perfekt, die ganze Torte nicht einen Millimeter verrutscht. Was also sollte nicht damit stimmen?

Arndt räusperte sich und nahm sie beiseite. »Ähm, du hast da was vergessen. Wird dir nicht aufgefallen sein. So was kann schon mal passieren. Wer kennt das nicht?«

Andere Gäste kamen zu ihr, schmunzelten belustigt.

»Machen Sie sich nichts draus, kann vorkommen. Goethe wird's verschmerzen.«

Was war hier los?

»Was soll ich vergessen haben, Arndt?«, raunte sie.

Ein paar Leute lachten amüsiert und zeigten auf den Flügel.

Arndt nahm sie am Arm und ging mit ihr nach draußen.

»Ich verstehe das alles nicht, Arndt. Was soll ich vergessen haben?«

Er sah sie mit einer Mischung aus Ungläubigkeit und Verwunderung an.

»Dann fällt es dir selbst jetzt nicht auf?«

»Bitte, Arndt, wovon sprichst du?«

»Das Zitat. Zufällig kenne ich es.« Er verzog ein wenig das Gesicht. »Ich bin Deutschlehrer, wie du weißt.«

Allmählich wurde sie ungeduldig. »Ja und?«

»Du weißt wirklich nicht, wovon ich spreche, oder?«

Sie schüttelte stumm den Kopf.

»Wie heißt das Goethe-Zitat auf der Torte?«

»Was soll die Frage, Arndt? Na genau so, wie es da steht.«

Wieder blickte er sie verwundert an. »Es heißt also: *Glücklich allein ist die Seele, die lebt*?«

Sie schnaubte. »Blödsinn. Es heißt *Glücklich allein ist die Seele, die liebt.*«

Er nickte langsam. »Richtig. Das steht da aber nicht.«

»Natürlich steht es da.«

Sie befürchtete, ihn gleich anzubrüllen, so aufgebracht und durcheinander war sie.

»Nein, Hannah. Da steht *Glücklich allein ist die Seele, die lebt.*«

Sie wollte etwas entgegnen, ihn anfahren, doch dann schoss ihr durch den Kopf, dass er recht hatte. Sie alle hatten recht. Obwohl sie es mehrfach überprüft hatte, war ihr dieser fatale Fehler passiert.

Sie drehte sich um und lief davon.

Arndt folgte ihr.

»Warte!«

»Lass mich, Arndt!«

»Ich denke nicht dran. Bleib stehen, Hannah! Weglaufen ist was für Kinder!«

Sie bremste so abrupt ab, dass er leicht gegen sie lief.

Und noch bevor sie etwas sagen oder tun konnte, hatte er sie fest an sich gezogen.

»Du kannst es nicht, stimmt's?«, flüsterte er ihr ins Ohr, während er sie festhielt.

»Was soll ich nicht können?«, fauchte sie.

Er blickte ihr tief in die Augen. »Du kannst es nicht lesen.«

»Blödsinn!«

Sie wollte sich losreißen, doch er hielt sie sanft, aber sehr bestimmt fest.

»Es ist dir nicht aufgefallen, weil du es nicht lesen *kannst.*« Er hatte sehr ruhig gesprochen. »Sieh mich an, Hannah.«

»Was redest du denn da!«

»Sieh mich an«, bat er sie erneut. »Wir gehen jetzt da rein und tun so, als wäre dir ein kleiner drolliger Fehler unterlaufen. Ein Missgeschick. Im Grunde ist es ja auch nichts weiter.«

»Nein! Ich werde da ganz sicher nicht mehr reingehen!«

»Und davonlaufen? Willst du abhauen und den Gästen damit deutlich machen, dass du entweder einen Fehler nicht zugeben kannst, oder aber, dass du gar nicht weißt, was falsch sein soll?«

Sie blickte zu Boden. Die Scham legte sich wie ein dicker Mantel über sie und schien sie zu erdrücken. Was musste Arndt nur von ihr denken? Warum sprach er nicht offen aus, was er gerade dachte?

Er hauchte ihr einen Kuss aufs Haar.

»Also was ist?«

»Ich kann das nicht, Arndt«, flüsterte sie. Sie spürte, wie sie zu zittern begann.

»Doch, du kannst. Ich helfe dir.«

Wieder küsste er sie.

»Es ist nichts weiter als ein blöder kleiner Fehler, über den wir gleich alle fröhlich lachen werden.«

»Aber ich …«

»Glaub mir, für all die Leute hier wäre es schlimmer, wenn du Salz anstatt Zucker reingetan hättest.«

Arndt hatte recht. Den Gästen schien es nicht das Geringste auszumachen, dem Brautpaar ebenfalls nicht. Im Gegenteil, es wurde viel gelacht, aber es war keineswegs ein hämisches Lachen. Hannah ertrug es trotzdem nicht.

Die Torte war und blieb ein Kunstwerk, ein kleines

Meisterwerk, dem ein verlorengegangenes I, wie Arndt schmunzelnd gemeint hatte, überhaupt nicht schadete.

Hannah hörte sich Sätze wie »Ich habe es wirklich nicht bemerkt, stellen Sie sich das vor« und »Beim nächsten Mal sollte ich besser meine Brille aufsetzen« murmeln. Es kam ihr erstaunlich leicht von den Lippen, was schlicht daran lag, dass sie ihre Rolle wieder einmal glänzend und mit Bravour spielte. Die Gäste waren ihr Publikum, und sie log ihnen gerade das Blaue vom Himmel vor. Weil sie es hören wollten. Und ihre Rolle verlangte, dass sie ihr Bestes gab, sehr überzeugend war. Sie war es gewohnt, ihr ganzes Leben lang hatte sie diese Rolle gespielt, und sie war gut darin.

Sie spielte ihre vertraute Rolle, log, täuschte und lachte herzlich über ihr kleines Missgeschick, auch wenn ihr nicht zum Lachen und das Missgeschick eine Katastrophe war. Vielleicht war es sogar ein Zeichen. Sie sollte sich endlich eingestehen, dass sie immer wieder kläglich versagen, kapitulieren würde.

Arndt stand neben ihr, ein aufmunterndes Lächeln auf den Lippen. »Na, siehst du, es war doch gar nicht schlimm.«

Sie blickte ihn an und fragte sich, ob dieses Lächeln echt war. Fand er wirklich, dass es gar nicht schlimm war?

Sie konnte weder richtig lesen noch schreiben, na und?

»Hör auf«, erwiderte sie leise. »Hör einfach auf. Bitte.«

Das Brautpaar hatte die Torte gemeinsam angeschnitten, beide hatten die Hand um das große Messer gelegt.

Daniela erwies sich als wesentlich geschickter und verteilte die ungleichen Tortenstücke. Hannah bekam einen Teller in die Hand gedrückt und wurde lachend gefragt, ob sie sich als Tortenbäckerin vielleicht gar nichts aus Süßem machte.

So etwas würde man ja häufig hören.

Sie lachte mit und spielte ihre Rolle.

»Es schmeckt übrigens ganz köstlich.« Eine Frau, vielleicht Danielas Mutter, weil die beiden eine gewisse Ähnlichkeit hatten, versuchte, sie in einen Small Talk zu verwickeln, doch sie blockte ein wenig rüde ab. Und sofort tat es ihr leid, aber sie hatte das Gefühl, als würde sie das alles keine Minute länger aushalten.

Sie wollte nur noch raus aus diesem Saal, weg aus diesem Lokal.

Die Tatsache, dass sie bei dem Zitat gepatzt hatte, war für sie nicht halb so tragisch wie die brennende Scham, die sie Arndt gegenüber empfand.

Als eine Band auf die kleine Bühne kam und sich vorstellte, nutzte Hannah die Gelegenheit, sich still und heimlich davonzumachen. Arndt würde darüber hinwegkommen. Er würde mit anderen Frauen tanzen, klugen, weltgewandten Frauen.

Selten war sie sich erbärmlicher vorgekommen.

Sie holte ihren Mantel von der Garderobe und verließ das Lokal. Erst, als ihr draußen die frische Luft entgegen schlug, wurde ihr bewusst, wie seelisch erschöpft sie war. Bis dahin hatte sie die Haltung bewahrt, sich zusammengerissen und eine Gleichgültigkeit geheuchelt, die sie in keiner Weise empfunden hatte. Ein süßlicher Kokos-Geruch wehte ihr entgegen, und ihr wurde mit einem Mal so übel, dass sie zum nächstgelegenen Baum lief und sich dort übergab.

Arndt hatte verflixt gut überspielt, wie entgeistert er gewesen war, dass sie nicht richtig lesen und schreiben konnte. Er als Lehrer und sie als Analphabetin an seiner Seite? Allein der Gedanke war haarsträubend.

Während sie nach Hause ging, wurde ihr Herz mit jedem Schritt schwerer. Außerdem fühlte sie sich immer mutloser.

Arndt hatte Verständnis gezeigt, doch sie ahnte, was in ihm vorgehen musste. Bestimmt war er vollkommen fassungslos, wie sie ihre Umwelt – und damit auch ihn – so lange hatte täuschen können. Er war sicher auch enttäuscht von ihr.

Ihre Schritte wurden immer schneller, bis sie schließlich rannte. Das Geräusch ihrer Schuhsohlen, vermischt mit dem Rascheln ihres Kleides, dazu ihr keuchender Atem, all das machte ihr deutlich, dass sie wieder einmal jämmerlich versagt hatte und auf der Flucht war. Nicht nur das. Was viel schlimmer war, sie wusste, dass sie Arndt nie wieder würde in die Augen blicken können.

Mitten in der Nacht klingelte es Sturm an ihrer Tür.

Sie drückte sich das Kissen auf die Ohren.

Einen Moment blieb es still, dann klopfte jemand.

»Hannah! Mach auf, ich weiß, dass du da bist.«

Arndt.

Sie zog sich auch noch die Bettdecke über den Kopf.

»Mach auf! Wir müssen reden, Hannah!«

Sie sprang aus dem Bett und lief zur Tür.

»Geh nach Hause, Arndt.«

»Erst, wenn du mit mir gesprochen hast.«

»Worüber sollen wir denn sprechen?«

»Ich gehe hier nicht eher weg, bis du mit mir geredet hast.«

»Es gibt nichts zu reden. Ich bin Analphabetin, Arndt, ist es das, was du mit mir besprechen willst?«, fuhr sie ihn an. »Warum gehst du nicht und lässt mich in Ruhe!«

»Es ist keine Schande, Hannah, es gibt mehr Menschen, die nicht richtig lesen und schreiben können, als du denkst.«

»Lass mich in Ruhe!«

Sie drehte sich um, weil sie spürte, dass sie jeden Moment zu weinen anfangen würde.

»Nicht, bevor du mit mir geredet hast. Ich meine es ernst.«

»Ich auch. Lass mich allein, Arndt.«

Sie hatte sich bereits abgewandt und hörte, dass er noch etwas sagte. Was, hatte sie nicht verstanden.

»Ich brauche dein Mitleid nicht.«

»Mitleid?« Wieder lachte er auf. »Was hat das mit Mitleid zu tun? Ich dachte, das mit uns …«

Sie schlug gegen die Tür, weil sie anfing zu weinen. Sie war wütend auf sich selbst, dass sie sich nicht beherrschen konnte.

»Mit uns? Was soll mit uns sein, Arndt? Du hast deine Frau verloren, und ich konnte dich ein wenig ablenken. Das ist mit uns. Und jetzt lass mich bitte allein.«

Sie drückte sich beide Hände aufs Gesicht, damit er ihr Schluchzen nicht hörte.

Es blieb still vor der Tür. Ob er gegangen war?

Auf Zehenspitzen lief sie wieder zur Tür und legte ihr Ohr daran. Keine Schritte, kein Kleiderrascheln.

Sie lehnte sich gegen die Tür und presste sich die Faust

vor den Mund. Sie konnte nicht glauben, was sie gerade gesagt hatte.

Sie ging in ihr Schlafzimmer und blickte aus dem Fenster. Die Tränen liefen ihr übers Gesicht, und sie machte sich nicht einmal die Mühe, sie wegzuwischen.

Unten auf der Straße sah sie Arndt stehen. Er schaute herauf zu ihr, dann drehte er sich langsam um und verschwand in der Dunkelheit.

Silke lag auf dem Sofa, dick eingemummelt in eine warme Decke, im Rücken zwei große Kissen, die Ida sehr gewissenhaft und mit besorgter Miene aufschüttelte.

»Vielleicht werde ich Krankenschwester«, verkündete sie, als sie wieder einmal hereinkam, ein selbstgemaltes Bild in der Hand. »Hier, damit du ganz schnell wieder gesund wirst.«

»Ich dachte, du wolltest Konditorin werden wie Hannah.«

Silke konnte endlich wieder sprechen, nachdem ihre Stimmbänder den ganzen Tag ihren Dienst quittiert hatten.

Ida schien darüber nachzudenken.

»Hmmm. Papa meint, ich könnte auch Ärztin werden«, erwiderte sie schließlich.

»Du kannst eigentlich alles werden, was du möchtest.«

»Hmmm«, kam es wieder von Ida. »Alles?«

»Alles.«

»Auch Astronautin?«

»Warum nicht?«

»Aber dann wäre ich ja nicht mehr hier bei euch.«

»Du würdest durchs All sausen und von dort oben auf die Erde gucken.«

Den Gedanken fand Ida ganz offensichtlich nicht sonderlich angenehm.

»Ich möchte aber viel lieber bei euch bleiben.«

»Gott sei Dank hast du noch viel Zeit, darüber nachzudenken. Gibst du mir meinen Teebecher?«

Ida war sofort zur Stelle.

»Hast du deine Hausaufgaben schon gemacht?«, erkundigte sich Silke. Der Tee schmeckte scheußlich, und sie verzog das Gesicht.

»Schmeckt er nicht?«

»Nein.«

»Warum trinkst du ihn dann?«

»Weil er hilft.«

In dem Moment klingelte es an der Tür, und Ida rannte nach draußen.

»Oma!«, rief sie kurz darauf aus.

»Um Himmels willen, Ida, sei so gut, und reiß mich nicht zu Boden«, hörte Silke ihre Schwiegermutter sagen.

Sie war froh, dass Andreas sie angerufen hatte. Vermutlich hatte er nur »Silke ist krank« sagen müssen, und Irmgard hatte keine Sekunde gezögert.

Die Tür ging auf, und sie kam mit Ida herein.

»Was machst du denn für Sachen?« Sie trat näher und strich Silke über die Wange. »Ich glaube, du hast Fieber.«

»Nur ein bisschen Temperatur.«

»Ich dachte, ich sehe mal nach dir.«

Silke kannte ihre Schwiegermutter gut. Irmgard würde sich nicht in den Vordergrund drängen und hier hereinschneien, um das Regiment zu führen.

»Brauchst du etwas?«

Silke setzte sich auf und griff nach den Taschentüchern,

die auf dem Tisch lagen. »Ich hätte einen Riesenappetit auf deine Kartoffelsuppe.«

Irmgard strich ihren hellen Rock glatt und setzte sich ihr gegenüber in den Sessel.

»Ich hab schon alles dafür eingekauft.«

»Du kannst Gedanken lesen.«

»Manchmal kann das gar nicht schaden.«

Ida kletterte auf ihren Schoß und schmiegte sich an sie. »Du kannst in meinem Bett schlafen.«

»Das ist aber sehr großzügig von dir. Aber ich glaube, ich darf im Gästezimmer übernachten.«

Silke sank wieder in ihre flauschigen Kissen. »Ich bin froh, dass du da bist. Andreas ist ein ganz passabler Hausmann, aber ich fürchte, ich wäre irgendwann kribbelig geworden, wenn er weiter um mich herumgewuselt wäre.«

»Das hab ich gehört«, kam es von der Tür. Andreas drohte mit dem Zeigefinger. Dann begrüßte er seine Mutter herzlich. »Schön, dass du es einrichten konntest.«

Sie stand auf. »Was heißt einrichten? Ihr braucht mich, und ich helfe euch gerne.«

Sie verschwand mit Ida in der Küche.

Andreas hockte sich zu Silke aufs Sofa.

»Hannah hat angerufen, zum achten oder zwölften Mal.«

»Ich mache mir Sorgen. Ich hätte mich längst melden müssen.«

»Wie denn? Du hattest keine Stimme, schon vergessen?«

Sie nickte langsam. »Ich hab irgendwie ein ganz dummes Gefühl.«

»Weswegen?«

Sie erzählte ihm kurz und knapp von der Hochzeitstorte, die Hannah hatte ausliefern müssen.

»Ich hatte versprochen, ihr zu helfen.«

»Und du bist krank geworden.«

»Ich hab wirklich ein ganz komisches Gefühl.« Sie sah ihren Mann an. »Wie hat sie denn geklungen?«

»Wie soll sie geklungen haben? Wie immer, würde ich sagen.«

Er klopfte ihr Kissen auf und stopfte es ihr wieder in den Rücken. Dann steckte er die Decke neu fest und vergewisserte sich, dass sie es auch gemütlich hatte.

»Du bist noch schlimmer als deine Tochter.«

Er sah sie verwundert an. »Du findest eine liebevolle, fürsorgliche und völlig uneigennützige Betreuung schlimm?« Er hob die Augenbrauen, um seine Mundwinkel zuckte es.

»Unerträglich geradezu.«

Sein Blick war demonstrativ missbilligend. »Verstehe.«

»Bringst du mir mal mein Handy?«

»Nein.«

»Nein?«

Er zuckte mit den Schultern. »Du scheinst wieder gesund zu sein und wirst es dir selbst holen können.«

Er ging in Richtung Tür und brummte »Unerträglich« vor sich hin. Wie nebenbei griff er nach ihrem Handy.

»Meinst du das hier?«

Er wedelte damit herum. Schließlich erbarmte er sich breit grinsend und gab es ihr.

»Vielen Dank.«

»Nicht, dass du einen Rückfall bekommst.«

»Wie bitte?«

»Na, vielleicht überanstrengst du dich.«

Bevor sie ihm ein Kissen ins Kreuz werfen konnte, war er blitzschnell aus dem Zimmer gerannt.

Sie machte sich wirklich Sorgen um Hannah, vor allem, weil sie nur die Mailbox erreichte.

Ob alles gutgegangen war?

Sie wurde das eigenartige Gefühl nicht los, dass irgendetwas passiert war. Etwas Unvorhergesehenes.

Und auch, wenn sie nichts dafür konnte, so hatte sie das Gefühl, als habe sie Hannah im Stich gelassen.

Irmgard räumte den leeren Teller ab.

»Ich sehe, es hat dir geschmeckt.«

»Die Suppe war köstlich, wie immer. Keine Ahnung, wie du es schaffst, aber meine Kartoffelsuppe ist nicht halb so cremig, und sie schmeckt immer irgendwie lasch.«

»Ich habe dir doch das Rezept gegeben.«

Irmgard hatte sich zu ihr gesetzt.

»Trotzdem.« Silke zwinkerte ihr zu. »Sei ehrlich, irgendwas tust du hinein, das nicht im Rezept steht.«

»Vielleicht ist es einfach die jahrelange Erfahrung.«

Irmgard holte ihr Strickzeug aus der Tasche.

»Die Waschmaschine läuft, die Hausaufgaben sind überwacht, dein Mann sitzt satt und zufrieden in seinem Arbeitszimmer, und die Küche ist aufgeräumt. Hab ich was vergessen?« Sie runzelte die Stirn. »Nein.«

»Du bist die beste Schwiegermutter der Welt.«

Irmgard blickte sie über den Brillenrand hinweg an. »Findest du? Ich verrate dir was. Meine Schwiegermutter war ein wahres Schwiegermonster, und ich hab mir geschworen, eine liebe Schwiegermutter zu sein.«

Silke lächelte sie an. »Das ist dir gelungen.«

»Vielen Dank.«

»Hat Hannah noch mal angerufen?«

Irmgard schüttelte den Kopf. »Hast du sie nicht erreichen können?«

»Nein.«

Silke versuchte, sich anders hinzulegen. Seit drei Tagen lag sie auf diesem Sofa, von morgens bis abends, und inzwischen tat ihr jeder Knochen weh.

Irmgard strickte blind, während sie sich mit ihr unterhielt.

»Und ihr Hochzeitstortengeschäft läuft?«

»Sehr gut sogar. Du solltest sehen, was für Kunstwerke sie zaubert.«

»Das würde ich tatsächlich gern.«

Silke war nicht gleich im Bilde, auch weil sie überlegt hatte, es noch einmal bei Hannah zu probieren.

»Was?«

»Mir ihre Hochzeitstorten ansehen.«

Silke nickte gedankenverloren und probierte es erneut bei Hannah.

Wieder nur die Mailbox.

»Ich versteh das nicht. Irgendwas stimmt da nicht.«

»Vielleicht hat sie so viel zu tun?«

Silke sank zurück auf ihr Kissen.

»Nein, da ist irgendwas im Busch.«

Andreas hatte sich aufs Fahrrad geschwungen und war nach Vitte gefahren, um nach Hannah zu sehen. Silke hatte ihn darum gebeten, weil sie wahrscheinlich kein Auge zubekäme, wenn sie nicht bald erfuhr, was mit Hannah los war.

Denn irgendetwas war los, davon war sie inzwischen überzeugt. »Und sie hat manchmal den sechsten Sinn«, hatte Andreas gemurmelt, als er aus der Tür gegangen war.

»Weibliche Intuition«, hatte seine Mutter erwidert und Silke zugezwinkert.

»Was auch immer. Ich find's unheimlich.«

Damit hatte er die Tür hinter sich zugezogen.

Es war bereits kurz vor neun, und Silke tat es ein wenig leid, ihn in die Dunkelheit hinauszuschicken.

Irmgard strickte geringelte Wollsocken für ihre Enkelkinder, und Silke versuchte, einen Liebesroman zu lesen.

»Warum hat Hannah eigentlich nie geheiratet?«

Die Frage ihrer Schwiegermutter riss sie aus ihren Gedanken. Von dem Buch hatte sie bisher kaum zwei zusammenhängende Sätze gelesen. Sie legte es beiseite.

»Sie hat den Richtigen nicht gefunden.«

»Manchmal hat man den Richtigen vor der Nase und erkennt ihn nicht.«

Silke sah sie verwundert an. »Was meinst du damit?«

Irmgard ließ ihr Strickzeug sinken. »So war es bei mir und Kurt. Wir waren jahrelang befreundet, sind miteinander ausgegangen, ohne uns mehr dabei zu denken. Wir waren einfach nur Freunde, gute Freunde sogar. Ich hab immer gesagt, der Kurt ist mein Seelenverwandter, und Seelenverwandte heiratet man nicht.«

Sie schüttelte den Kopf und schnalzte mit der Zunge. »Was für ein Blödsinn, oder? Aber damals hab ich das wirklich gedacht.« Sie seufzte, dann lächelte sie. »Und dann hat Kurt mir eines Tages gesagt, dass er mich liebt, einfach so. Ich war so verdattert, dass ich einfach weggelaufen bin.«

»Und dann?«

»Und dann stand er plötzlich vor meiner Tür und sagte: ›Ich kann mir nicht vorstellen, jemals eine andere Frau haben zu wollen als dich. Willst du mich nicht heiraten?‹«

»Und du hast ja gesagt.«

»Nicht sofort. Ich hab immer ein bisschen länger gebraucht als andere. Ich denke zu viel, hat Andreas mal gesagt. Da ist wohl was dran.«

»Was für eine schöne Liebesgeschichte.«

Irmgard sah sie über den Brillenrand hinweg an und schmunzelte.

»Und ihr wart glücklich.« Das war keine Frage, Silke wusste, wie glücklich ihre Schwiegereltern zusammen gewesen waren.

Irmgard seufzte. »Ja, das waren wir.«

Silke musste daran denken, was Hannah über Arndt gesagt hatte.

Sie wünschte Hannah so sehr, dass Arndt und sie glücklich miteinander werden würden.

Andreas kam unverrichteter Dinge zurück.

»Sie macht nicht auf.«

Silke hatte leichtes Kopfweh bekommen und setzte sich vorsichtig auf. »Wie, sie macht nicht auf?«

Er zuckte mit den Schultern. »Ich hab geklingelt, geklopft, gerufen, wieder geklopft. Was hätte ich noch tun sollen? Mir eine Leiter holen und durchs Fenster steigen?« Er kratzte sich am Kinn. »Obwohl …«

Sie boxte ihn sacht. »Danke, dass du hingefahren bist.«

»Gern geschehen. Beruhigter bist du jetzt aber auch nicht.«

Sie schüttelte den Kopf. »Nein, im Gegenteil. Da stimmt was nicht, Andreas, da stimmt was ganz und gar nicht.«

»Darf ich einen Vorschlag machen?«, mischte sich Irmgard ein.

»Sicher.«

»Was hältst du davon, wenn ich morgen früh frische Brötchen besorge? Und ganz nebenbei erfahre ich so vielleicht, was mit Hannah los ist.«

Doch auch sie kam am nächsten Morgen mit keinen beruhigenden Nachrichten zurück.

»Die junge Mitarbeiterin ... wie heißt sie gleich, Annette?«

»Toni«, korrigierte Silke.

Ihr Herz klopfte aufgeregt. Was war nur mit Hannah los?

»Toni, ja. Sie hat mir gesagt, dass Hannah nicht in der Konditorei sei. Sie habe sich einen Tag frei genommen und sei irgendwo auf der Insel unterwegs.«

Silke schwang die Beine vom Sofa.

»Schön liegen bleiben«, befahl Andreas mit strenger Miene.

»Musst du nicht längst unterwegs sein?«, erwiderte sie müde.

»Aber erst, wenn sich meine störrische und noch immer kranke Frau brav wieder hingelegt hat.«

»Mir geht es schon besser, Andreas.«

»Und wie sie wieder übertreibt ...«

»Ich habe kein Fieber mehr, und der Husten ...«

»Soll ich den Arzt rufen? Der wird dir was husten.«

Er stand in der Tür, die Arme verschränkt, die Miene entschlossen.

»Ich wusste gar nicht, wie unerbittlich du sein kannst«, meinte seine Mutter verwundert.

»Unerbittlich ist gar kein Ausdruck. Warte, bis ich sie mir schnappe und übers Knie lege.«

»Das bringst du fertig«, gab Silke zurück, legte sich aber artig wieder hin.

Andreas nickte überaus zufrieden. »Na also.«

Er ging auf den Flur.

»Was ist da nur los?«, fragte Silke leise. »Warum geht sie nicht an ihr Handy, und warum nimmt sie sich frei? Das letzte Mal, als sie nicht in der Konditorei stand, war bei der Beerdigung ihres Vaters. Sie nimmt sich nie einfach so frei.«

»Vielleicht braucht sie einen klaren Kopf«, rief Andreas vom Flur.

»Den braucht man aber nur, wenn man sehr durcheinander ist.«

Er kam wieder ins Zimmer.

»Das ist wahr. Sie wird sich melden, Schatz, glaub mir.«

»Und wenn nicht?«

»Warum sollte sie nicht? Du bist ihre beste Freundin.«

Silke nickte wenig überzeugt.

Marzipan

Hiddensee, einen Tag später

Toni kam an diesem Vormittag in die Backstube, wo Hannah am Tisch saß und eine Mokkatorte mit Schokoladen-Kaffeebohnen dekorierte. Nach der Hochzeit mit der verpatzten Torte hatte sie sich tagelang in ihrer Wohnung verschanzt, oder sie war über die Insel gestreift und hatte stundenlang am Leuchtturm gesessen und aufs Meer hinausgeblickt. Besser ging es ihr danach trotzdem nicht, im Gegenteil. Sie hatte sich immer elender gefühlt.

»Er ist wieder da, Hannah.«

»Sag ihm, ich bin nicht da«, murmelte Hannah, ohne aufzublicken.

»Er weiß aber, dass du da bist.«

»Dann sag ihm, dass ich nicht mit ihm sprechen will.«

Toni murmelte noch etwas und verschwand wieder.

Er würde am nächsten Tag wiederkommen, das wusste Hannah.

Toni kam wieder herein und ließ sich auf einen Hocker fallen. »Warum sprichst du nicht mit ihm? Du solltest ihn sehen.«

»Bitte, Toni …«

»Wie lange willst du das noch machen?«

»So lange, bis er es begreift.« Die eigenen harten Worte dröhnten ihr in den Ohren.

Toni stand wieder auf und erklärte: »Das bist nicht du.«

Markus rief an und sagte, er würde am nächsten Tag wieder zur Arbeit erscheinen, seiner Mutter ginge es schon besser.

»Das freut mich, Markus.«

»Und wir haben uns ausgesprochen. Sie war nicht mal nachtragend.«

»Das ist doch wunderbar, Markus.«

»Bei euch alles in Ordnung?«

»Alles okay.«

»Dann bis morgen.«

Er legte auf, und sie widmete sich der Skizze einer Hochzeitstorte. Vier Skizzen hatte sie bereits zerknüllt und in den Papierkorb geworfen.

Auch diese schien nichts zu werden. Fluchend riss sie das Blatt heraus und warf es durch die Backstube.

Auch am nächsten Morgen kam Toni und sagte, dass Arndt wieder da sei. Und wieder erklärte Hannah, dass sie nicht mit ihm sprechen würde.

»Du kannst nicht immer davonlaufen, Hannah«, meinte Toni.

»Lass gut sein«, erwiderte sie müde. *… und du hast nicht die geringste Ahnung, wie oft ich in meinem Leben schon davongelaufen bin.*

Markus, der gerade ein volles Blech in den Ofen schob, sah sie verwundert an. Aber er fragte nichts.

»Nicht mal mit deiner Freundin willst du reden.«

Toni sah richtig wütend aus.

»Was? Wieso sollte ich nicht mit Silke reden?«

»Ihre Schwiegertochter war da, und du …«

»Was und ich?«, fuhr Hannah sie an. Sofort tat es ihr leid. »Entschuldige, Toni«, entgegnete sie zerknirscht.

Dann wurde ihr bewusst, was Toni gerade gesagt hatte.

»Ihre Schwiegertochter? Silke hat doch gar keine …«

»Ihre Schwiegermutter, meinte ich. Mein Gott, du bringst mich ganz durcheinander!« Toni stampfte mit dem Fuß auf.

»Ich mache doch gar nichts!«

»Das ist es ja! Du tust nichts! Rein gar nichts! Sitzt nur da und bläst Trübsal! Oder rennst auf der Insel rum!«

»Toni, bitte«, sagte Markus leise.

»Ist doch wahr! Als wenn das irgendwelche Probleme lösen würde! Sie sitzt da und schweigt oder rennt auf der Insel rum!«

»Sei so nett, und sprich nicht von mir, als wäre ich nicht im Raum. Ich hasse das.«

Ihre Mutter war ungekrönte Meisterin darin gewesen.

Toni schnaubte erneut. »Ach, verflucht noch mal!«

»Und hör auf zu fluchen, das ist ja schrecklich.«

»Seit wann stört es dich, wenn ich fluche?«

Markus stellte sich zwischen die beiden.

»So, jetzt reicht's. Toni, du hältst mal für eine Minute deine vorlaute Klappe …«

Toni funkelte ihn an. »Ich habe überhaupt keine …«

»Genau das meinte ich«, erwiderte er trocken, und sie sagte kein Wort mehr. Sanft, aber sehr bestimmt schob er sie aus der Tür.

»Er liebt sie doch, verdammt, das sieht ein Blinder mit Krückstock«, hörte Hannah Toni vor der Tür weiterreden.

Warum nur verstand niemand hier, dass sie einfach nur in Ruhe gelassen werden wollte?

Als Markus zurückkam, sprang sie so abrupt auf, dass ihr Hocker umfiel.

»Ich weiß, ihr meint es gut. Aber ich bitte euch, haltet euch aus meinem Privatleben raus!« Damit stürmte sie aus der Tür, die nach draußen führte.

»Du hast doch gar keins!«, rief Toni ihr hinterher, die offenbar alles mit angehört hatte.

Hannah lief um die Ecke des Hauses – und traf auf Arndt.

Eine Sekunde lang sahen sie sich erschrocken und fassungslos zugleich an, dann stieß Hannah ein wütendes Zischen aus und lief über die Straße.

Arndt folgte ihr.

»Warum willst du nicht mit mir sprechen?«

»Weil es nichts zu sagen gibt!«

»Ich hätte etwas zu sagen!«

»Es interessiert mich nicht!«

Frau Zimmermann, die alte Dame, die seit vielen Jahren Stammkundin war, kam ihnen entgegen.

»Himmel noch mal, was ist denn mit euch los?«

Hannah nickte ihr knapp zu und lief an ihr vorbei.

Auch Arndt murmelte einen Gruß.

»Hannah! Verdammt und zugenäht, bleib endlich stehen!«

»Nein!«

»Willst du, dass ich dir hier sage, was ich zu sagen habe?«

»Nein!«

Sie lief immer schneller, bis sie schließlich rannte. Genau in diesem Moment kam ihr Jens entgegen. Selten hatte sie sich über seinen Anblick so gefreut.

»Jens.« Sie blieb stehen und fasste ihn am Ellbogen. Erst einmal musste sie zu Atem kommen.

Er sah sie stirnrunzelnd an und warf Arndt einen ausgesprochen misstrauischen Blick zu. »Was ist denn los? Du siehst aus, als wäre der Teufel hinter dir her.«

Sie winkte ab und beugte sich ein wenig vor, um besser Luft holen zu können.

Arndt war ebenfalls stehen geblieben. »Wir müssen miteinander reden, Hannah, ich bitte dich. Wie lange willst du noch davonlaufen?«

Wenn er jetzt eine Andeutung machen und sagen würde, dass sie Analphabetin war, würde sie ihm ins Gesicht schlagen. Gleich darauf war sie über sich selbst entsetzt. Was war nur mit ihr los? Seit über einer Woche ging sie Arndt aus dem Weg, obwohl er tagtäglich in die Konditorei gekommen war und sie sehen wollte. Abends rief er sie an und sprach ihre Mailbox voll. Sämtliche Nachrichten hatte sie gelöscht, ohne sie anzuhören. Könnte sie lesen, würde er ihr sicher auch jeden Tag Briefe schreiben. Sie wollte, dass er sie vergaß, sich eine Frau suchte, die zu ihm passte, ihm ebenbürtig war. Und sie hatte geglaubt, dass er schneller aufgeben würde. Doch in diesem Punkt hatte sie sich offenbar getäuscht. Aber sie war fest entschlossen, ihn sich aus dem Herz zu reißen, so wie sie es schon einmal getan hatte.

»Warum lässt du mich nicht einfach in Ruhe, Arndt?«, flüsterte sie nun und sah zu Boden.

»Weil ich dir etwas zu sagen habe.«

»Wenn ich es aber gar nicht wissen will!«, fuhr sie ihn giftig an. »Es interessiert mich nicht, verstehst du das nicht? DU interessierst mich nicht!«

Arndt starrte sie an, als hätte sie ihm tatsächlich gerade ins Gesicht geschlagen. Dann machte er einen Schritt zurück, blickte sie aber weiterhin an. Er war sehr blass geworden. Schließlich nickte er. »Gut, verstehe.«

Jens legte ihm eine Hand auf die Schulter. »Es ist wohl besser, wenn du verschwindest.«

Arndt machte sich sofort los. »Und es ist besser, wenn du mich nicht anfasst.« Damit drehte er sich um und ging langsam davon.

Hannah wurde so übel, dass sie glaubte, sich direkt vor Jens' Füße übergeben zu müssen.

Er sah hochzufrieden und sehr amüsiert aus. »Alle Achtung, dem hast du's aber gegeben.«

Einen kurzen Moment lang schaute sie ihn an und überlegte, ihn anzublaffen. »Was weißt du schon, Jens.«

Sie machte kehrt und lief über die Straße.

»He, sag mal, hast du sie noch alle?«, brüllte er ihr nach.

Es störte sie nicht, im Gegenteil, sie fand, es fühlte sich erstaunlich gut an, von ihm beschimpft und angebrüllt zu werden. Es holte sie aus ihrer eigenartigen Starre.

Sie hatte Arndt furchtbare, grausame Dinge an den Kopf geworfen, und sie hatte es verdient, dass Jens sie nun genauso behandelte.

»Du dämliche Schnepfe!«

Ja, das passte zu ihm.

Beinahe hätte sie gelacht.

Toni fing sie vor der Ladentür ab.

»Was ist eigentlich los mit dir, Hannah, ich erkenne dich nicht wieder.« Sie rang die Hände. »Ich bin ganz ratlos. Du warst immer so ... so klug, so verständnisvoll, für alle hattest du ein nettes Wort. Du standest immer irgendwie über den Dingen. Ich hab dich bewundert, weißt du das eigentlich? Du bist einer der wunderbarsten, warmherzigsten Menschen, die ich kenne.«

Sie verstummte, vielleicht, weil sie ihre Worte bereute.

»Mit Liebeskummer muss man doch anders umgehen, Hannah«, setzte sie dann sehr leise, beinahe behutsam hinzu.

Bei ihrem Satz »Ich hab dich bewundert« hatte Hannah aufgelacht und den Kopf geschüttelt. Toni hatte sie bewundert? Wofür? Dafür, dass sie auf ganzer Linie versagt hatte?

»Tut mir leid, Toni, dass ich dich enttäuscht habe.«

Sie ging an ihr vorbei, hinauf in ihre Wohnung.

Sie legte sich auf das ungemachte Bett, rollte sich zusammen und schloss die Augen. Als kleines Mädchen hatte sie gedacht, wenn sie fest die Augen schließen und sie später wieder öffnen würde, hätten sich viele Probleme wie von selbst gelöst. So als sei die Welt eine andere geworden. Wie schön diese kindliche Naivität doch war, sie bewahrte ein Kind davor, vor Angst und Sorge durchzudrehen.

Sie stellte ihr Handy an und hörte die Mailbox ab.

Keine Nachrichten von Arndt, dafür fünf von Silke.

Ihre Finger zitterten leicht, als sie deren Nummer wählte.

»Ich bin's.«

»Endlich! Hannah, ich hab mir Sorgen gemacht. Was ist denn los?«

»Nichts. Alles in Ordnung.« Sie verdrehte die Augen. »Nein, es ist nicht alles in Ordnung.«

»Was ist passiert?«

»Das ist eine lange Geschichte.«

»Ich hab Zeit.«

»Ich hab vorgestern angerufen, aber Andreas meinte, du hättest noch Fieber.«

»Andreas kann wie ein Wachhund sein, ich weiß. Erstaunlich, dass er sich nicht vor mein Bett gelegt hat. Aber du versuchst gerade, vom Thema abzulenken.«

»Ach was.«

»Du versuchst, mich für blöd zu verkaufen, das mag ich gar nicht.«

»Puh, manchmal bist du wirklich wie meine Mutter.«

Hannah spürte leichtes Kopfweh, das im Nacken begann und sich bis zur Stirn hocharbeiten würde. Sie kannte das schon. »Geht's dir besser?«, fragte sie ihre Freundin.

»Du machst es ja schon wieder.« Silke seufzte laut und lang anhaltend. »Warum kommst du nicht vorbei, und wir reden in Ruhe.«

Hannah rang mit sich. »Nein. Ich meine, ich komme gern, aber nicht sofort. Ich kann Toni und Markus nicht schon wieder hängenlassen.«

Sie räusperte sich wütend, weil sie spürte, dass sie jeden Moment heulen würde.

»Verstehe. Heute Abend?«

»In Ordnung. Bis dann.«

Hannah legte auf und schaltete das Handy aus.

Am frühen Abend saß sie dann in Silkes Wohnzimmer.

Ihre Freundin lag in eine dicke Decke eingemummelt auf dem Sofa, zwei Kissen im Rücken. Andreas hatte ein halbes Büfett aufgebaut, der ganze Tisch war voll mit Leckereien, Tee und Obstsäften.

»Hat er Angst, du könntest verhungern, während er zur Arbeit ist?«

Silke lachte und musste gleichzeitig husten. »Du kennst ihn ja.«

Sie zeigte auf einen Teller mit Keksen. »Die haben die Kinder für mich gebacken. Bedien dich. Ach nein, du magst ja kein Marzipan. Nimm dir einfach was anderes. Wenn ich das alles essen würde, wäre ich nächste Woche fünf Kilo schwerer.«

»Andreas ist ein Schatz«, sagte Hannah leise.

»Du bist aber nicht gekommen, um meinen Mann über den grünen Klee zu loben.« Silke sah sie prüfend an. »Was ist passiert?«

Hannah hatte sich ganz nach vorn auf den Sessel gesetzt, so als wollte sie gleich wieder aufspringen und weglaufen. Sie brauchte einen Moment, um ihre Gedanken einigermaßen zu sortieren und einen Anfang zu finden. Ein wenig hatte sie auch Angst, dass alles, was sie aussprechen würde, sich gleich wieder wie ein riesiger Berg vor ihr auftürmen und sie ohnmächtig machen würde.

»Es war eine einzige Katastrophe.«

Silke setzte sich aufrecht hin und zupfte an ihrem Kissen. »Was genau meinst du?«

»Alles, einfach alles.« Hannah zuckte mit den Schultern. »Ich hab's komplett vermasselt. Ich hab das Zitat … ich hab aus *liebt lebt* gemacht. Goethe würde sicherlich im Grab rotieren.« Sie schaffte sogar ein schiefes, gequältes Lächeln. »Alle haben es gesehen, nur ich nicht. Und Arndt ... Er hat so getan, als sei das alles gar nicht weiter tragisch. Ein kleiner Fehler, ein Fauxpas, na und? Kann ja mal passieren. Ich bin abgehauen, wollte nur weg von dieser Hochzeit. Und Arndt kam in der Nacht und hat fast meine Tür eingetreten. Er wollte reden. Aber wozu reden? Ich bin Analphabetin, die totale Versagerin, so einfach ist das. Und er steht vor der Tür und sagt, er will reden. Worüber denn? Dass es nicht schlimm ist, dass ich nicht richtig lesen und schreiben kann? Er ist jeden Tag in die Konditorei gekommen und wollte mit mir reden. Aber ich hab mich verleugnen lassen.«

Sie hielt kurz inne und seufzte auf, bevor sie fortfuhr: »Und heute war er wieder da. Ich bin davongelaufen, weggerannt, einfach los. Und dann stand Jens plötzlich da.«

Sie holte tief Luft. »Und ich hab Arndt gesagt, dass er verschwinden und nie wieder herkommen soll. Und dass er mir egal ist, hab ich ihm auch gesagt.« Sie schluckte. »Er hat seine Frau verloren, und ich konnte ihn ein wenig ablenken.«

»Das hast du ihm hoffentlich nicht gesagt.«

»Doch.«

Silke setzte sich aufrecht hin und hustete. Erschüttert sagte sie: »Bist du noch zu retten?«

Hannah schwieg.

»Dieser Mann macht sich etwas aus dir, ist dir das nicht klar? Du bist ihm wichtig, wie wichtig, weiß ich nicht. Aber egal bist du ihm garantiert nicht, sonst hätte er das alles wohl kaum gemacht. Du bist Analphabetin, ja, aber du könntest endlich diesen verdammten Kurs machen.«

Silke machte eine kleine Pause und fügte dann hinzu: »Entschuldige.« Sie blickte Hannah eindringlich an. »Erklär mir, warum du dich so verhalten hast.«

»Ich weiß es ja selbst nicht.«

»Doch, du weißt es, Hannah.«

Silke nahm einen Schluck Tee.

»Ich hab mich furchtbar geschämt.«

Silke nickte. »Sicher, das verstehe ich sogar. Aber du könntest etwas ändern, Hannah, du müsstest dazu nur aus deinem Schneckenhaus, aus deiner Kleinmädchen-Höhle kommen, die all die Jahre deine Zuflucht gewesen ist. Ich kann nicht richtig lesen und schreiben, aber ich will nichts davon hören, dass ich das ändern kann, das war deine Devise. Und dass nun alles zusammengestürzt ist, hat dich in Panik versetzt. Es geht nicht darum, dass irgendwer mit dem Finger auf dich zeigen könnte. Ich glaube, das ist es nicht, hab ich recht?«

Hannah hatte mit wild klopfendem Herzen zugehört.

»Ich komme mir so entsetzlich dumm vor, Silke«, gab sie zu.

»Dumm? Du bist nicht dumm, du bist vielleicht sogar einer der klügsten Menschen, die ich kenne. Als Analphabetin ist man nicht automatisch dumm, verdammt noch mal. Aber genau das ist dein wunder Punkt, Hannah.«

Sie musste wieder husten, bestimmt weil sie so laut und im Brustton der Überzeugung geredet hatte.

»Arndt ist Lehrer und ich …«

»Du lieber Himmel, du liebst diesen Mann, Hannah.«

»Aber es geht nicht.«

»Was geht nicht?«

»Er und ich, das geht einfach nicht.«

Silke lehnte sich zurück und schloss stöhnend die Augen.

Als sie sie wieder aufmachte, fragte sie: »Und warum nicht? Weil er schon lesen und schreiben kann?«

»Das ist nicht witzig.«

»Nein, das ist es nicht. Du solltest endlich aus deiner Deckung kommen. Niemand verlangt, dass du dich auf den Leuchtturm stellst und laut ›Ich bin Analphabetin‹ rufst.«

»Aber ich schäme mich so«, flüsterte Hannah.

»Ist das wirklich der einzige Grund?« Silke blickte sie wieder prüfend und ein wenig forsch an. »Ich glaube, da steckt noch mehr dahinter. Und ich glaube, du weißt es selbst.«

Hannah schwieg. Sie nahm einen der selbstgebackenen Kekse und biss gedankenverloren hinein.

»Ich glaube, ich hab Angst, dass ich eine Art Lückenfüller bin.«

»Das ist zum Beispiel etwas, das du ihn einfach fragen könntest.«

Hannah lachte auf. »Ach ja? Arndt, sag mal, bin ich eigentlich ein Lückenfüller, eine nette kleine Zerstreuung für dich?«

»So in etwa, ja.«

»Das ist nicht dein Ernst.«

Hannah griff erneut nach den Keksen.

»Ich denke, du liebst ihn«, gab Silke zurück.

»Deshalb ja.«

Silke schenkte sich Tee ein.

»Möchtest du?« Ohne Hannahs Antwort abzuwarten, goss sie ihr einen Becher Tee ein und schob ihn über den Tisch. »Der beruhigt.«

»Er hat seine Frau verloren, Silke, auf eine sehr tragische Weise. Stell dir vor, wie schrecklich es gewesen sein muss, als er erfahren hat, dass sie mit dem Auto tödlich verunglückt ist.«

»Und deshalb vergnügt er sich mit dir, um darüber hinwegzukommen?«

Hannah zuckte mit den Schultern und nahm sich einen weiteren Keks. Sie knabberte daran.

»Ich hab ihm dabei geholfen, darüber hinwegzukommen, es leichter zu ertragen. Was weiß ich.«

Sie wischte sich wütend über die Augen, weil sie spürte, dass sie jeden Augenblick weinen würde.

»Was wäre eigentlich so schlimm daran, wenn du ihm dabei geholfen hättest?«

»Ich will nicht einfach nur jemand sein, der ihn auf andere Gedanken bringt.«

»Davon ist doch auch gar nicht die Rede.«

»Er soll mich einfach vergessen«, sagte Hannah leise und nahm sich noch einen Keks.

»Und damit das passiert, hast du ihm gesagt, dass er dir gestohlen bleiben kann, dass er verschwinden soll und er dir vollkommen egal ist, verstehe. Und damit alles so bleibt wie vorher, ziehst du dich wieder in deine Höhle zurück und lauschst deinen Hörbüchern. Du versinkst in Selbstmitleid, Hannah.«

Hannah presste die Lippen aufeinander. Silkes Worte hatten sie getroffen.

»Ich will nicht gemein zu dir sein«, meinte Silke nun deutlich sanfter. »Ich möchte dich wachrütteln, dir klarmachen, was du versäumen könntest. Dafür sind Freunde da, oder etwa nicht?«

Hannah schwieg und kaute auf ihrer Unterlippe.

»Bist du mir sehr böse?«, fragte Silke.

»Ja.«

»Das tut mir leid«, sagte Silke nicht sonderlich zerknirscht.

Hannah griff erneut nach den Keksen und aß gedankenverloren einen.

»Schmecken dir die Kekse?«

Hannah war gar nicht wirklich bewusst geworden, dass sie welche gegessen hatte, aber nun hielt sie verblüfft inne. Sie betrachtete den Keks verwundert. »Ist das Marzipan?«

Silke lachte. »Und ob. Die Kinder haben sie gebacken, das hatte ich dir vorhin erzählt.«

»Und ich hab sie gegessen«, stellte Hannah ungläubig fest.

»Nicht nur das, ich glaube, sie haben dir sogar geschmeckt.«

»Dabei mag ich gar kein Marzipan.«

»Inzwischen ganz offensichtlich doch. Manchmal muss man Altes über Bord werfen, um einen Blick für das Neue zu haben.« Silke hob die Augenbrauen, so als sei sie über ihre eigenen Worte überrascht.

»Wenn das eine Anspielung sein soll …«

»Sieh es, wie du es sehen willst, Hannah.«

Einen Moment lang schauten sie sich stumm an.

»Immer noch böse?«

Hannah seufzte lang anhaltend. »Nein, nicht wirklich. Ich weiß, wie du es meinst. Aber ich glaube, ich kann nicht anders.« Damit erhob sie sich, umarmte ihre Freundin und verließ den Raum.

»Man kann immer anders«, hörte sie Silke noch rufen, kurz, bevor sie die Haustür hinter sich zugezogen hatte.

Ihr war übel von den ganzen Marzipankeksen, die sie gefuttert hatte. Sie trat ordentlich in die Pedale.

Als sie in Vitte ankam, entdeckte sie Markus mit seinem Hund etwas weiter vor sich.

»Markus!«, rief sie laut, und er drehte sich zu ihr um.

Sie sprang vom Rad und atmete tief durch, weil eine Woge der Übelkeit durch ihren Körper schwappte.

»Du bist ja ganz blass«, meinte er und hielt die Hündin fest, die auf Hannah zustürmen wollte.

»Ich möchte mich bei dir entschuldigen.«

»Deswegen fährst du wie eine Besessene hinter mir her?«

»Ich bin dir nicht nachgefahren. Ich war bei meiner Freundin in Neuendorf.«

Er grinste sie an. »Ach so, verstehe. Und ihr habt einen gezwitschert.«

»Was? Wieso? Nein.« Sie fasste sich mit einer Hand ins Gesicht. Sah sie etwa beschwipst aus?

»Nicht? Oh, tut mir leid.«

»Es muss dir nicht leidtun, dass ich keinen Schwips habe. Ich wollte mich einfach bei dir entschuldigen. Ich hab mich vollkommen blöd und kindisch benommen.«

Er musterte sie nachdenklich. »Blöd? Ich weiß nicht, es ist nachvollziehbar, finde ich. Manchmal hat man das Gefühl, man könnte nicht das aussprechen, was einem zu schaffen macht, selbst wenn es einem helfen würde.«

Sie lächelte. »Du bist ein kluger Mensch.«

Er lächelte zurück. »Ich nehme deine Entschuldigung an.«

»Vielen Dank. Keine Ahnung, ob Toni sie auch annehmen wird.«

»Da mach dir mal keine Gedanken«, sagte er leichthin. »Toni ist nicht nachtragend.«

»Das stimmt.«

Sie kraulte den Kopf der Hündin, die sich eng an sie geschmiegt hatte.

»Sie mag dich.«

»Ich mag sie auch.«

»Gibt es eigentlich irgendjemanden, der dich nicht mag?«

Sie musste schlucken. Was für ein nettes Kompliment!

»Danke.«

»Wieso danke?«

»Das ist wirklich nett von dir.«

»Nett? Nein, ehrlich. Außerdem mag ich deinen Humor. Man kann herrlich mit dir lachen.«

Und sie musste prompt lachen.

Markus strich Amber über den Kopf. »Na, wollen wir weiter, bevor ich meiner Chefin noch mehr Komplimente mache?«

Die Hündin bellte ihre Zustimmung.

»Bis morgen, Hannah.«

»Bis morgen, Markus. Und pass auf die Kreuzottern auf.«

Er war bereits zwei Schritte gegangen, jetzt blieb er abrupt stehen und drehte sich zu ihr um.

»Ähm … Kreuzottern?«

Sie zeigte nach links. »In der Heide.«

»Ach, du lieber Himmel.« Er kratzte sich am Kinn. »Wenn ich ehrlich sein soll, dann sind Schlangen nicht unbedingt meine Lieblingstiere.«

»Sie beißen nur, wenn du auf sie trittst.«

»Du machst mir Mut, vielen Dank auch.«

Sie zeigte auf seine Sportschuhe. »Festes Schuhwerk ist wichtig, aber du bist ja bestens ausgerüstet.«

Sie stieg aufs Rad und fuhr los.

Am Hafen blieb sie erneut stehen und blickte den kleinen Booten nach, die in den Hafen tuckerten. Über ihr flog ein Schwarm Kraniche und trompetete laut.

Sie würde nie an einem anderen Ort leben können, das wurde ihr wieder einmal bewusst.

»Ich habe mich unmöglich benommen, Toni, es tut mir leid.«

Toni stand vor ihr und sah sie bestürzt an. »Du musst jetzt aber nicht heulen, oder?«

»Nein, keine Sorge.«

»Dann ist es gut. Ich muss nämlich dauernd mit weinen, wenn jemand heult.«

»Du bist mir nicht mehr böse?«

Toni winkte großzügig ab. »Ach, schon gut. Du hattest einen miesen Tag, hat doch jeder mal.«

Im Moment gibt's leider eine Menge davon, dachte Hannah, und begann, den Tresen zu putzen.

»Trotzdem solltest du mit ihm reden.«

»Bitte, Toni …«

»Ja, ja, schon gut. Ich sag kein Wort mehr.« Toni schüttete die Krümel aus den Körben. »Liebeskummer ist furchtbar, wer wüsste das besser als ich.«

Dabei wollte Hannah es belassen.

In dem Moment ging die Tür auf, und Julian kam herein. Er lächelte scheu, als er Hannah entdeckte.

»Julian, so früh heute?«

Sie trat zu ihm.

»Wie wär's mit einem Ufo?«

Er nickte und beobachtete mit großen Augen, wie sie einen Amerikaner in eine Tüte legte.

»Wir könnten mal wieder Schokoladenplätzchen backen, was meinst du? Allein macht das nämlich keinen Spaß.«

Wieder nickte er.

Ob es Gelegenheiten gab, bei denen er aus sich herausgehen würde, überlegte sie. Sie versuchte es anders.

»Sag mal, baust du dir auch manchmal so gern eine Höhle, um dich zu verkriechen? Als ich klein war, hab ich das dauernd gemacht.«

Er sah sie interessiert an, so als würde er sie sich als kleines Mädchen vorstellen. Der Junge war ungewöhnlich klug und sensibel, das wusste sie längst.

»Manchmal«, antwortete er mit seiner leisen, fast zaghaften Stimme.

»Und dann stellst du dir vor, dass niemand dich findet?«

Er nickte.

Sie beugte sich zu ihm und raunte mit verschwörerischer Stimme: »Ich würde das manchmal auch noch furchtbar gern tun, aber ich bin leider schon zu groß dazu.«

Jetzt lachte er.

»Ich hab einen Baum, er ist sooo groß ...« Mit beiden Armen demonstrierte er wie groß, »und er ist schon gaaaaaanz alt, hat Oma gesagt. Ich kann reinkriechen, und niemand findet mich«, erzählte er dann stolz.

»Du meinst, du kannst in den Baumstamm kriechen?« Hannah pfiff durch die Zähne. »Das ist ja fantastisch! Ich beneide dich, weißt du das? Denkst du, dass ich auch noch reinpassen würde?«

Er zuckte mit den Schultern. »Nö, glaub nicht.«

»Schade.«

Er sagte tschüs und ging zur Tür.

»Bis bald mal wieder«, rief sie ihm nach. »Wenn du Lust auf Keksebacken hast, kommst du einfach vorbei, einverstanden?«

Toni blickte ihm mit verträumtem Gesichtsausdruck nach.

»Soll ich dir was sagen? Wenn ich einen Wunsch frei hätte, würde ich mir einen Sohn wie ihn wünschen.«

Hannah schwieg. Sie hatte sich längst damit abgefunden, nicht mehr Mutter zu werden, egal, wie sehr sie es bedauerte.

Man kann immer anders, hatte Silke gemeint.

War das wirklich so? Konnte man immer aus seiner Haut, wenn man nur wollte?

Ein paar Tage später war Hannah zum Friedhof gegangen und hatte sich dort auf eine Bank gesetzt. Eine alte Dame, die sehr gebeugt ging, war damit beschäftigt, eine Grabstelle winterfest zu machen. Dabei murmelte sie unablässig vor sich hin. Ob sie mit ihrem Mann sprach?

Hannah wurde ganz schwer ums Herz, als sie der Frau dabei zusah, wie sie mit der Gießkanne zum Wasserhahn ging.

Anschließend zupfte sie Unkraut und pflanzte leuchtend gelbe Herbstastern.

Es war recht kühl geworden, immerhin war Ende Oktober.

Der Wind trieb ein paar Birkenblätter vor sich her. Hannah blickte ihnen nach, wie sie über den Friedhof wehten.

Die alte Frau kam an ihr vorbei und blieb dann stehen.

»Du bist doch Hannah vom Bäcker Büchner.«

»Ja.«

»Kennst mich gar nicht mehr, was?«

»Nein, ich fürchte nicht.«

»Ich bin Margarethe Busch, dein Vater und ich sind zusammen zur Schule gegangen.«

Sicher hatte er irgendwann einmal von ihr erzählt, aber Hannah konnte sich beim besten Willen nicht daran erinnern.

»Er hat mir im Winter immer Schneebälle in den Kragen gestopft.« Die Frau lachte und schüttelte den Kopf. »Er war ein alter Kindskopp.«

Hannah lächelte. »Das stimmt.«

»Hab gesehen, dass deine Eltern da vorn liegen.« Sie zeigte hinter Hannah. »Kümmerst dich wohl um das Grab, was?«

Hannah nickte beklommen. Plötzlich kam es ihr unglaublich lange vor, dass ihre Eltern nicht mehr lebten. Dabei war es noch nicht mal ein Jahr her, dass ihr Vater noch Brötchen gebacken hatte.

Die Frau deutete nach rechts. »Da liegt mein Wolfgang.«

Ihr Mann? Hannah mochte sie aber nicht fragen.

»Er ist nur zwölf Jahre alt geworden.«

Hannah schluckte. »Das tut mir sehr leid, Frau Busch.«

»Mir auch, mir auch. Er war so krank.«

Hannah biss sich auf die Zunge, um nicht wieder zu sagen, wie leid es ihr tat.

»Jetzt bin nur noch ich da.« Die alte Dame seufzte und ging in kleinen Schritten weiter.

Hannahs Handy klingelte, und sie erschrak heftig. Schnell zog sie es aus der Tasche.

»Ja?«, raunte sie.

»Ich bin's.«

Silke.

»Bist du noch wütend auf mich?«

»Ich war nicht wütend.« Sie stand auf und ging den Weg entlang zum Ausgang. »Deine Worte haben mich sehr nachdenklich gemacht.«

Silke erwiderte nichts.

»Aber nicht jeder kann aus seiner Haut, Silke.«

»Wo bist du gerade? Es klingt, als wärst du draußen unterwegs.«

»Ich bin auf dem Friedhof.«

Hannah blickte in den Himmel, wo ein leuchtend roter Drachen zu sehen war. Wie gern hatte sie mit ihrem Vater einen Drachen steigen lassen. Wenn der Wind ihn mit sich genommen und hoch in den Himmel gezogen hatte, hatte sie laut gejauchzt. Und sie hatte sich vorgestellt, wie es wäre, wenn sie einfach mitfliegen könnte. »Du bleibst schön hier, meine kleine Hannah«, hatte ihr Vater dann gesagt und gelacht, wenn er gesehen hatte, wie überrascht sie gewesen war. »Ich kann deine Gedanken lesen, da staunst du, was?«

»Hannah? Bist du noch dran?«

»Ja, sicher. Entschuldige. Da lässt jemand einen Drachen steigen, und das erinnert mich immer an meine Kindheit.« … wie so vieles im Leben, ergänzte sie still.

»Ida hat einen ganz neuen, und sie brennt darauf, ihn dir zu zeigen. Warum kommst du nicht auf einen Tee vorbei?«

Hannah zögerte, aber nur kurz. Die Aussicht darauf, mit ihrem Herzenskind am Strand zu stehen und dem Drachen zuzusehen, überzeugte sie recht schnell.

Ida erwartete sie bereits und stürmte ihr entgegen, ihren nagelneuen Drachen in der Hand.

»Guck mal, Hannah, ist der nicht ganz toll?«

»Darf ich ihn mir mal genauer ansehen?«

»Wir können ihn doch gleich steigen lassen.«

»Ich würde sehr gern erst noch einen heißen Tee trinken, ich bin ganz durchgefroren.«

Zum Beweis klapperte sie mit den Zähnen, und Ida kicherte.

Silke hatte bereits Tee gemacht und wartete in der Stube, wie sie ihr Wohnzimmer gern nannte.

»Mein Glückstee, ich dachte, den könntest du gut gebrauchen.«

Hannah setzte sich. »Stimmt.«

»Wenn ich dich nicht frage, werde ich daran ersticken, also frage ich dich. War er wieder da?«

»Arndt meinst du? Nein. Er wird auch nicht mehr kommen.«

»Nein, wahrscheinlich nicht.«

Auch ohne es auszusprechen, schwebten Silkes Worte im Raum: *Du hast ihm mehr als deutlich klargemacht, dass es keinen Zweck hat.*

»Wie geht's dir?«, fragte sie schließlich.

Hannah nippte an ihrem Tee. »Ganz gut.«

»Ist das nun übertrieben oder untertrieben?«

Hannah erwiderte nichts darauf. Der Tee tat gut, gleich die ersten Schlucke hatten ihre Lebensgeister geweckt.

Als sie die Tasse abstellte, sagte sie leise: »Ich muss mich damit abfinden, dass es besser so ist. Er hat sein Leben, und ich hab meins. Und irgendwann werden wir beide nicht mehr daran denken. Genau wie damals, als ich siebzehn war. Wir werden uns einfach nicht mehr begegnen.«

»Wie einfach das Leben doch manchmal ist«, erwiderte Silke ein wenig spitz.

Hannah nahm ihre Tasse und rührte darin. »Vielleicht mache ich im nächsten Frühjahr diesen Kurs.«

Silke schwieg.

»Du sagst ja gar nichts. Ich dachte, du freust dich.«

»Oh, ich freue mich auch. Das ist wirklich toll.«

Hannah stellte die Tasse so abrupt auf den Tisch zurück, dass es klirrte.

»Warum sagst du es nicht einfach? Du wirst diesen Kurs sowieso nicht machen. Das ist es doch, was du gerade denkst, oder?«

Silke sah sie lange an. »Soll ich ehrlich sein? Ja, genau das denke ich.«

Hannah stieß ein Zischen aus. »Wenn ich über Arndt hinweg bin, werde ich diesen dämlichen Kurs machen, glaub mir.«

Ida kam hereingestürmt. »Jetzt habt ihr aber lange genug gequasselt.« Sie zog Hannah ungeduldig am Ärmel. »Komm, sonst ist es dunkel, und ich darf nicht mehr los.«

Als Hannah am späten Abend in ihre Wohnung zurückkam, fühlte sie sich so wohl wie lange nicht mehr.

Die frische Luft und das Drachensteigenlassen mit Ida hatten ihr gutgetan.

Sie wollte früh schlafen gehen, auch wenn sie befürchtete, dass sie sich doch nur wieder hin- und herwälzen würde.

Der Krimi im Fernsehen war gähnend langweilig. Von Anfang an hatte sie eine Vermutung, wer der Täter war, und als es klar wurde, dass genau der es auch tatsächlich war, schaltete sie den Fernseher aus.

Sie öffnete das Schlafzimmerfenster und stutzte. Da stand doch jemand auf der gegenüberliegenden Seite und blickte zu ihrem Fenster herauf. Sie versteckte sich hinter den Vorhängen und lugte vorsichtig nach draußen. Kein Zweifel, jemand stand dort drüben und beobachtete ihre Wohnung. Arndt war es nicht, ihn hätte sie sofort erkannt, obwohl es ziemlich dunkel war. Aber sie hätte ihn an seiner Silhouette ausgemacht.

Hannah spürte ein leichtes Unbehagen aufsteigen. Es fühlte sich merkwürdig an, allein hier in der Wohnung zu sein, fernzusehen und nicht zu ahnen, dass unten auf der Straße jemand stand und ihr Fenster beobachtete. Wer weiß, wie lange er schon da unten stand?

Sie spähte noch einen Moment auf die Straße, bis ihr Unbehagen einer gehörigen Portion Ärger wich. Sie öffnete das Fenster ganz und rief: »Darf ich fragen, was …«

Ein Mann trat hervor, und im selben Moment hatte sie ihn erkannt.

»Jens.« Sie stöhnte auf. »Was machst du denn hier?«, zischte sie.

»Ich muss mit dir reden.«

»Jetzt?«

Er schwieg, starrte nur weiterhin zu ihr herauf.

»Warum machst du es dann nicht wie andere Menschen: zur Tür gehen, klingeln und fragen?«

Er räusperte sich laut. »Hätte ich ja gern gemacht, aber ich hab gedacht, du würdest mich nicht reinlassen.«

Sie schnaubte kopfschüttelnd. »Ach, und deshalb stehst du da unten und wartest?«

Was dachte er sich bloß?

»Kann ich reinkommen?«

Nein. »Von mir aus.« Sie seufzte auf und ging zur Tür.

Jens kam die Treppe herauf und blieb vor ihrer Tür stehen. »Alles klar bei dir?«

War er gekommen, um sich freundlich nach ihrem Befinden zu erkundigen?

»Ehrlich gesagt, finde ich es ein wenig befremdlich, dass du da unten stehst und in mein Fenster starrst.«

Sie blieb mitten in der Tür stehen. Dann fiel ihr ein, dass sie zugestimmt hatte, ihn in die Wohnung zu lassen. Sie ärgerte sich über sich selbst. Sie sollte eigentlich im Bett liegen, weil sie am nächsten Morgen früh aufstehen wollte. In Binz hatte jemand eine Hochzeitstorte bestellt, die sie vorbereiten wollte.

»Es ist spät, Jens, und ich bin wirklich müde.«

»Geht auch ganz schnell.«

Er schob sich an ihr vorbei und betrat ihren schmalen Flur. Von dort aus ging es direkt in das kleine Wohnzimmer. Rechts vom Flur lag das Badezimmer und direkt gegenüber die Küche.

Die Tür zu ihrem Schlafzimmer stand auf, und sie fühlte

eine seltsame Beklemmung. Sie wollte nicht, dass Jens einen Blick in ihr Schlafzimmer werfen konnte, und so lief sie schnell hin, um die Tür zuzuziehen.

Eine schmerzliche Sehnsucht nach Arndt überkam sie, und sie versuchte, sie zu verdrängen. Nein, an ihn wollte sie nun wirklich ganz zuletzt denken!

»Nett hast du's hier.«

»Du kennst meine Wohnung«, gab sie trocken zurück.

Er kratzte sich am Kopf. »Stimmt. Weswegen ich eigentlich da bin ...«

Da war auch sie gespannt.

»Wegen neulich. Als du an mir vorbeigerannt bist, und dieser Arne war hinter dir her ...«

»Arndt.«

»Was? Ja, meinetwegen auch Arndt. Besonders nett fand ich's nicht von dir, dass du mich so blöd hast stehen lassen.«

Sie blickte ihn verwirrt an, aber er sprach gleich weiter.

»Ich weiß ja nicht, was da zwischen dir und diesem Arne läuft, aber ...«

»Arndt.«

»Meinetwegen. Also, ich will kein Lückenbüßer sein.« Er ging ins Wohnzimmer, und ohne zu fragen, setzte er sich auf die kleine Couch. »Und ausnutzen lassen will ich mich auch nicht.«

Hannah war hinter ihm hergekommen und blieb im Türrahmen stehen. Wenn sie sich nun ebenfalls setzen würde, hätte es den Anschein eines gemütlichen Beisammenseins, und genau das war das hier gerade nicht.

»Ausnutzen? Wer spricht denn davon?«

»*Ach, Jens, was weißt du schon.*« Er hatte ihre Stimme

nachgemacht. »Was sollte das? Du wolltest dem Kerl eins auswischen, und da kam ich gerade recht, was?« Er rutschte ein wenig vor. »Du wolltest ihn eifersüchtig machen, stimmt's?«

»Unsinn.« Sie hatte die Arme verschränkt.

»Doch, wolltest du.« Er betrachtete sie eingehend, so als würde er darüber nachdenken, welches Kleidungsstück ihr wohl am besten stehen würde. »Aber ich hab keine Lust auf so was, Hannah.«

Sie nickte knapp. Irgendwie hatte er ja auch recht. Sie war froh gewesen, als er plötzlich aufgetaucht war. Froh, weil sie so einen Grund gehabt hatte, nicht mit Arndt reden zu müssen.

»Das mit uns ...« Er schien zu überlegen, was genau mit ihnen beiden war. »Ich hab's dir schon mal gesagt, es war blöd von mir, einfach abzuhauen.«

Sie war müde und wollte einfach nur ins Bett.

»Das ist schon so lange her, Jens. Eine Ewigkeit. Und nicht mehr wichtig.«

Sie biss sich auf die Unterlippe. Hatte das zu harsch geklungen? Aber vielleicht würde er dann endlich gehen.

Jens schlug die Beine übereinander, was bei einem Mann manchmal ein wenig eigenartig wirkte, wie Hannah fand.

»Du bist mir wichtig, Hannah, sehr wichtig.«

»Jens, ich ...«

»Schon gut, du musst gar nichts sagen.«

Hatte er wirklich noch nicht begriffen, dass sie ihn als guten alten Freund sah, mehr nicht? Sie konnte sich nicht einmal mehr vorstellen, dass sie beide ein Paar gewesen waren. Jens und sie, hier in dieser Wohnung? Nebeneinander auf der Couch? Auf dem Balkon? In ihrem Bett?

Nein, das musste sie geträumt haben. Es kam ihr gerade vollkommen unwirklich vor.

»Ich liebe dich nicht mehr, Jens«, sagte sie mit Nachdruck und fester Stimme.

Er blinzelte irritiert. »Ach, das kommt bestimmt wieder.«

Das sagte er wirklich. Hannah konnte es nicht fassen.

»Ich weiß, wann ich jemanden liebe, Jens«, erwiderte sie etwas bissig.

»Aber du hast mich geküsst.« Er lächelte. »Und es war nicht mal übel, oder?«

»*Du* hast *mich* geküsst.«

»Moment mal, du hast zurückgeküsst.«

»Wie bitte? Du hast mich einfach geküsst, als wir vor der Tür standen. Was hätte ich denn machen sollen?«

»Mich nicht küssen? Oder wie wär's mit: Lass das, Jens?«

»Ich war viel zu überrumpelt«, entgegnete sie heftig. »Ich konnte dich nicht mal wegstoßen, weil ich den Picknickkorb im Arm hatte.«

Jens stand auf und kam auf sie zu. Wenn er sie jetzt umarmen wollte, würde sie ihn wegstoßen. Ein zweites Mal ließe sie sich nicht überrumpeln.

»Du hast auch mich geküsst, Hannah.«

»Nein.«

»O doch. Und es hat dir gefallen.«

»Woher willst du das wissen?«

»Das hab ich gespürt.«

Sie drehte sich wütend um. »Besser, du gehst jetzt.«

Jens blieb vor ihr stehen und funkelte sie an. »Es ist wegen diesem Arndt, stimmt's?«

Immerhin hatte er endlich den richtigen Namen gesagt.

»Jens«, sagte sie sanft. »Das mit uns ist lange vorbei. Und es hat nichts mit Arndt zu tun. Es hat auch nichts damit zu tun, dass du damals einfach abgehauen bist. Hättest du nicht Schluss gemacht, dann hätte ich es getan. Es hat damals nicht gepasst. Und es passt auch jetzt nicht. Bitte geh.«

Einen Moment lang starrte er sie noch an, dann stieß er ein Schnauben aus und stapfte an ihr vorbei.

Die Tür knallte er so laut hinter sich zu, dass die Fensterscheiben klirrten.

Zuckerguss

Hiddensee, im Winter

Ein farbenfroher, ausgesprochen milder Herbst war einem trüben, nasskalten Winter gewichen. Die Insel war in ein ganz besonderes Licht gehüllt und strahlte noch mehr Ruhe und Frieden aus.

Seit dem Tag, an dem Hannah sich vor Arndt zur Närrin gemacht hatte, genau so sah sie es, fühlte sie sich wie in einer Art Kokon. In ihm wandelte sie umher, sprach, dachte, aß und schlief, aber so als sei sie nicht unmittelbar beteiligt, sondern Zuschauerin ihres eigenen Lebens. An Arndt wollte sie nicht mehr denken, und wann immer sein Gesicht auch nur schemenhaft und für den Bruchteil einer Sekunde vor ihrem geistigen Auge aufgetaucht war, hatte sie es beiseitegeschoben, so als sei es nichts weiter als ein lästiges Insekt, das ihr vor der Nase herumflog. Sie hatte einmal einen Arndt Lösch gekannt und geliebt, ja. Doch das war in einem anderen Leben gewesen. In diesem Hier und Jetzt erinnerte sie sich kaum mehr an ihn. Als Siebzehnjährige hatte sie ihn sich aus dem Kopf geschlagen, aus dem Herz gerissen, und genau das hatte sie auch jetzt wieder getan.

Und es hatte funktioniert. Selbst der Geruch von Orangenschalen, der momentan wirklich überall in der Luft hing, machte ihr nichts mehr aus. Die Frau, die Arndt geliebt hatte, gab es einfach nicht mehr. Basta!

An diesem Samstagnachmittag saß sie in Silkes warmer Stube, das neue Familienmitglied, den Beaglewelpen Charlie, auf dem Schoß. Der Hund grunzte leise im Schlaf und zuckte mit den Pfoten.

»Ich glaube, er träumt.«

»Dann solltest du mal hören, wie er schnarcht.«

Hannah griff vorsichtig nach den Plätzchen, die auf dem Tisch standen. Charlie zog die Lefzen hoch und grunzte wieder.

Ida kam hereingestürmt, so wie es ihre Art war. Ob sie sich das jemals abgewöhnen würde, fragte Hannah sich im Stillen. Wahrscheinlich würde sie auch als junge Frau noch wie ein Wirbelwind durchs Haus toben, und ihr späterer Mann hätte seine helle Freude an ihr.

Hannah lachte leise auf.

»Was ist denn so komisch?«, wollte Silke wissen.

»Ich hab mir gerade vorgestellt, wie Ida als erwachsene Frau durchs Haus stürmt und ihren Mann zur Verzweiflung bringt.«

Sie hatte zwar leise gesprochen, doch wie Kinder nun mal sind, bekommen sie grundsätzlich das mit, das eigentlich nicht für ihre Ohren bestimmt ist.

»Er würde ja auch durchs Haus rennen«, meinte Ida schulterzuckend und begutachtete die Plätzchen, die auf dem Teller lagen.

Silke musste lachen. »Das glaube ich dir aufs Wort. Du würdest ihn dir sehr gut aussuchen.«

Ida griff nach einem Erdnussplätzchen, mit der anderen Hand kraulte sie den Beagle.

»Gehen wir gleich noch raus, Hannah? Du hast versprochen, dass wir noch mal den Drachen steigen lassen.«

»Wenn ich's versprochen hab, brauchst du mich nicht zu fragen.«

Hannah kitzelte und zwickte sie leicht.

»Eigentlich mag ich den Winter ganz gern.«

»Ich auch«, gab Hannah zu. »Auch deswegen, weil man sich dann schon wieder auf den Frühling freuen kann.«

»Au ja!« Ida klatschte in die Hände, und Charlie hob den Kopf. »Darf Charlie mit rauskommen?«

»Na klar, warum nicht?«

Ida verdrehte die Augen. »Weil er dauernd hinter dem Drachen herrennt und versucht, ihn einzufangen. Und neulich ist er dabei ins Wasser gefallen.«

»Dann passiert ihm das bestimmt kein zweites Mal.«

Hannah trank ihren Tee aus und setzte den schlaftrunkenen Beagle auf dem Boden ab. Sobald sie das Haus betrat, hing er an ihr wie eine Klette. Offensichtlich hatte er es sich zur Aufgabe gemacht, sie zu beschützen oder zu beaufsichtigen. Denn wann immer sie das Zimmer verließ, folgte er ihr. Er blieb sogar vor der Badezimmertür sitzen, wenn sie sie hinter sich zugemacht hatte. Und wenn sie sich setzte, sei es nun auf einen Stuhl oder die Couch, sprang er auf ihren Schoß und rollte sich dort zusammen.

Ida rannte auf den Flur, um sich anzuziehen.

Silke ging mit Hannah hinterher.

»Hast du mal wieder was von Jens gehört?«

»Nein.«

Das Thema ›Arndt Lösch‹ war tabu, und Silke hielt sich eisern daran, so wie sie es Hannah vor Wochen versprochen hatte.

Matis kam die Treppe hinuntergerannt, schlitterte auf Strümpfen über die glatten Bodenfliesen und riss damit den armen Hund beinahe zu Boden.

»Wohin geht ihr?«

Hannah lächelte kopfschüttelnd. »Müssen in diesem Haus eigentlich alle rennen, als wäre ein Monster hinter ihnen her?«

»Und doofe Fragen stellen«, ergänzte Ida frech und bekam dafür von ihrem Bruder einen Klaps auf den Hinterkopf. »Aua!«

Doch das hatte sie ganz offenbar gleich wieder vergessen, denn sie zog Hannah am Ärmel. »Komm. Sonst wird es dunkel, bevor wir am Strand sind.«

Charlie rannte um sein Leben, um den grün-rot-blau gestreiften Drachen einzufangen, der oben am Himmel schwebte. Er kläffte aufgeregt und sprang unermüdlich hoch.

Ida kreischte vor Lachen und ärgerte ihn, indem sie den Drachen manchmal ein wenig nach unten zog und dem kleinen Beagle somit Hoffnung machte.

»Ida, das ist ziemlich gemein.«

Hannah musste dennoch lachen.

Sie legte die Hand über die Augen, weil die milchige Sonne durch die dünne Wolkendecke schien.

Ein Paar mit zwei Kindern kam ihr entgegen. Die Frau winkte ihr zu. »Frau Büchner, hallo!«

Hannah nahm ihre Brille ab und putzte sie an ihrem Tuch.

Das Paar war näher gekommen, und endlich erkannte sie die beiden. Es waren die Mieter ihres Elternhauses.

»Hallo, Familie Vogt.«

»Wie schön, dass wir uns treffen …« Der Mann zupfte an seiner Pudelmütze. »Wir wollten Sie schon anrufen …«

Er warf seiner Frau einen hilflosen Blick zu, und Hannah fragte sich, ob etwas passiert war. War etwas mit dem Haus? War die Heizung kaputt oder irgendetwas anderes?

»Wir werden von Hiddensee wegziehen«, sagte Frau Vogt.

»Was?«

Ihr Mann nickte langsam. »Ich hab ein tolles Jobangebot in Hamburg.« Er zupfte wieder an seiner Mütze. »Und ehrlich gesagt, wär ich blöd, wenn ich's nicht annehmen würde.«

Seine Frau seufzte auf. »Dabei fühlen wir uns hier so wohl.«

»Das tut mir aber leid. Ich meine, dass Sie wegziehen werden.«

»Ich stecke Ihnen die schriftliche Kündigung in den Briefkasten, oder wir bringen sie in der Konditorei vorbei. Es tut uns wirklich leid, dass wir schon wieder ausziehen werden. Es ist ein so schönes Haus.«

Seine Frau senkte den Blick, und Hannah ging durch den Kopf, dass es ihr ganz offensichtlich sehr schwerfiel, ihr Leben hier auf der Insel aufzugeben.

»Ich wünsche Ihnen alles Gute.«

Ihre Tochter, ein niedliches dunkelhaariges Mädchen mit großen, fast schwarzen Augen, hatte Hannah die ganze Zeit angeschaut. Hannah streckte die Hand aus und strich dem Mädchen über den Kopf. Wie schade, dass das Haus nun erst einmal wieder leer stehen würde.

»Wir Ihnen auch.«

Sie gingen weiter, das Paar Arm in Arm, die beiden Kinder tobten fröhlich vor ihnen her.

Hannah blickte ihnen lange nach.

Dann sah sie einen kleinen Jungen in einem knallroten Anorak, die Kapuze auf dem Kopf. Auch er hatte einen kunterbunten Drachen, der hoch oben am Himmel flatterte.

War der Junge ganz allein hier?

Sie spürte ein Mitleid aufkommen, weil es sicher furchtbar öde und traurig sein musste, allein spielen zu müssen.

Sie betrachtete den Jungen, dem in genau diesem Moment die Kapuze vom Kopf geweht wurde.

Julian!

Hannah lächelte.

Ida hatte ihr die Drachenschnur in die Hand gedrückt und sie ermahnt, bloß gut darauf aufzupassen, während sie selbst mit dem Beagle umhertobte.

Jetzt reichte Hannah ihr die Spule. »Ich bin gleich wieder da. Lass Charlie nicht aus den Augen, ja? Nicht dass er uns noch nach Rügen schwimmt.«

Der Beagle sprang im nassen Sand umher und warf sich immer wieder flach auf den Rücken, um sich hin- und herzurollen.

Hannah ging hinüber zu dem Jungen.

»Hallo, Julian.«

Er wirbelte herum und starrte sie ein, zwei Sekunden erschrocken an. Dann hellte sich sein blasses Gesicht auf.

»Dein Drachen ist wirklich schön.« Sie zeigte auf Idas Drachen, der im Wind tanzte und auf und ab hüpfte. »Und das ist Ida, wir sind zusammen hier.«

Ida kam angerannt, stolperte und landete vor Hannah auf den Knien, die Schnur noch immer fest in der Hand. Sie sprang wieder auf und grinste Julian an. »Hey, Juli. Dein Drachen ist aber toll.«

»Ach, dann kennt ihr euch?«

Ida nickte. »Wir gehen in eine Klasse.«

Julian konzentrierte sich mit angestrengter, sehr ernster Miene auf seinen Drachen.

Er macht das nicht zum ersten Mal, dachte Hannah bei sich.

Der kleine Junge hatte etwas ungewöhnlich Gewissenhaftes, Verantwortungsbewusstes für sein Alter an sich.

»Bist du ganz allein hier?«, fragte sie ihn, auch wenn es offensichtlich war, dass niemand bei ihm war.

Er nickte und blickte in den Himmel.

Charlie kam angesaust und warf sich direkt vor seinen Füßen in den Sand. Julian wickelte ein wenig von der Leine auf, und der Drachen machte einen kleinen Satz nach unten.

»Hältst du ihn mal?«, bat er Hannah.

Wortlos übernahm sie die Schnur und beobachtete beglückt, wie er sich neben den Beagle auf den Boden hockte und begann, ihn zärtlich und äußerst liebevoll zu streicheln.

»Kannst ihn ruhig anfassen«, meinte Ida. »Er hat noch Babyzähne, sagt mein Papa.«

Hannah wagte nicht, sich zu rühren aus Angst, sie könnte den ganz besonderen Augenblick zerstören. Auch Ida hatte sich neben Julian gekniet, nachdem sie Hannah blitzschnell ihre Schnur in die Hand gedrückt hatte.

Jetzt stand Hannah mit zwei Drachen am Himmel da

und hatte Mühe, sie in Schach zu halten. Der Wind hatte zugenommen und ruckte kräftig an den Schnüren. Es wäre nicht das erste Mal, dass ihr ein Drachen davonflog. Als Kind war ihr das zweimal passiert. Beide Male war sie todtraurig gewesen, und ihr Vater hatte ihr versprechen müssen, dass er ihr ganz schnell einen neuen und stabileren Drachen bauen würde.

Charlie warf sich hin und her und gab dabei sehr ulkige Laute von sich. Julian sah ihm kichernd zu. Es war das erste Mal, dass sie den Jungen so lachen hörte.

Ihr ging das Herz auf. Ein kleiner Hund hatte spielend das geschafft, was ein Erwachsener viele Tage lang versuchen würde: Charlie hatte Julians Vertrauen und Zuneigung im Sturm erobert. Genau wie der kleine Junge selbst ihr Herz.

»Juli! Zeit fürs Abendessen!«, rief eine Stimme hinter ihnen.

Hannah blickte über die Schulter und sah Julians Großmutter den Strand hinunterkommen.

»Oh, ich sehe, er hat Sie bereits eingespannt.« Sie nickte Hannah freundlich zu.

Hannah hätte sie gern gefragt, ob Julian hier bei ihr lebte und was mit seinen Eltern war, doch sie hatte das Gefühl, ihre Fragen könnten ein wenig indiskret sein.

»Juli, kommst du zum Essen? Ich hab Pfannkuchen gemacht.«

Der Junge drehte sich zu seiner Großmutter um und nickte stumm. Hannah gab ihm die Schnur, und etwas widerwillig wickelte er sie auf. Sie war erstaunt, wie ordentlich er das machte. Seinen Drachen klemmte er sich unter den Arm.

Dann bekam der Beagle eine letzte Streicheleinheit und Hannah einen scheuen, aber sehr gelösten Blick.

»Wenn du Lust auf Weihnachtsplätzchen hast, komm einfach vorbei. Ich würde mich freuen«, gab sie ihm mit auf den Weg. »Wir machen Schokoglasur drüber. Die magst du doch, oder?« Mochten nicht alle Kinder Schokoladenglasur?

Er schüttelte bedächtig den Kopf.

»Nein? Was magst du denn lieber?«

»Weiße.«

Hannah hob die Augenbrauen. Mit »weiße« konnte sie nicht recht etwas anfangen.

»Er meint Zuckerglasur«, klärte seine Großmutter Hannah auf.

»Ah, verstehe. Dann machen wir eben Zuckerglasur drüber.« Hatte er die Schokoladenplätzchen, die sie zusammen gebacken hatten, nicht mit Schokoladenglasur gewollt? Nein, jetzt fiel es ihr wieder ein. Der Teig hatte mit Schokolade sein dürfen, aber eine Glasur hatte Julian nicht haben wollen. Jetzt verstand sie auch, warum.

»Danke.«

Julians Großmutter zog ihren Schal fest, den sie sich um den Kopf geschlungen hatte. Der Wind war um diese Jahreszeit ganz besonders frisch und stürmisch.

»Danke wofür?«

»Dafür, dass Sie so nett zu Juli sind.«

»Warum sollte ich nicht nett zu ihm sein?«, fragte Hannah zurück.

»Er ist ein bisschen schwierig.«

Hannah holte Idas Drachen ebenfalls ein.

»Vielleicht ist er nur etwas still. Ich mag ihn. Sehr sogar.«

»Und er mag Sie. Ich bin froh, dass er hier jemanden wie Sie gefunden hat.« Damit verabschiedete sie sich.

Charlie hatte ein Stückchen Treibholz entdeckt, das die Wellen angespült, aber noch nicht ganz freigegeben hatten. Er sprang hin und bellte es an.

Hannah sah ihm und Ida noch eine Weile zu, dann machten sie sich gemeinsam auf den Heimweg.

Es dämmerte bereits.

»Wer heiratet schon im Winter?«

Toni hatte sich neben Hannah gestellt und ihr zugesehen.

Nun holte sie sich einen Holzstuhl und zog ihn über den Fliesenboden. Das machte ein so grauenvolles Geräusch, dass Hannah die Ohren weh taten. Sie hatte den Auftrag, am nächsten Tag eine Hochzeitstorte nach Neuendorf zu liefern.

»Ich käme auch nicht auf die Idee«, erwiderte sie, während sie den zweiten Tortenboden auf das untere Stockwerk setzte. Dabei musste sie sehr vorsichtig arbeiten, damit nichts verrutschte und alles stabil blieb.

Toni zeigte auf die dünne Marzipandecke, die fertig ausgerollt auf dem Tisch lag. »Das riecht himmlisch.«

»Wenn du heiratest, bekommst du auch so eine.«

Toni schnalzte mit der Zunge. »Warum sagst du es nicht einfach: Wenn ihr beide, Markus und du, heiratet.«

Hannah blickte auf. »Oh, dann ist es amtlich?«

Toni knuffte sie lachend. »Blödsinn.«

»Hauptsache, du sagst jetzt nicht, ihr seid nur Freunde.«

Toni verdrehte die Augen. »Du weißt, dass wir das nicht sind.«

Sie lief zum Radio und stellte es an. »Oder stört es dich?«

»Nein, überhaupt nicht.«

Eine ganze Weile saßen sie schweigend beieinander, Toni offenbar in tiefe Gedanken versunken und Hannah mit der Torte beschäftigt.

Als dann irgendwann ein bekannter Popsong kam, sprang Toni auf und stellte das Radio lauter. »Oh, ich liebe dieses Lied!«

Sie sang laut mit und hüpfte durch die Backstube.

Hannah hatte das Lied sofort erkannt, und ihr Magen hatte sich schon bei den ersten Tönen zusammengezogen. Ihr Herz schlug so heftig, als wolle es jeden Moment aus der Brust springen.

O Himmel, dieses Lied. Warum ausgerechnet jetzt? So lange hatte sie nicht mehr an ihn gedacht.

»*What is love? Baby don't hurt me, don't hurt me. No more.*« Toni sang aus voller Kehle.

Hannah hatte ihr einen kurzen Moment zugesehen, dann hielt sie es nicht mehr aus. Sie sprang auf, ihr Hocker kippte um, und sie stürzte aus der Tür. Sie lief die Treppe hoch bis zu ihrer Wohnungstür, öffnete sie und donnerte sie hinter sich zu. Dann lehnte sie sich dagegen, rutschte mit dem Rücken an der Tür hinunter, bis sie auf dem Fußboden saß.

Arndt und sie, wie sie in dem dunklen Kombi sitzen, das Radio laut aufgedreht, die Fenster heruntergelassen.

Sie singen aus voller Kehle. *What is love? Baby don't hurt me, don't hurt me. No more.*

Arndt, wie er lacht und sie ansieht. Und sie, wie sie ihm am liebsten sagen würde, wie sehr sie ihn liebt.

Seine Augen, sein zärtlicher Blick, seine Hände, die auf dem Lenkrad ruhen, seine verblichenen Jeans, die dunklen Turnschuhe, die Sonnenbrille, die er auf dem Kopf trägt.

Dann nimmt er sie ab und setzt sie auf, weil die Sonne wieder herausgekommen ist.

Sie sieht ihm zu, kann gar nicht woanders hinschauen. Immer möchte sie ihn so ansehen können …

Hannah presste beide Hände auf die Ohren.

Es klopfte an der Tür.

»Hannah? Was ist los?«

»Mir ist nur ein bisschen übel.« Sie schluckte. Jetzt bloß nicht heulen.

»Was ist denn? Du bist so schnell …«

»Mir ist nur ein bisschen übel, Toni«, wiederholte sie etwas lauter und mit mehr Nachdruck. Hatte sie harsch geklungen? Das hatte sie nicht gewollt.

»Kann ich irgendwas …?«

»Nein, schon gut. Ich komme gleich.«

»Wie du meinst.«

Schritte waren zu hören, dann war es wieder still.

Hannah putzte sich die Nase. Tränen waren nicht gekommen, aber ihre Nase fühlte sich an wie bei einer Erkältung. Eigenartig.

Sie sollte sich zusammenreißen.

Verflixt! Dieses Lied.

Sie hatte ihn doch bereits wieder vergessen.

Markus stieg aus dem Lieferwagen, die Kapuze seines Parkas missmutig tief ins Gesicht geschoben.

»Mein Gott, wie kann man bei so einem Wetter heiraten.«

»Als wenn man sich das Wetter aussuchen kann, Markus.«

»Auch wieder wahr. Aber die Torte war wieder ein echtes Kunstwerk.«

Das Brautpaar hatte mit leuchtenden Augen davorgestanden und kaum Worte gefunden, wie Hannah gerührt bemerkt hatte.

Der Bräutigam war der Enkel von Frau Zimmermann. Er hatte unbedingt hier auf der Insel heiraten wollen. Das Wetter, der Winter, die Kälte, der Nebel, all das würde ihm nichts ausmachen, wie er mehrfach versichert hatte.

»Also ich heirate im Mai, das steht mal fest.« Als Markus es ausgesprochen hatte, stutzte er, offenbar selbst ganz erstaunt. Dann kratzte er sich am Kopf.

Hannah lächelte amüsiert. »Sagt mir rechtzeitig Bescheid, hörst du? Ihr sollt die schönste Torte bekommen, das ist versprochen.«

Drolligerweise wurde er rot. »Ist mir nur so rausgerutscht.«

»Verstehe.«

»Nein, wirklich. Hab gar nicht vor zu heiraten.«

Weiß Toni schon davon, hätte sie beinahe gesagt und konnte sich gerade noch rechtzeitig bremsen.

»Darf ich dich was fragen, Markus?«, sagte sie stattdessen.

»Klar.«

»Ist es was Ernstes zwischen Toni und dir?«

Wollte sie es für Toni wissen oder für sich selbst? Um sie herum heiratete man, verliebte sich stürmisch, lebte in glücklichen Beziehungen. Und sie? Sie hatte es wieder mal gründlich verbockt.

Markus zögerte keinen Moment. »Ja.«

Hannah nickte langsam. Es freute sie für Toni. Aber sie spürte auch einen kleinen Stich.

Als sie zur Außentür gingen, sah sie Arndt aus der Konditorei kommen. Sie wollte sich ducken, irgendetwas tun, damit er sie nicht sah, doch es war zu spät.

Markus verschwand in der Backstube, und sie stand betreten da. »Arndt.«

Er nickte ihr zu. »Ich weiß, dass du mich nicht mehr sehen willst. Aber ich weiß nicht, wo ich sonst mein Brot kaufen soll.«

Sie schluckte schwer. »Schon gut.«

Nein, es war nicht gut.

Meine Güte, er kauft ein Brot, irgendetwas muss er ja essen, und irgendwann musste es einmal so kommen. Du wusstest es doch. Du hättest vorbereitet sein können. Er wollte sich wieder auf Hiddensee niederlassen. Er würde in deiner Nähe sein. Jeden Tag. Und natürlich würde er dann auch früher oder später in deiner Konditorei einkaufen. Er kann schlecht jeden Tag aufs Festland fahren, nur weil du der Ohnmacht nahe bist, wann immer du ihm begegnest …

Sie räusperte sich, weil ihr die Stimme nicht gehorchen wollte. »Ach, ähm … dann wohnst du wieder hier?«

Er sah sie nicht an. »Ich bin noch auf der Suche nach einem kleinen Haus.«

Sie hatte mit einem Mal vollkommen irrwitzige Bilder vor Augen. Arndt und sie, wie sie an einem großen Esstisch sitzen. Arndt und sie auf der Terrasse ihres Hauses. Der Garten leuchtet in allen Farben. Sie hat Dahlien, Sonnenblumen und Akelei gepflanzt …

Sie schluckte wütend.

»Bis dann«, murmelte er und ging an ihr vorbei.

Er drehte sich kein einziges Mal mehr zu ihr um.

Toni stand hinterm Tresen, die Arme verschränkt.

»Was hat dieser Kerl bloß getan, dass du so wütend auf ihn bist?«

»Ich bin nicht wütend, ich will ihn nur nicht mehr sehen.«

»Und du bist todunglücklich seinetwegen.«

Sie wollte an Toni vorbeigehen.

»Dir kannst du was vormachen, Hannah, mir nicht.«

Hannah blieb stehen, und noch bevor sie sich besinnen konnte, brach es aus ihr heraus: »Mein Gott, wie kann es sein, dass mich dieser Mann so durcheinanderbringt!«

Sie hatte die Fäuste geballt. Wie konnte es sein, dass Arndt sie noch immer so kopflos machen konnte! Und warum, zum Teufel, ließ sie es immer wieder zu?

»Weil du ihn liebst?«, sagte Toni leise.

Hannah stieß ein Zischen aus. Dann stöhnte sie auf. »Ja, ich liebe ihn. Ich liebe ihn, seit ich siebzehn war, kannst du dir das vorstellen? Und wahrscheinlich werde ich nie mehr damit aufhören können.«

»Hat er dir das Herz gebrochen?«, fragte Toni beinahe schüchtern.

Hannah schluckte. »Nein, ich fürchte, ich hab ihm das Herz gebrochen.«

Was es nicht besser machte.

»Aber er liebt dich, Hannah.«

»Woher willst du das wissen?«, fragte sie müde.

»Ich hab schließlich Augen im Kopf. Und du liebst ihn. Da muss es doch einen Weg geben.«

Für Toni war die Welt einfach. Sie war rund, sie war wundervoll bunt, und sie drehte sich.

»Nein, es gibt keinen.« Damit ließ Hannah sie zurück und verschanzte sich in der Backstube.

»Und du bist nicht in Ohnmacht gefallen?«, neckte Silke sie am Abend, als sie gemütlich beieinandersaßen, Pistazien und Cracker auf dem Tisch, dazu Weißwein.

»Sehr witzig.«

Silke nahm sich eine Handvoll geröstete Pistazien. »Die machen süchtig.«

Hannah nickte gedankenverloren. Sie hatte mit den Kindern eine Kissenschlacht gemacht. Jetzt schliefen alle drei wie die Murmeltiere. Und sie selbst würde hoffentlich auch schlafen können.

»Glaubst du wirklich, dass du immer so tun kannst, als würde er dir nichts bedeuten?«, hakte Silke nach.

Hannah war froh, als Andreas hereinkam und sie eine Antwort schuldig bleiben konnte.

Er begrüßte sie, dann warf er einen Blick auf den Tisch. »Ist das zu fassen? Ich arbeite von früh bis spät, und meine Frau sitzt faul auf der Couch, trinkt meinen Lieblingswein, futtert mir die Pistazien weg und ist noch nicht mal mit dem Hund Gassi gegangen.«

Er seufzte theatralisch und nahm sich eine Handvoll Pistazien. Dann beugte er sich zu seiner Frau herunter. »Einen Kuss bekommst du trotzdem.«

»Das will ich doch hoffen. Wie war dein Tag?«

Er winkte demonstrativ gelangweilt ab. »Du weißt ja, wie das ist. Mein Job ist der härteste auf diesem Planeten.«

Er trank ihren Wein aus.

»Ich gehe mal mit dem Hund.« Damit verschwand er aus dem Zimmer.

»Dieser Kindskopf.«

Silke goss sich neuen Wein ein.

Hannah unterdrückte ein Seufzen. »Ich beneide euch.«

Silke nippte an ihrem Wein. »Ach ja? Und worum genau? Ich meine, außer dass wir die beste Ehe führen, die man sich vorstellen kann?«

Hannah lächelte zerstreut und stand dann träge auf. Urplötzlich fühlte sie sich so müde, dass sie sich gerade nicht vorstellen konnte, aufrechten Ganges in ihrer Wohnung anzukommen.

»Du kannst hier übernachten«, bot Silke ihr an.

»Lieb von dir. Aber ich hab Markus versprochen, morgen früh in der Backstube mitzuhelfen.«

Mit hängenden Schultern verabschiedete sie sich von ihrer Freundin und stieg dann wenig elegant auf ihr Rad.

Der Heimweg kam ihr unendlich lang vor.

Gemeinsam mit Markus hatte sie Rosinen- und Weißbrote, Mohnbrötchen, Butter- und Streuselkuchen gebacken und eine Liste für die anstehende Weihnachtsbäckerei zusammengestellt.

Markus hatte notiert, was er benötigte. Sie selbst hatte alle Zutaten im Kopf, die sie brauchte. Wie immer.

»Du schreibst nicht gern, was?«, fragte er sie, während er die Bestellliste schrieb.

»Ich hab schon als Kind ein ziemlich gutes Gedächtnis gehabt.«

Er blickte sie einen Moment nachdenklich an, dann

meinte er: »Mal angenommen, du wirst krank, und ich bin allein hier …«

»Ja, und?«

»Woher soll ich wissen, was du brauchst, wenn du alles nur in deinem Kopf gespeichert hast?« Er sah sie auf seltsame Art an. Ob er etwas ahnte?

Sie lachte betont fröhlich.

»Ach, weißt du, ich hab auch eine fürchterliche Handschrift.«

Wieder dieser eigenartige Blick.

Er ahnt etwas.

»Das kann man lernen.«

Sie hielt inne, die Schultern und den Nacken so angespannt, dass sie schmerzten. Was meinte er damit?

Er schrieb weiter an seiner Liste, so als hätte er nichts gesagt. Dann murmelte er: »Aber ein gutes Gedächtnis ist Gold wert.«

Wie meinte er das denn nun wieder?

Das würde sie vorerst nicht erfahren, denn Toni kam herein.

»Julians Großmutter ist da. Sie fragt, ob er hier ist.«

Hannah schüttelte den Kopf. »Oder siehst du ihn hier irgendwo?«

»Ich glaube, sie macht sich Sorgen.«

Hannah stand auf und ging nach vorn in den Laden.

»Julian ist nicht hier.«

Seine Großmutter sah blass aus. Sie schlug eine Hand vor den Mund. »Sie waren meine letzte Rettung. Ich hab schon überall gesucht.«

»Was soll das heißen?«

»Er ist verschwunden.«

Hannah hatte sich nur rasch einen Anorak übergeworfen, den sie nun im Laufen schloss.

Julians Großmutter lief mit kleinen eiligen Schritten neben ihr her.

»Wo soll ich denn bloß noch suchen?« Sie schluchzte auf.

»Versuchen Sie, ruhig zu bleiben. Wir werden Julian finden. So schnell geht hier kein Kind verloren.«

»Aber ich hätte auf ihn aufpassen müssen. Er kennt sich doch noch gar nicht hier aus.« Sie bemühte sich, Hannah zu folgen.

Hannahs Gedanken kreisten einzig und allein darum, wo der Junge sein könnte.

»Ich hab doch die Verantwortung für den Jungen.«

»Wo haben Sie Julian das letzte Mal gesehen? Und wann?«

Im Laufen nahm sie ihr Handy aus der Jackentasche.

»Am Nachmittag. Er hat draußen im Garten gespielt.«

»Haben Sie ein Gartenhaus, einen Schuppen?«

Die Frau nickte. »Überall hab ich nachgesehen.«

»Und Freunde? Spielkameraden?«

Sie schluchzte laut auf. »Ich hab alle angerufen. Auch die Nachbarn hab ich gefragt. Niemand weiß, wo Juli ist. O Gott, wenn dem Jungen was passiert ist!«

Sie schlug beide Hände vors Gesicht.

Es kam Hannah wie eine Ewigkeit vor, bis Silke sich endlich meldete.

»Ich brauche deine Hilfe. Julian ist verschwunden. Er geht in Idas Klasse.«

»Ach, du lieber Himmel!«

»Ist Andreas schon da? Du könntest suchen helfen.«

»Nein, er ist noch unterwegs.«

Hannah biss sich auf die Unterlippe. Sie warf einen Blick in Richtung Ostsee. Hoffentlich hatte Julian nicht am Wasser gespielt. Selbst wenn er schwimmen konnte, und davon ging sie einfach mal aus, war es nicht unmöglich, dass er hineingefallen war. Und was dann weiter geschehen sein könnte, darüber mochte sie gar nicht nachdenken.

»Frag Ida, ob sie eine Ahnung hat, wo er sein könnte. Vielleicht gibt es einen Ort, wo sie schon mal zusammen gespielt haben. Und ruf mich gleich an, ja?«

Sie legte auf und blickte sich um. Wo sollten sie suchen?

»Ich hab so gehofft, dass er zu Ihnen gelaufen ist.« Julians Großmutter begann, leise zu weinen.

»Wir werden ihn finden«, sagte Hannah voller Zuversicht und legte ihr einen Arm um die Schultern.

Sie liefen in Richtung Kloster, legten immer wieder die Hände an die Lippen und riefen so laut sie konnten den Namen des Jungen. Doch außer dem Heulen des Windes und dem Rauschen des Meeres war nichts zu hören.

Einige Bewohner hatten sich mittlerweile der Suche angeschlossen. Auf der Insel blieb kaum etwas lange verborgen, und wenn ein Kind verschwunden war, überlegte niemand lange.

Auch wurde nicht großartig gefragt, ob Hilfe gebraucht wurde, man half einfach.

Ein Mann in einem leuchtend gelben Anorak kam auf sie zu, die Kapuze unterm Kinn festgezurrt. Sein Gesicht war gerötet.

Hannah blieb das Herz stehen.

»Und?«, fragte sie mit banger Stimme.

»Nichts.« Er schüttelte den Kopf. Dann zeigte er in den Himmel und nahm sie beiseite. »Soll Sturm geben. Und Regen.«

»Auch das noch«, stieß sie hervor.

Der Wind hatte bereits zugenommen. Pfeifende Windböen schlugen ihnen feine Sandkörnchen ins Gesicht und zerrten an ihren Jacken und Kapuzen.

Julians Großmutter war inzwischen kreidebleich und vollkommen außer Atem. Hannah hätte ihr gern geraten, nach Hause zu gehen und die anderen allein weitersuchen zu lassen, aber sie wusste, dass das zwecklos war. Ob Julians Eltern Bescheid wussten? Was war überhaupt mit ihnen?

»Was ist mit Julis Eltern?«

Sie hatte es kaum ausgesprochen, als sie einen Mann auf sich zukommen sah. Und sie wusste sofort, wer es war.

Ihr Herz zog sich vor Rührung zusammen. Auch Arndt wollte ganz offensichtlich bei der Suche helfen.

Er blieb vor ihnen stehen und keuchte leise. »Und?«

Julians Großmutter packte seinen Arm. »Ich hab schon überall gesucht, Arndt. Was, wenn ihm was passiert ist?« Sie weinte leise.

Hannah legte ihr erneut einen Arm um die Schultern. Erst jetzt wurde ihr bewusst, dass Julians Großmutter gerade Arndt gesagt hatte. Offenbar kannten sich die beiden.

»Ich hätte besser aufpassen müssen.« Sie schluchzte herzzerreißend.

Sie tat Hannah leid. Sie machte sich die größten Vorwürfe. Jeder würde das tun, selbst wenn es nichts gab, was man sich vorwerfen konnte. Ein Kind in dem Alter rund um die Uhr im Auge zu behalten war nicht nur ein Kunststück, es war vollkommen unmöglich.

»Kann Juli schwimmen?«, fragte Hannah leise.

»Natürlich kann er das«, fuhr Arndt sie an.

Hannah bekam einiges nicht zusammen. Er schien nicht nur Julians Großmutter, sondern auch den Jungen selbst gut zu kennen.

Und dann begriff sie endlich. Arndt war Julians Vater!

Aber warum hatte er ihr nicht erzählt, dass er einen Sohn hat?

Oder irrte sie sich doch? Hätte er nicht längst mit ihr darüber gesprochen, wenn er wirklich Vater eines Sohnes wäre?

Arndt rieb sich übers Gesicht und stöhnte auf. »Mach dir keine Vorwürfe, Marianne. Es ist nicht deine Schuld. Wenn jemand Schuld hat, dann ich.«

Damit lief er los in Richtung Dornbusch. Wahrscheinlich wollte er zum Leuchtturm.

»Arndt!«, rief Hannah ihm nach. »Soll ich mitkommen?«

»Nein.«

Er lief noch schneller.

Sie spürte, wie sich erst ihr Magen und dann ihr Herz zusammenkrampften. Julian hatte seine Mutter verloren. Deshalb hatte er so traurige Augen. Und Arndt hatte gerade sehr deutlich gemacht, dass er sie nicht mehr in seinem Leben haben wollte. Er wollte nicht mal, dass sie ihm bei der Suche nach seinem Sohn half.

Sie atmete tief durch und reckte ihr Kinn. Das war im Moment gleichgültig. Julian war verschwunden, und sie mussten ihn finden. Nur das zählte.

Plötzlich schoss ihr durch den Kopf, was er neulich zu ihr gesagt hatte. »*Ich hab einen Baum. Er ist so groß …*« Mit beiden Händen hatte er ihr gezeigt, wie gewaltig der Baum sein musste. »*Und er ist schon ganz alt, hat Oma gesagt. Ich kann reinkriechen, und niemand findet mich.*«

Ihr stockte der Atem. Warum fiel ihr das erst jetzt ein?

»Hat Juli mal von einem Baum erzählt, der einen hohlen Stamm hat?«

Seine Großmutter blinzelte verwirrt, dann nickte sie langsam.

»Warten Sie, ja, er hat so etwas erwähnt.«

»Wissen Sie, wo dieser Baum ist?«

»Nein.«

»Julian hat mir erzählt, dass Sie ihm gesagt hätten, der Baum müsse sehr alt sein.«

Die Frau seufzte auf. »Ach, das hab ich doch nur gesagt, weil er gemeint hat, dass er in den Stamm kriechen könnte.«

Hannah ging im Geiste alle Ecken der Insel durch. Irgendwo musste es einen Ort geben, wo sehr alte Bäume standen.

»Ich kenne mich doch gar nicht richtig aus«, schluchzte seine Großmutter. »Wir sind hierhergekommen, damit Juli …« Sie brach ab.

Hannah nickte.

»Schon gut, wir werden diesen Baum finden. Warum gehen Sie nicht nach Hause und warten dort? Was ist, wenn Juli heimkommt, und niemand ist da?«

Die Frau blickte sie hoffnungsvoll an. »Ja, Sie haben recht.«

Mit eiligen Schritten lief sie zurück.

Drei Männer kamen Hannah entgegen.

»Wir suchen noch mal in Richtung Neuendorf«, rief einer.

Sie nickte knapp. Und genau in diesem Moment fiel ihr ein, wo dieser Baum sein könnte. Verdammt, warum war sie nicht schon eher darauf gekommen! Ihr Vater hatte ihr die uralten Pappeln gezeigt, als sie klein gewesen war. »Wohnen da die Zwerge, Papi?«, hatte sie ihn gefragt. Das ist möglich, Hannah. Warum siehst du nicht mal nach? Aber sie hatte sich nicht getraut.

Es war bereits dunkel geworden, und es begann, heftig zu regnen.

Hannah lief so schnell, wie sie das letzte Mal gelaufen war, als sie mit Arndt in Rostock gewesen war. Eine kräftige Windböe fegte ihr die Kapuze vom Kopf und zerzauste ihre Locken so, dass sie für einen Moment nichts mehr sehen konnte. Der Regen schlug ihr so heftig ins Gesicht, dass sie die Luft anhielt.

Es war wie im Film und hätte klischeehafter nicht sein können. Dunkelheit, Sturm und Regen, im Hintergrund rauschte das Meer, der Wind wirbelte Äste und Blätter umher. Und irgendwo da draußen war ein kleiner Junge, allein auf sich gestellt, verängstigt, hungrig, durchnässt.

Warum verschwanden Kinder eigentlich nie an einem lauen Sommerabend, kurz, nachdem die Familie fröhlich zusammengesessen hatte – die Grillkohle dampfte noch, der Tisch war noch nicht abgeräumt.

Hannah stemmte sich gegen den Wind, die Kapuze unter dem Kinn festgezurrt. Der Regen hatte ihr Gesicht mittlerweile nahezu gewaschen, es fühlte sich an, als hielte sie es unter einen Wasserstrahl.

»Julian!«, brüllte sie gegen den pfeifenden Wind an.

Irgendwo rief ein Mann den Jungen.

Arndt.

Ihr wurde schwer ums Herz. Was mochte er für Ängste ausstehen.

»Arndt!«, schrie sie, so laut sie konnte. »Ich glaube, ich weiß, wo er ist!«

Es dauerte einen Moment, dann war seine Stimme irgendwo vor ihr zu hören.

»Hannah?«

»Ich glaube, ich weiß, wo Juli ist!«, brüllte sie.

Sie blieb stehen, um etwas zu Atem zu kommen. Wo waren die verdammten Pappeln? Warum erinnerte sie sich nicht mehr genau? Verflixt, es war Jahre her, als ihr Vater sie ihr gezeigt hatte, deshalb.

Sie sah eine schemenhafte Gestalt auf sich zukommen. Eine Gestalt, die sich ebenso wie sie durch den Sturm und den Regen kämpfte.

»Arndt! Ich bin hier!«

Er lief schwankend auf sie zu, so als sei er betrunken. »Wo ist er?«, schrie er.

Sie lief ihm entgegen und war drauf und dran, ihn zu umarmen und trösten zu wollen. Doch sie tat nichts dergleichen. »Erinnerst du dich an die alten Pappeln? Mein Vater hat sie mir gezeigt, als ich klein war.«

Er stöhnte auf. Hatte er geweint?

»Welche Pappeln, Hannah?« Er stöhnte wieder auf. »Herrgott noch mal, welche Pappeln denn?«

»Sie müssen hier irgendwo sein. Eine muss innen hohl sein. Juli hat mir erzählt, dass er in den Stamm kriechen kann.«

Arndt packte sie und zog sie mit sich. »Erinnere dich, verdammt noch mal!«

Dann blieb er stehen und schluchzte laut auf. »Tut mir leid. Tut mir leid, Hannah.«

Sie nahm ihn in den Arm. Sie konnte nicht anders. »Schon gut, Arndt, schon gut. Wir finden ihn.«

Sie nahm seine Hand, und gemeinsam liefen sie weiter.

Hannah zeigte nach rechts. »Da vorn vielleicht.«

Sie stolperte über einen Ast und fiel auf die Knie.

Arndt half ihr hoch, und sie liefen weiter.

Die Kapuze war ihm vom Kopf geweht worden, er schien es nicht mal zu bemerken.

»Ich hab alles falsch gemacht. Juli hat mich gebraucht, und ich hab mich nur um mich selbst gekümmert.«

Sie wusste nicht, was sie darauf erwidern sollte.

»Wenn ihm was passiert ist …«

»Schsch.«

Sie blieb stehen und lehnte ihre Stirn gegen seine.

»Wir werden ihn finden. Juli ist ein kluger Junge. Er wird nichts getan haben, was ihn in Gefahr bringen könnte.«

Genau das glaubte sie wirklich.

»Julian!«, brüllte Arndt durch den pfeifenden Wind.

Einen winzigen Augenblick lang überkam Hannah ein schreckliches Gefühl der Mutlosigkeit. Was, wenn Julian doch nicht hier irgendwo war? Was, wenn ihm wirklich etwas zugestoßen war? Vielleicht war er doch ins Meer gefallen und ertrunken? Er hatte verzweifelt versucht, sich gegen die Strömung zu wehren, und dann hatten ihn die Kräfte verlassen …

Sie hatte ganz kurz das Bild des kleinen blonden Jungen, der Lillebror von Astrid Lindgren so ähnlich sah, vor Augen. Julian mit den traurigsten Augen, die sie je gesehen hatte.

Nein!

Arndt blickte sie erschrocken an. »Hannah?«

Sie zuckte zusammen. Hatte sie laut geschrien?

Sie lief einfach weiter.

Und dann tauchten vor ihnen schemenhaft eine Reihe Bäume auf. Sie rannte schneller, stolperte wieder, fing sich und lief weiter. Sie keuchte, ihre Lungen brannten.

»Julian!«, schrien sie gleichzeitig.

Ein Geräusch war zu hören. Ein Geräusch, das Hannah nicht gleich deuten konnte. Dann aber wiederholte es sich, und sie schrie auf. »Das ist er! Arndt, das ist Juli!«

Die Pappeln waren nun ganz dicht vor ihnen. Ein Stamm war größer als die anderen, und er war hohl, das sah sie sofort.

»Hier!«

Arndt duckte sich, und sein Oberkörper verschwand im Stamm.

Nur eine Sekunde später hörte sie ihn »Juli! Oh, Gott sei Dank, da bist du ja!« rufen.

Sie kniete sich ins Gras und versuchte, zu Atem zu kommen.

Arndt hatte seinen Sohn auf dem Arm. Er lachte und weinte gleichzeitig.

Sie konnte sich kaum mehr bewegen. Ihre Beine fühlten sich an, als hätte man ihnen Bleigewichte daran gebunden. Würde sie es überhaupt noch bis nach Hause schaffen?

»Warum weinst du denn, Papa?«

Als sie Julians leise, erschrockene Stimme hörte, konnte

sie sich nicht mehr zurückhalten. Sie schluchzte auf, dann brach es aus ihr heraus. »Oh, Gott sei Dank, Gott sei Dank. Juli. Bin ich froh. Oh, Gott sei Dank.«

Sie wischte sich übers Gesicht. War es nass vom Regen oder von ihren Tränen?

Arndt reichte ihr die Hand, und langsam kam sie wieder auf die Beine.

»Geht's?«, fragte er mit rauher Stimme.

Sie nickte stumm.

Schweigend legten sie den Weg bis Vitte zurück. Julian hatte seine Arme um Arndts Hals geschlungen.

Wie kalt ihr war, wurde Hannah erst jetzt bewusst, außerdem hatte sie klatschnasse Hosenbeine. Der Wind hatte ihre Kapuze nach hinten geschoben und die Hälfte ihres Haares so durchnässt, dass ihr die Tropfen in die Augen liefen.

Vor der Konditorei blieben sie stehen.

Arndt sah sie lange an. »Ich danke dir.«

»Ach, wofür denn?« Sie strich Julian über den Kopf. »Ich bin froh, dass es dir gutgeht, Juli.«

Der Junge blickte sie schlaftrunken an. Offenbar war er eingeschlafen.

»Es ist ein tolles Versteck, oder?«

»Ein wirklich tolles Versteck.«

»Danke, Hannah«, sagte Arndt wieder.

Sie wich seinem Blick aus.

»Gute Nacht.«

Hoffentlich würde er jetzt nicht irgendetwas mit »Du hast meinem Sohn das Leben gerettet« oder etwas in der Art sagen.

Jeder würde nach einem verlorengegangenen Kind suchen, das war nun wirklich nichts Besonderes, und es dann zu finden war manchmal einfach pures Glück.

Sie drehte sich um. Da waren plötzlich so viele Fragen, die sie Arndt stellen wollte, und doch wusste sie, dass sie all das im Grunde nichts anging. Arndt hatte sein Leben, seinen kleinen Sohn. Sie waren eine Familie.

Und sie hatte ihr Leben, ihre Konditorei, ihre Hochzeitstorten, ihre kleine bescheidene Wohnung, ihre abendlichen Spaziergänge zum Leuchtturm, ihre Sonntagvormittage im Bett …

»Schlaft gut«, sagte sie so leise, dass nur sie es hören konnte. Dann schloss sie die Tür auf und hoffte, dass ihre Beine sie noch bis in ihre Wohnung tragen würden.

Am Tag darauf stand Silke vor der Tür.

»Der Junge steht in der Zeitung«, sagte sie zur Begrüßung. »Danke, dass du mich gestern Abend noch angerufen hast.«

Hannah ließ sie ins Wohnzimmer. Sie selbst hatte die Nacht auf der Couch verbracht, eingemummelt in zwei dicke Decken.

Gleich nachdem sie nach Hause gekommen war, hatte sie Silke Bescheid gegeben, dass Julian wohlbehalten wieder bei seinem Vater war. Und dass das niemand anderes als Arndt war, hatte sie ihr auch erzählt.

Silke setzte sich in den Sessel.

»Arndt hat also einen Sohn.«

»Und ich bin eine der Letzten, die es erfahren hat.«

Hannah legte sich wieder aufs Sofa und rieb sich die Hände. Noch immer war ihr kalt, und ihr tat jeder einzelne Muskel weh.

»Und das nimmst du ihm übel«, vermutete Silke.

»Findest du nicht, dass er es mir hätte sagen können?«

»Vielleicht hat er es vorgehabt.«

Hannah winkte müde ab. »Er ist mir keine Rechenschaft schuldig.« Sie gähnte. »Weißt du, was mir seit gestern dauernd durch den Kopf geht? Warum hab ich Arndt nie gefragt, ob er Kinder hat? Ich meine, er war fünf Jahre verheiratet, da wäre es kein großes Wunder, wenn sie Kinder gehabt hätten.«

Sie schluckte, weil sie schon wieder einen dicken Kloß im Hals hatte.

Silke goss sich aus der Teekanne ein, die auf dem Tisch stand. »Willst du nicht doch mit ihm darüber reden?«

»Darüber, dass er Julians Vater ist? Nein.«

»Darüber, was nun mit euch passieren wird.«

»Mit uns? Mit uns wird gar nichts passieren, Silke.«

Ihre Freundin verzog das Gesicht. »Ach ja, stimmt, du hast dein Leben, und er hat seins. Das hatte ich völlig vergessen.«

Hannah schwieg.

»Und Julian?«

Er hat keine Mutter mehr, die ihn tröstet, ihm vorliest, etwas vorsingt, Marmeladenbrote schmiert und seine zerrissenen Hosen an den Knien flickt. Er hat nur noch Arndt ...

Der Kloß in ihrem Hals schwoll noch mehr an.

»Arndt ist bestimmt ein sehr guter Vater.«

Silke trank ihren Tee aus und stand auf.

»Ach Hannah ...« Sie seufzte leise, sagte aber nichts weiter. Sie ging zur Tür und drehte sich dort noch einmal um. »Bleib ruhig liegen, ich finde allein raus.«

Hannah zog sich die Decke bis zum Kinn und schloss die Augen zu. Sie wollte nichts mehr sehen, nichts mehr hören und nichts mehr sagen müssen.

Sternanis

Hiddensee im Advent

Markus lief durch die Backstube und murmelte vor sich hin.

»Was ist passiert?«

Hannah saß an ihrem kleinen Tisch und skizzierte eine zweistöckige Weihnachtstorte. Da jetzt im Winter eher selten geheiratet wurde, hatte sie beschlossen, Weihnachtstorten zu entwerfen.

»Ich kann den Zettel nicht finden, den ich mir gestern geschrieben habe. Verflixt und zugenäht, dabei bin ich sicher, dass ich ihn hier aufs Regal gelegt habe.«

»Was für einen Zettel?«, fragte sie zurück.

Er ließ sich auf den Hocker neben ihr fallen.

»Mit den Zutaten für die Weihnachtsplätzchen, die ich backen will. Ich möchte etwas Neues ausprobieren, nicht nur die klassischen Zimtsterne. Meine Großmutter hat mir ein altes Rezeptbuch vermacht.«

»Wirklich? Wie wunderbar.«

Er nickte zerstreut und stand wieder auf.

»Am Wochenende hab ich schon mal einen Blick reingeworfen. Du wirst staunen.«

Er ging zu seinem Spind und kam mit einem kleinen, reichlich abgegriffenen Büchlein wieder. Er setzte sich und klappte es auf. »Sütterlin. Das hat mir einige Kopfzerbrechen bereitet.«

Markus hielt ihr das Büchlein unter die Nase und zeigte auf ein Wort. »Kannst du das lesen?«

Sie schüttelte den Kopf.

»Ich hab im Internet eine Seite gefunden, die war sehr hilfreich.« Wieder zeigte er auf das Buch. »Hier: Anisplätzchen. Wer backt heute noch mit Anis? Das ist doch fast aus der Mode gekommen.«

»Ich mag den Duft von Anis.«

»Ich auch. Außerdem sieht Sternanis wirklich hübsch aus, oder?« Er stöhnte kopfschüttelnd auf. »Ich hatte mir eine Liste gemacht, wo ich ein paar Rezepte notiert hab, die ich mühsam übersetzen musste.«

»Er wird sich sicher finden«, meinte Hannah zuversichtlich.

Markus stand auf und lief wieder umher. »Es macht mich wahnsinnig, etwas zu suchen.«

Sie musste lachen. »Vorschlag: Du hörst einfach auf damit.«

»Mit Suchen, meinst du?«

Sie nickte. »Du wirst irgendwann über den Zettel stolpern.«

Er brummte wieder etwas vor sich hin, dann wollte er sich offenbar die Nase putzen, griff in seine Hosentasche und zog mit einem breiten Grinsen einen zusammengefalteten Zettel hervor. »Da ist er ja! Er war in meiner Hosentasche.«

Er faltete den Zettel auseinander und stöhnte erleichtert auf. »Meine Großmutter hat mit Schweineschmalz gebacken.«

Hannah hatte leider kaum noch eine Erinnerung an ihre Großmütter, beide waren sehr früh gestorben.

»Sie hat darauf geschworen.« Markus legte den Zettel auf den Tisch und tippte darauf. »Hier. Sieh dir das mal an.«

Sie tat so, als würde sie das Geschriebene studieren, und nickte immer wieder vor sich hin.

»Hmmm, klingt wirklich interessant«, sagte sie schließlich und schob Markus den Zettel wieder zu.

Er hatte sie die ganze Zeit beobachtet, das war ihr nicht entgangen. Jetzt schwieg er.

Hannah hörte, wie Toni mit jemandem sprach, ihre Stimme kam immer näher, dann stand sie mit Julian in der Tür der Backstube.

Hannah sprang auf. »Julian, das ist aber eine nette Überraschung.«

Nachdem sie ihn in der hohlen Pappel gefunden hatten, hatte sie nichts mehr von ihm oder Arndt gehört. Aber das hatte sie auch nicht erwartet. Die beiden waren sicherlich mit sich selbst beschäftigt.

»Seine Großmutter wartet vorn«, sagte Toni. »Er wollte aber unbedingt hierherkommen.« Sie legte eine Hand auf die Schulter des Jungen und schenkte ihm ein Lächeln. »Stimmt doch, Juli, oder?«

Hannah wischte sich die Hände an einem Tuch ab und ging nach vorn in den Laden. Julians Großmutter stand dort, im Arm einen überwältigend großen und traumhaft schönen Blumenstrauß aus roséfarbenen Callas. Sie überreichte ihn Hannah mit feierlicher Miene.

»Ich hoffe, Sie mögen Callas. Sie sind meine Lieblingsblumen, und immer, wenn ich jemandem Blumen schenke, den ich nicht so gut kenne, entscheide ich mich für Callas.« Sie schmunzelte verschmitzt. »Zur Not kann ich den Strauß dann selbst behalten.«

Hannah wusste erst gar nicht, was sie sagen sollte.

»Die sind wunderschön. Ich mag Callas.«

»Das freut mich. Sie wissen bestimmt, wofür der Strauß ist.«

»Also Geburtstag habe ich heute nicht.«

»Sie haben sehr viel für Juli getan.«

Mehr sagte sie nicht, und Hannah war dankbar dafür.

»Das hab ich wirklich gern getan.«

Die beiden Frauen sahen sich einen Moment lang an.

Dann senkte Julians Großmutter die Stimme. »Mein Schwiegersohn würde sich auch gern bei Ihnen bedanken.«

»Das ist nicht nötig«, erwiderte Hannah heftiger, als sie vorgehabt hatte.

»Es würde ihm sehr viel bedeuten.«

Die ältere Frau zeigte auf den Blumenstrauß. »Der muss gleich ins Wasser.« Damit drehte sie sich um und rief: »Juli? Kommst du?«

Er kam angesaust und fragte: »Darf ich noch ein bisschen bleiben?«

»Wenn Frau Büchner nichts dagegen hat?«

Hannah nickte Julian zu.

»Ich freue mich, wenn er uns Gesellschaft leistet. Wir können Kekse backen.«

Seine Großmutter machte die Tür hinter sich zu, und Hannah sah ihr nachdenklich nach.

Es würde ihm sehr viel bedeuten …

Schon wieder tat ihr das Herz weh.

Mit dem Rad war sie nach Neuendorf gefahren, um sich eine große Vase auszuleihen.

Silke stand vor dem Dielenschrank und suchte eine passende aus. »Irgendwo müsste ich eine aus Glas haben …«

»Sie hat gesagt, es würde ihm viel bedeuten, wenn er sich persönlich bei mir bedanken kann.«

Silke drehte sich zu ihr um. »Wer?«

»Julians Großmutter.«

»Was hat sie gesagt?«

»Dass es ihm sehr viel bedeuten würde.«

Silke hatte offenbar endlich eine Vase gefunden. Mit einem triumphierenden »Ah ja« schloss sie den Schrank wieder.

»Wem würde es etwas bedeuten?«

»Hörst du mir eigentlich gar nicht zu?« Hannah nahm die Vase entgegen. »Danke.«

»Entschuldige, vielleicht sind das die Nachwehen der Grippe. Also noch mal von vorn. Julis Großmutter war da und hat dir diesen grandiosen Blumenstrauß geschenkt.«

»Und sie hat gesagt, dass es ihm viel bedeuten würde, wenn er sich bei mir bedanken könnte.«

»Wer?«

Silke ging voraus in die Stube.

»Na, Arndt.«

Ihre Freundin setzte sich aufs Sofa und schlug die Beine unter. »Ah, jetzt verstehe ich. Entschuldige.« Sie tippte sich an die Stirn. »Möchtest du einen Tee? Vielleicht meinen berühmt-berüchtigten Glückstee?«

Sie saßen lange zusammen.

Als Hannah sich verabschiedete, die gut eingepackte Glasvase unter dem Arm, seufzte sie laut auf. »Am liebsten wäre es mir, wenn wir das alles einfach vergessen könnten.«

»Du meinst, Arndt soll vergessen, dass du seinen Sohn gerettet hast, und du …«

»Moment, ich hab Juli nicht gerettet.«

»Sondern?«

»Ich hatte eine Idee, wo er sein könnte.«

Silke schnaubte leise. »Für mich ist das dasselbe. Du möchtest, dass Arndt das vergisst. Und du würdest gern vergessen, dass es ihn überhaupt gibt und du Gefühle für ihn hast.« Sie schnippte mit den Fingern. »Einfach so.«

Hannah verzichtete auf eine Antwort. Stattdessen ging sie zu ihrem Rad, das an der Hauswand lehnte, und packte die Vase in dem Fahrradkorb.

Silke hatte sich eine Strickjacke übergezogen und beide Arme um ihren Körper geschlungen. »Huh, ist das kalt.«

»Vielleicht bekommen wir Schnee.«

Beide hoben den Kopf und blickten in den sternenklaren Himmel. Hannah zog sich ihre wollenen Handschuhe an und stieg aufs Rad.

»Liebst du ihn noch?«

»Ich denke nicht darüber nach.«

»Es gibt nichts nachzudenken, wenn man jemanden liebt, Hannah.«

»Es ist besser so.« Damit fuhr sie in die Dunkelheit hinaus.

Der Dynamo ihres Fahrrads quietschte leise, während sie in die Pedale trat.

Es gibt nichts nachzudenken, wenn man jemanden liebt …

Natürlich liebte sie Arndt noch, sie wusste auch, dass

sie sich nie mehr in einen anderen Mann verlieben würde. Sie würde jeden mit Arndt vergleichen.

Eine Erkenntnis traf sie wie ein Faustschlag, und sie sprang vom Rad. Einen Moment lang blieb sie stehen, ihr Herz pochte wie wild. Sie würde sich nie wieder verlieben können. Das bedeutete zwangsläufig, dass sie allein bleiben würde. Es raubte ihr für einen kurzen Augenblick komplett den Atem. Sie sah sich, wie sie alt und mit grauem wirrem Haar auf dem Sofa hockte, Strickzeug auf dem Schoß, in ihrer Wohnung kein weiteres Geräusch außer der leise tickenden Wanduhr. Sie sah sich mutterseelenallein zum Leuchtturm hochgehen, den Blick auf den Boden, um nach Steinen zu sehen. Ida wäre längst verheiratet und vielleicht mit ihrer Familie aufs Festland gezogen. Oder aber sie würden Hannah an den Feiertagen zu sich einladen, damit die arme alte Frau nicht immer so allein in ihrer Wohnung sein müsste ...

Ihr wurde übel bei dem Gedanken. Allein zu sein hatte ihr nie etwas ausgemacht, im Gegenteil. Sie hatte es meistens genossen, aber vielleicht hatte es auch daran gelegen, weil sie gewusst hatte, dass sie ihr Leben irgendwann mit einem Menschen teilen und das Alleinsein ein Ende haben würde.

Arndt, verflucht noch mal, warum sind wir uns bloß wiederbegegnet? Hätte es nicht alles so bleiben können, wie es war ...

Der kleine Plüsch-Pinguin lag auf ihrem Kopfkissen, und sie nahm ihn und warf ihn quer durchs Zimmer.

Sie setzte sich aufs Bett und schloss die Augen. Dann legte sie sich auf den Rücken und hoffte, dass ein tiefer

Schlaf sie überfallen und vom Nachdenken abhalten würde. Doch leider geschah das nicht.

Sie machte kein Auge zu.

Den ersten Advent hatte sie allein in ihrer Wohnung verbracht, eine rote Kerze auf dem Tisch, ein Teller mit Anisplätzchen daneben. Sie schmeckten wirklich ausgesprochen gut. Markus hatte recht gehabt, man sollte die alten Rezepte neu beleben.

Am Abend hatte sie bei Kerzenschein am Fenster gesessen und nach draußen geblickt. Es war lächerlich, aber es kam ihr vor, als sei das ein kleiner Vorgeschmack auf ihr späteres Leben. Wütend war sie schließlich aufgestanden und ins Bett gegangen. Auch in dieser Nacht hatte sie kaum geschlafen.

Markus drehte sich zu ihr um, als sie am Montagmorgen in die Backstube kam. Er war bereits fleißig gewesen, hatte drei Bleche Brötchen gebacken und war gerade dabei, ein weiteres Blech mit Anisplätzchen in den Ofen zu schieben.

»Der neue Gärschrank ist klasse«, sagte er zu ihr.

»Hmmm.«

»Und die Teigmaschine auch.«

»Hmmm.«

»Die Investition hat sich gelohnt.«

»Hmmm.«

»Und nachher backe ich Meisenknödel aus Nougat und Marzipan.«

»Hmmm.«

Er nahm sie bei den Schultern und schob sie auf einen der Hocker. »Was ist los?«

Sie fuhr leicht zusammen. »Was?«

Er blickte sie ernst, fast streng an. »Was ist passiert? Du läufst wie eine Schlafwandlerin herum.«

»Ich hab miserabel geschlafen.«

»Und sonst?«

»Und sonst?«, echote sie.

»Das wird nicht der einzige Grund sein.«

Toni kam herein, in der Hand eine aufgeschlagene Zeitung.

»Ein kleiner Artikel über die Konditorei, Hannah.«

Hannah drehte sich nicht zu ihr um, sondern nickte nur träge.

»Was hat sie denn?«, fragte Toni leise.

Sie legte Hannah die Zeitung auf den Schoß.

»Ein sehr schöner Artikel. Lies mal, was sie über deine Hochzeitstorten schreiben.« Damit verschwand sie genauso leise, wie sie gekommen war.

Markus nahm die Zeitung und überflog den Artikel. Dabei brummte er ein paarmal vor sich hin, dann legte er sie zurück auf Hannahs Schoß.

»Und? Was schreiben sie?«, fragte Hannah müde.

»Dass du expandieren wirst.«

»Was?«

Er nickte in Richtung der Zeitung. »Lies selbst.«

»Aber ich will doch gar nicht expandieren.«

Lustlos nahm sie die Zeitung auf und tat so, als würde sie den Artikel lesen.

»Ich weiß überhaupt nicht, wie sie darauf kommen«, meinte sie schließlich und faltete die Zeitung zusammen.

Markus nahm sie ihr aus der Hand. »Da steht nichts von Expandieren, Hannah.«

»Aber du hast doch gerade gesagt …«

Er nickte langsam. »Und du hast ihn nicht gelesen.«

Sie schwieg. Ihr Puls begann zu rasen.

»Weil du es nicht kannst. Stimmt's?«

Sie wollte aufspringen, ihn zurechtweisen, ihn anbrüllen, doch sie blieb sitzen. Selbst dazu fehlte ihr gerade der Elan, die Kraft.

Markus legte seine Hand auf ihre. »Hast du nie darüber nachgedacht, es lernen zu wollen?«

Sie holte Luft, um etwas zu erwidern, doch sie war so müde, so kraftlos, dass sie den Mund gleich wieder schloss.

»Du findest, es ist eine Schande, oder?« Er redete einfach weiter, ohne darauf zu achten, dass sie immer mehr in sich zusammensackte. »Ich hab schon länger den Eindruck gehabt und überlegt, wie ich es anfangen soll. Ich wollte dich nicht mit der Nase draufstoßen, aber ich denke, es musste jetzt einfach sein. Ich wollte dich nicht bloßstellen, Hannah, dafür schätze ich dich viel zu sehr. Und ob du es glaubst oder nicht, ich finde, es ist keine Schande, nicht richtig lesen und schreiben zu können. Du wirst irgendwie den Anschluss verpasst haben, stimmt's?«

Jetzt nickte sie langsam.

»Verstehe. Und dann wird es immer schlimmer.«

Hannah schluckte energisch, um den Kloß in ihrem Hals loszuwerden, doch er wurde immer dicker.

Und schließlich liefen ihr die Tränen übers Gesicht, ohne dass sie überhaupt bemerkt hatte, dass sie weinen musste.

Markus reichte ihr ein Taschentuch.

Als Toni ein weiteres Mal hereinkam, stand er leise auf und schob sie aus der Tür. Die beiden tuschelten miteinander, und kurz darauf kam er allein zurück.

»Hast du's ihr gesagt?«

Er schüttelte den Kopf. »Das ist nicht meine Aufgabe.«

Sie nickte knapp.

»Wirst du's Toni sagen?«, fragte er leise.

Wieder nickte sie.

»Und vielleicht doch darüber nachdenken, es zu versuchen?«

Sie hob den Kopf und sah ihn lange an. In ihrem Kopf ratterte es unaufhörlich.

»Du würdest es sicher ziemlich schnell lernen. Du hast einen hellen Kopf, einen klaren Verstand. Es würde ruck, zuck gehen.«

Sie musste sich räuspern, weil es in ihrem Hals rauh und kratzig war. »Glaubst du?«

»Nein, ich bin davon überzeugt.«

Am Abend sagte sie es Toni, ohne lange um den heißen Brei herumzureden.

Toni hörte stumm zu, dann umarmte sie sie.

Hannah vergoss ein paar weitere Tränen, dennoch empfand sie eine so große Erleichterung, dass sie sich fragte, warum sie so lange gewartet hatte.

»Ich hätte es wahrscheinlich bemerken müssen, oder?« Toni hielt sie etwas von sich und musterte sie.

Hannah zuckte mit den Schultern und lächelte flüchtig. Es kratzte wieder in ihrem Hals. Sie räusperte sich sehr energisch. »Ich werde diesen Kurs machen, Toni.«

»Und wir werden dich unterstützen.«

In dieser Nacht schlief sie tief und traumlos, und als sie am frühen Morgen aufstand, fühlte sie sich nicht nur ausgeruht und frisch, sondern bemerkenswert ausgeglichen und entspannt. Sie kochte sich einen Kaffee, und während er durchlief, rief sie Silke an, um ihr zu berichten.

Im Hintergrund kicherten die Kinder und riefen sich gegenseitig etwas zu.

»Ist es gerade schlecht?«

»Ach, wieso? Das übliche Morgen-Chaos.« Silke lachte. »Du klingst so aufgeräumt.«

»Aufgeräumt.« Hannah musste ebenfalls lachen. »Ich hab wunderbar geschlafen, und ich hab zwei Entschlüsse gefasst.«

»Oh, gleich zwei?«

»Ich werde diesen verdammten Alphabetisierungskurs machen, und ich werde mit Arndt reden.«

Einen Moment lang blieb es still in der Leitung.

»Das finde ich großartig, Hannah, beides.«

»Markus und Toni wissen es.«

»Was? Oh, du meinst …? Ich verstehe. Ich bin stolz auf dich, Hannah. Und ich finde, du kannst auch stolz auf dich sein. Wie haben sie reagiert?«

»Sehr verständnisvoll. Ich frage mich, warum ich so lange gewartet habe, es ihnen zu sagen.«

Sie schenkte sich Kaffee ein und nahm die Milch aus dem Kühlschrank.

»Aber hinterher weiß man es ja bekanntlich immer besser.«

»Wir haben jetzt das H, und ich kann Hannah schreiben«, rief Ida, die sich das Telefon geschnappt hatte, in den Hörer.

»Wie schön. Dann kannst du mir ja bald einen Brief schreiben.«

»Au ja.«

Silke kam wieder an den Apparat und sagte: »Entschuldige, sie war schneller.«

»Kein Problem.«

Sie nippte an ihrem Kaffee, der ein bisschen stark geworden war, und ging mit der Tasse zur Balkontür. Sie klemmte das Handy unter ihr Kinn und öffnete sie. Sofort strömte eisige Luft ins Zimmer.

»Vielleicht kriegen wir ja wirklich Schnee«, meinte Hannah.

»Warum kommst du in der Mittagspause nicht ins Atelier? Wir könnten eine Kleinigkeit zusammen essen«, schlug Silke vor.

»Schon überredet.«

Markus bestäubte die Vanillekipferl und betrachtete sein Werk.

»Als Kind hab ich mich daran mehrmals überfuttert. Verdammt, war mir elend danach. Aber ich hab's nie sein lassen können.«

»Das war bei mir und den Kokosmakronen anders«, gab Hannah zu. »Danach hatte ich nie wieder Lust darauf.«

Er tippte auf das kleine Rezeptbüchlein. »Diese Lebkuchen hat meine Oma jedes Jahr gebacken. Ich schwöre dir, du hast nie zuvor bessere gegessen. Wo haben wir Piment?«

»Keine Ahnung.« Sie zeigte auf das Regal. »Bei mir hat alles seine Ordnung, wie du weißt, damit ich alles wiederfinde.«

Es war erstaunlich, wie locker sie darüber sprechen konnte. Es machte ihr nicht das Geringste aus, über ihre Schreib- und Leseschwäche zu erzählen, so als sei sie geradezu alltäglich.

Er ging zum Regal und blieb eine Weile davor stehen. »Da haben wir ihn. Und Pottasche auch.«

Er nahm den Behälter mit Rübenkraut und stellte ihn auf den Tisch. »Schade, dass sie das nicht mehr erleben kann.«

»Sie wäre bestimmt stolz auf dich.«

Er drehte sich zu ihr um. »Sie hat noch mit fast siebzig einen Englischkurs besucht. Sie wollte unbedingt Englisch lernen.«

»Wirklich?«, fragte Hannah ungläubig.

Markus nickte und gab das Rübenkraut in den Behälter der Teigmaschine.

Toni stand plötzlich in der Tür, die Post unterm Arm. Sie sah die Briefe durch, dann hielt sie Hannah einen etwas dickeren Umschlag hin. »Der war für dich in der Post.«

Hannah drehte ihn in den Händen. Er war wattiert und nicht besonders groß.

»Was mag das sein?«

»Solche Dinge klären sich auf verblüffende Weise, wenn man sie öffnet und hineinsieht«, meinte Markus und schüttete Mehl in den Behälter.

Hannah warf ihm einen belustigten Blick zu. Sie öffnete den Umschlag und nahm eine CD heraus. Verwundert betrachtete sie sie. Es war keine gekaufte Musik-CD, sondern eine, die ganz offenbar jemand selbst bespielt und bedruckt hatte.

»Was ist das?«, wollte Toni wissen. Sie lugte ihr über die Schulter. »Von wem ist die?«

»Wenn ich das wüsste.« Hannah stand auf. »Ist es in Ordnung für euch, wenn ich kurz rauf in meine Wohnung gehe und sie einlege?«

Markus zwinkerte Toni verstohlen zu. Hannah hatte es trotzdem gesehen.

Sie lief in ihre Wohnung und legte die CD in ihren Player.

Es dauerte ein paar wenige Sekunden, dann hörte sie die ersten Töne von *Ein Kompliment*. Ihr Herz begann, nervös zu schlagen.

Was bedeutete das? Wer hatte ihr die CD geschickt? Markus?

Weil sie den Text auswendig kannte und gemeint hatte, es sei für sie einer der romantischsten Texte? Aber warum sollte er das tun?

Sie lauschte gespannt.

An diesem Stück würde sie sich wohl nie satthören können, für sie war und blieb es eines der schönsten Liebeslieder.

Als es zu Ende war, wollte sie auf die Stopptaste drücken, doch es rauschte kurz, und dann war Arndts Stimme zu hören.

»Hallo, Hannah. Dieses Lied ist ganz speziell für dich. Ich mag es sehr und finde es passend. Ich hoffe, dir gefällt es auch. Verzeih mir. Ich wünsche mir nichts mehr, als dass du mir verzeihst.«

Es rauschte erneut, dann war Stille.

Hannah saß da, die Hände im Schoß, ihr Herz raste. Ihre Knie zitterten, als sie langsam aufstand.

Was sollte sie ihm verzeihen? Was konnte es schon geben, das sie ihm verzeihen sollte? Vielmehr musste sie ihn um Verzeihung bitten. Sie hatte sich nicht nur kindisch verhalten, sie hatte sich vollkommen unmöglich benommen.

Sie warf einen Blick auf ihre Uhr. Dann holte sie ihr Handy aus der Tasche.

Er saß mit dem Rücken zur Tür, und sie musste einen Augenblick stehen bleiben, weil ihr Herz so heftig schlug, dass ihr schwindelig wurde. Dann atmete sie tief durch.

In drei Schritten war sie bei ihm.

»Arndt.«

Er sprang auf. »Hannah.«

Sie schluckte und setzte sich mit wackligen Beinen.

»Schön, dass du gekommen bist«, sagten sie beide fast gleichzeitig.

»Es ist übrigens auch eins meiner Lieblingslieder«, erklärte sie mit leiser, etwas rauher Stimme. »Ich mochte es schon immer.«

»Was möchtest du trinken?«

Er gab dem Kellner einen Wink.

»Einen Weißwein.«

Arndt bestellte eine ganze Flasche, und als der Kellner gegangen war, sagte er: »Ich bin so froh, dass du gekommen bist.«

»Bevor du etwas sagst ...« Sie musste sich räuspern. »Ich möchte mich bei dir entschuldigen. Ich hab mich unglaublich blöd benommen. Aber ich ...«

Er sah ihr in die Augen, und sie konnte nicht weitersprechen. »Ich verstehe das, Hannah. Ich verstehe das wirklich. Es muss wie ein Schock für dich gewesen sein.

Und anstatt auf dich zuzugehen und dir meine Hilfe anzubieten, hast du dich in die Enge getrieben gefühlt.«

Sie hob die Augenbrauen und blinzelte. »Aber es ist nicht deine Schuld, dass ich vor meinen Problemen davonlaufe, Arndt. Als du gemerkt hast, dass ich ...« Sie schluckte wieder. »Dass ich nicht richtig lesen und schreiben kann, hab ich mich so furchtbar geschämt. Es war, als hätte man mir den Boden unter den Füßen weggezogen.«

Sie verstummte, als der Kellner kam und den Wein brachte.

Arndt bedankte sich und meinte, er würde sich selbst um alles Weitere kümmern. Er öffnete die Flasche und schenkte in zwei Gläser ein. Eins reichte er Hannah.

Während sie tranken, blickten sie sich erneut tief in die Augen.

Hannah fragte sich, ob sie diesen Mann wohl jemals ansehen könnte, ohne dass ihr Herz einen Salto nach dem nächsten schlug.

»Ich habe mich entschlossen, diesen Kurs zu machen.«

Arndt stellte sein Glas ab. »Das freut mich. Wann immer du mich brauchen wirst, ich werde da sein.«

»Danke.«

»Was möchtest du essen?«

Hunger hatte sie schon, Appetit weniger, sie war viel zu aufgeregt, um etwas essen zu können. Arndts pure Gegenwart reichte allein schon aus, um sie zu verwirren.

Sie hatten eine Kleinigkeit gegessen, die Flasche Wein getrunken und über Julian, seinen Sohn, gesprochen.

»Der Tod seiner Mutter war furchtbar für ihn. Und weißt du, was schlimm ist?«

Stumm schüttelte sie den Kopf.

»Ich weiß nicht mal, ob er inzwischen damit klarkommt. Er war immer so verschlossen, bis zu dem Moment, wo er sich in diesem Baum versteckt hatte, haben wir manchmal kaum miteinander gesprochen. Juli hat sich immer mehr zurückgezogen, und ich hab mir eingebildet, dass er sich vor allem von mir zurückzieht.«

Hannah legte die Hand auf seine. »Warum sollte er, Arndt? Du bist sein Vater, er liebt dich. Du bist ihm geblieben. Vielleicht hat er insgeheim schreckliche Angst, dass er dich auch noch verliert.«

Arndt blickte sie lächelnd und eine Spur ungläubig an. »Warum bist du nicht Kinderpsychologin geworden? Du scheinst genau gewusst zu haben, was er braucht, was ihm guttut. Wo du noch nicht mal wusstest, was passiert war.«

Sie lachte leise auf. »Kinderpsychologin, o ja. Meine eigenen Probleme verdrange ich, will sie gar nicht sehen, und bei Kindern habe ich sofort eine Lösung parat.« Sie schnaubte. »Ich mag Kinder, vielleicht ist es einfach das. Und dein Sohn ...« Sie machte eine kleine Pause und fuhr dann fort: »Er hat mein Herz im Sturm erobert. Diese melancholischen Augen, dieser traurige Blick, sein sanftes, kluges Wesen. Er ist so sensibel, so ungeheuer klug.«

»Du schwärmst ja richtig von meinem Sohn.« Er trank seinen Wein aus. »Wie wär's mit einem Espresso?«

»Da sag ich nicht nein.«

Eine Weile schwiegen sie, sahen sich nur ab und zu an.

»Dann hat sich Julis Großmutter um ihn gekümmert, seitdem deine Frau ... tot ist?«

Es fiel ihr schwer, es auszusprechen.

Arndt nickte. »Ich dachte, es sei eine gute Idee, wenn er schon mal mit ihr hierherzieht und auf andere Gedanken kommen kann. In Stralsund wurde er jeden Tag daran erinnert, dass seine Mutter nicht mehr da ist.«

»Verstehst du dich gut mit ihr? Mit deiner Schwiegermutter, meine ich.«

»O ja, sie ist wunderbar.« Er drehte sein leeres Glas in den Händen.

Der Espresso wurde gebracht, und Hannah dehnte es lange aus, Zucker einzustreuen und in der kleinen Tasse zu rühren.

Sie hatte so viele Fragen, aber sie hatte Angst, sie zu stellen.

»War es das, was du mir damals auf der Hochzeit sagen wolltest? Erinnerst du dich, wir haben auf der Bank vor der Kirche gesessen ...«

Er blickte sie nachdenklich an, dann nickte er schließlich. »Auch, ja.«

Auch.

Hannah rührte weiter in ihrer Tasse. Vielleicht würde er von selbst davon anfangen. Sie würde ihn nicht drängen. Egal, was es auch war.

»Ich wollte dir von Anfang an sagen, dass es Julian gibt. Dass ich einen Sohn habe. Dass mir meine Probleme, meine Sorgen über den Kopf wachsen, ich mich schuldig fühle ...«

Sie hörte auf zu rühren. »Schuldig?«

Er erwiderte ihren Blick. »Schuldig, ja.«

»Wofür solltest du die Schuld tragen, Arndt? Dafür, dass Juli sich zurückgezogen hatte und nicht sprechen wollte?«

Er schüttelte den Kopf. »Nein, dafür, dass sie gestorben ist.«

Dieser Satz hing wie Blei in der Luft, und danach hatten sie längere Zeit geschwiegen. Hannahs Espresso war vom vielen Rühren kalt geworden, und sie hatte einen neuen bestellt.

»Möchtest du es mir sagen, Arndt?«, fragte sie irgendwann, als ihr neuer heißer Espresso auf dem Tisch stand.

Er atmete langsam ein und verschränkte die Finger ineinander. »Sandra und ich waren Kollegen. Wir mochten uns von Anfang an, sind miteinander ausgegangen, und irgendwann waren wir ein Paar. Es passierte einfach so.« Er hob den Kopf, um Hannah anzusehen. »Du fragst dich, was ich damit meine.«

Hannah hatte tatsächlich etwas verwirrt zugehört. Von Liebe hatte er nichts gesagt, nicht einmal andeutungsweise.

»Wir waren wie sehr gute Freunde, kein Streit, keine Missverständnisse, nicht mal kleinste Reibereien.«

Sie wollte etwas entgegnen, ließ es aber bleiben.

»Wir sind zusammengezogen, als wir anderthalb Jahre zusammen waren. Eine gemütliche Wohnung mitten in Stralsund. Wir waren ein Vorzeigepaar. Sandra wurde schwanger, alle freuten sich für uns. Wie schön, das Traumpaar wird Eltern. Ich habe ihr einen Antrag gemacht.« Er lachte auf. »Nicht mal der war besonders aufregend. Ein Essen, der Ring auf dem Dessertteller, ein leises Ja. Juli wurde geboren, und von da an passierte etwas Seltsames. Sandra hat sich nur noch um ihn gekümmert, ich bin immer mehr in den Hintergrund gerückt. Und weißt du was? Mir war das recht. Ich fand das logisch, plausibel. Ich war ihr nicht so wichtig.«

Hannah rührte in ihrer leeren Espressotasse. Sie war völlig durcheinander.

»Ich hab sie geliebt, aber auf eine andere Weise, verstehst du? Leidenschaft und all das Feuer, was man normalerweise spürt, das gab's bei uns irgendwie nicht. Es ist seltsam, ich weiß, aber ich hab's nicht mal vermisst. Wir hatten eine gute Beziehung, wirklich, sie war warmherzig und freundschaftlich. Und voller Zuneigung.« Er verstummte kurz und sprach dann weiter: »Juli war ein liebes, ruhiges Kind. Er konnte stundenlang auf dem Boden sitzen und spielen. Wir hätten uns jede Menge Zeit für uns nehmen können, er hat uns immer genug Raum gelassen. Aber wir wollten das gar nicht.« Er hielt erneut inne und schien nachzudenken. Dann atmete er heftig aus. »Ich glaub, jetzt brauch ich einen Schnaps. Du auch?«

»Nein, lieber nicht. Ich vertrage nichts.«

Nachdem der Sambuca auf dem Tisch stand, sprach er weiter: »Und dann eines Abends, ich hatte einen richtigen Scheißtag hinter mir, haben wir gestritten. Es war wegen einer Kleinigkeit, lächerlich. Ich war ungerecht zu ihr, hab meinen Frust auf sie abgewälzt. Sie hatte noch eine Verabredung mit einer Freundin, steigt in ihren Wagen und ...« Er schluckte mehrmals. »Eine halbe Stunde später kam der Anruf. Sie hatte einen Unfall gehabt. Seit dem Tag fühle ich mich schuldig. Ich konnte ihr nicht mehr sagen, wie blöd und völlig überflüssig ich unseren Streit fand. Ich stelle mir dauernd vor, dass sie wütend war, als sie losgefahren ist, aufgewühlt. Und ich ...«

Hannah strich sacht über seine Hand.

»Darüber solltest du nicht grübeln, Arndt. Du wirst dich immer im Kreis drehen.«

Müde nickte er. »Die Polizei sagte, sie wäre zu schnell gefahren. Sie hatte einfach die Kontrolle über den Wagen verloren.« Er trank seinen Sambuca aus. Sie hätte ihn so gern getröstet, in den Arm genommen, gehalten. Doch sie saß kerzengerade da und spürte den Espresso in ihrem Magen gluckern.

»Tut mir leid, dass ich dir die Ohren volljammere«, sagte er schließlich.

»Bitte sag so was nicht.«

Sie überlegte, ob sie sich doch einen Sambuca bestellen sollte oder ob sie auch so den Mut finden würde, Arndt das zu sagen, was sie ihm schon lange sagen wollte.

»Ich liebe dich, Hannah.«

Erst war sie nicht ganz sicher, ob er es wirklich gesagt oder ob sie es nur gedacht hatte.

An seinem Blick erkannte sie, dass er es tatsächlich gesagt hatte. Er hatte ihr gestanden, dass er sie liebte.

»Damals, als wir zusammen in der Clique waren ...« Ihre Stimme klang ganz heiser. »Ich war so verliebt in dich.«

Sie blinzelte, ganz verblüfft, dass sie es wirklich ausgesprochen hatte.

Er griff über den Tisch nach ihrer kalten Hand.

»Ich hab nächtelang nicht geschlafen, weil ich an dich denken musste.« Sie schluckte. »An dich und Sabrina.«

Er verdrehte die Augen. »O ja, Sabrina. Ganze vier Wochen waren wir zusammen. Na ja, was man damals so unter ›zusammen‹ verstanden hat.«

»Vier Wochen nur?« Sie musste lachen, sie konnte nicht anders.

»Und mir kam es wie eine Ewigkeit vor.«

Arndt bezahlte die Rechnung und streckte seinen Arm nach Hannahs aus. Hand in Hand verließen sie das Lokal. Draußen blieben sie stehen. Über ihnen leuchtete ein grandioser Sternenhimmel.

Arndt hob den Kopf. »Morgen wird ein kalter Tag werden. Vielleicht kriegen wir Schnee.«

Hannah trat von einem Bein aufs andere. Es hatte den ersten Frost gegeben, und diese Nacht würde vermutlich eiskalt werden.

»Mir ist heute schon ziemlich kalt«, sagte sie.

»Was machen wir jetzt?«, fragte er, noch immer nach oben in den Himmel schauend.

»Ich weiß nicht. Hast du eine Idee?«

»Mehrere.«

Er küsste sie aufs Haar.

»Wir könnten runter zum Strand gehen und uns eine fürchterliche Erkältung holen.« Er legte den Arm um sie. »Oder wir gehen in deine Wohnung, wo es gemütlich und warm ist.«

Pfefferminzschokolade

Hiddensee, im Frühsommer des
darauffolgenden Jahres

Hannah war vom Vogelgezwitscher wach geworden und drehte sich auf den Rücken. Die Sonne schien hell und warm ins offene Fenster.

Was für ein herrlicher Tag! Nicht nur wegen des Sonnenscheins.

Sie schwang die Beine aus dem Bett und stieg dann vorsichtig über eine Kiste, die davorstand. Auf dem Flur stand eine weitere, die schob sie mit dem Fuß beiseite, so dass sie in die Küche konnte. Sie setzte Teewasser auf, weil ihr Kaffee im Moment nicht bekam.

Ihr war schwindelig geworden, und sie musste sich kurz setzen. Ihren Tee trank sie im Sitzen, dazu knabberte sie an einer trockenen Scheibe Weißbrot. Etwas anderes nahm ihr Magen ihr zurzeit ziemlich übel.

Schließlich stand sie auf, zog sich an und schwang sich auf ihr Fahrrad.

Auf dem Weg nach Neuendorf lächelte sie die ganze Zeit vor sich hin.

Das Fahrrad lehnte sie an die kleine windschiefe Kiefer, die am Weg stand. Dann lief sie zum Haus, bewunderte den Rittersporn, der bereits blühte, und ging dann zum Küchenfenster, um hineinzuspähen.

Arndt hockte auf allen vieren auf dem Fußboden und kämpfte mit einer Holzdiele. Dabei fluchte er leise vor sich hin, wie sie durch das offene Fenster hören konnte.

Julian kam ins Zimmer gehüpft und kniete sich neben ihn. Dann hatte er sie offenbar entdeckt und winkte ihr zu, obwohl sie gleich auf Tauchstation gegangen war.

Und bevor sie sich davonmachen konnte, war Arndt am Fenster erschienen.

»Ich hätte es mir denken können. Du kannst es nicht lassen, was?«

Statt einer Antwort stellte sie sich auf die Zehenspitzen und küsste ihn auf den Mund.

Er seufzte auf. »Jetzt mag ich gar nicht mehr schimpfen.«

»Hast du gut geschlafen?«, fragte sie ihn.

Er sah ein wenig lädiert aus, fand sie.

»Einigermaßen. Nein, um ehrlich zu sein, habe ich miserabel geschlafen. Die Luftmatratze verliert ständig Luft, und ich bin dreimal aufgestanden, um sie wieder aufzupumpen.«

Sie streichelte seine unrasierte Wange. »Du Armer.«

»Dein Mitgefühl tut gut.« Er blickte sie prüfend an. »Du bist blass.«

Sie winkte ab. »Ach, das …«

Julian kam zum Fenster und erzählte, dass sein Vater furchtbar geschnarcht hätte, und sie musste lachen.

Arndt drehte sich zu seinem Sohn um. »Wie sollte ich denn schnarchen? Ich hab ja kein Auge zubekommen.«

»Ich hab euch Frühstück mitgebracht.« Hannah reichte die Tüte durchs Fenster.

»Du bist ein Schatz.« Arndt warf einen Blick auf seine Armbanduhr. »Ich warte noch auf den Tischler. Dann wollte der Elektriker kommen und dann …« Er strahlte sie an. »Und dann heiraten wir. Oder hast du heute schon was anderes vor?«

»Nein«, erwiderte sie lachend. »Heiraten finde ich großartig.«

Er bekam einen letzten, sehr innigen Kuss.

»Ich mache mich wieder auf den Weg. Ich wollte nur schnell nach euch sehen.«

Markus war bereits mit allem fertig. Er hatte gemeint, an diesem besonderen Tag ganz gut auf sie verzichten zu können.

Deshalb hatte sie etwas länger schlafen können. Sie schlief überhaupt gerade furchtbar viel.

»Du siehst gut aus.« Er grinste vielsagend, als sie hereinkam.

Hastig stand er auf und schob ihr den einzigen Stuhl hin, den es in der Backstube gab.

Sie setzte sich dankbar und atmete gegen die erneute Übelkeit an, die morgens immer in mehreren Wellen über sie hinwegschwappte. Aber das und noch vieles mehr würde sie klaglos erdulden. Wie sehr sie sich auf dieses Kind freute, hätte sie nicht in Worte fassen können. Es war völlig unmöglich zu beschreiben, was in ihr vorging, seitdem sie sicher war, schwanger zu sein.

Arndt war vor Freude durchs Zimmer gehüpft, auf und ab, hin und her, bis ihm selbst schwindelig geworden war.

Und bald seine Frau zu werden war etwas, das sie selbst manchmal noch immer nicht glauben konnte.

Toni kam herein. »Du bist ja schon da.«

»Ich muss mich noch um die Torte kümmern.«

Hannah war wieder aufgestanden und zur Kühlung gegangen.

Die standesamtliche Trauung würde um drei Uhr am Nachmittag sein. Bis dahin war noch genügend Zeit.

»Wie kommt ihr mit der Renovierung voran?«, fragte Markus, während er die Bleche schrubbte.

»Arndt hat Angst, dass es nicht mehr rechtzeitig fertig wird, bevor das Kind kommt.«

Markus winkte lässig ab. »Ach, das klappt schon.«

»Das glaube ich auch.«

»Du und dein unerschütterlicher Optimismus«, meinte Toni.

»Meinst du jetzt Markus oder mich?«

»Euch beide.« Sie lachte kopfschüttelnd und ging wieder nach vorn, weil Kundschaft gekommen war.

Markus war mit wenigen Schritten bei Hannah, und sie fuhr leicht zusammen, weil sie sich auf die Füllung der Torte konzentriert hatte.

»Ich brauche deinen Rat. Ich will ihr einen Antrag machen.« Er kratzte sich etwas verlegen am Kopf. »Und ich will alles richtig machen. Toni hat's ja nicht so mit Romantik, und ich möchte mich nicht in die Nesseln setzen.«

Hannah hatte sich auf die Lippe gebissen, jetzt aber konnte sie nicht mehr an sich halten. »Ich glaube, du machst dir ganz unnötig Sorgen, Markus. Toni sagt nur, sie wäre nicht romantisch.«

»Ach?« Er kratzte sich den Bart. »Dann kann ich ruhig das ganze Programm ..., na, du weißt schon.«

Sie nickte.

»Tja, wenn das so ist.«

Fröhlich pfiff er vor sich hin und nahm eins der Bleche vom Rollwagen.

Hannah bestrich den ersten Boden mit einer hellen Ganache.

Der Geruch von Sahne stieg ihr in die Nase, und sie atmete tief durch.

»Wenn du meine Hilfe brauchst …«

»Nett von dir, Markus. Mir wird neuerdings schlecht, wenn ich Sahne rieche.« Sie zeigte auf die Ganache. »Und hier drin ist eine Menge Sahne.«

Kurzerhand nahm er ihr die Schale aus der Hand.

»Ich mach das schon. Warum kümmerst du dich nicht um die Deko?«

Kurz nach Mittag war die Torte fertig.

Bis auf das Zitat.

Hannah hatte sie in Weiß eingedeckt, so wie sie es am liebsten mochte. Auf der oberen Etage saß Arndt, der Bräutigam, barfuß und in Jeans, eine Gitarre auf den Knien. Neben ihm saß sie, die Braut, ebenfalls barfuß. Eine dritte Figur war ganz unverkennbar Julian mit seinem flachsblonden Haar.

Toni stellte sich neben sie und knabberte an einem Riegel Schokolade.

»Ist die schön!«

»Was isst du denn da?«

»Pfefferminzschokolade. Möchtest du?«

Sie brach Hannah einen Riegel ab.

Seltsamerweise war das im Moment die einzige Süßigkeit, die Hannah mochte. Sie war regelrecht süchtig danach.

Die Buchstaben für das Zitat hatte sie ausgestochen. Sie lagen verstreut vor ihr auf dem Tisch. Eine Weile betrachtete sie sie, dann nahm sie die kleine Pinzette und hob den ersten Buchstaben auf, um ihn oben auf die Torte zu setzen.

Toni beobachtete sie dabei.

Mit ruhiger Hand setzte sie Buchstabe für Buchstabe auf die Torte, bis sie sich schließlich zurücklehnte und ihren angespannten Nacken lockerte.

»Oh Hannah«, flüsterte Toni. »Ich weiß gar nicht, was ich sagen soll.« Sie zeigte auf das Zitat. »Wo Liebe ist, wird das Unmögliche möglich«, las sie mit leiser Stimme. »Das ist furchtbar romantisch.« Sie schniefte. »Ich glaub, ich muss gleich heulen.«

Hannah lächelte. Wie stolz sie war, sagte sie nicht. Inzwischen konnte sie in Julians Fibel lesen, und auch das Schreiben klappte von Tag zu Tag besser.

»Du kannst stolz auf dich sein.« Toni tupfte sich tatsächlich eine Träne aus dem Augenwinkel.

»Du wirst doch nicht plötzlich sentimental werden, Toni.« Hannah stand auf und drückte ihr Kreuz durch.

Toni half ihr, die fertige Torte in die Kühlung zu stellen.

»Und jetzt?«, fragte sie anschließend.

»Jetzt gehe ich rauf und ziehe mich um.«

Arndt erschien pünktlich, um sie abzuholen.

Zärtlich küsste er sie.

»Du siehst umwerfend aus.«

Ihr Kleid war knöchellang in einem hellen Grün. Der

Stoff war luftig und leicht, genau richtig für diesen wundervollen Sommertag. Dazu würde sie flache Sandaletten tragen.

Arndt trug keinen Anzug, sondern eine helle Hose mit einem weißen kragenlosen Leinenhemd, das ihm verteufelt gut stand. Ihre standesamtliche Trauung hatten sich beide locker und leger gewünscht.

»Bist du so weit?« Er nahm ihre Hand.

»Ich bin nervös«, gab sie zu.

»Ich erst.«

Hand in Hand verließen sie das Haus.

Die Konditorei war geschlossen. Nach der Trauung sollte es eine kleine Feier geben. Silke und Andreas hatten dazu ihr Haus zur Verfügung gestellt.

»Im nächsten Jahr machen wir eine große Party in unserem Haus«, sagte Arndt, als sie die Straße überquerten.

Hannah war schon jetzt aus der Puste, und sie musste stehen bleiben, um zu Atem zu kommen.

Er wartete geduldig ab, bis sie weitergehen konnte.

»Gehen wir nicht in die falsche Richtung?«, fragte sie überrascht, als er plötzlich nach links abbog. »Zum Standesamt müssen wir geradeaus weiter.«

Er ließ sich nicht beirren, nur ein feines Zucken um seine Mundwinkel verriet, dass er gerade sehr amüsiert war.

»Verrätst du mir, was hier los ist?«

»Nein.«

Er war ein Mann der klaren Worte, das wusste sie bereits.

Und es würde ihr wenig nützen, wenn sie nun anfangen würde zu quengeln. Also lief sie bereitwillig mit ihm mit.

Etwas weiter vorn sah sie ein paar Menschen am Strand. Alle hatten sich ihnen zugewandt, jemand winkte sogar herüber.

»Das ist ja Silke«, sagte Hannah verblüfft. »Und Andreas. Und da ist auch Juli. Arndt?«

Ihr zukünftiger Mann marschierte mit stoischer Miene weiter.

Doch dann blieb er plötzlich stehen und verzog das Gesicht. »Ich glaube, jetzt wird *mir* schlecht.«

»Wann hast du zuletzt was gegessen?«, fragte sie ihn.

»Ich komme ja kaum dazu.« Er stöhnte theatralisch auf. Dann zeigte er auf ihre Handtasche. »Du hast doch bestimmt eine deiner obligatorischen Pfefferminzschokoladen in der Tasche.«

»Du hast Glück.« Sie nahm eine angebrochene Tafel aus ihrer Handtasche. »Sie ist ein bisschen weich geworden.«

Er biss genussvoll in einen Riegel und verdrehte die Augen. »Ich liebe Pfefferminzschokolade.«

Sie musste lachen. »Ich auch.«

Sie gingen weiter, Arndt kauend und Hannah mit jedem Schritt nervöser werdend.

»Arndt? Jetzt könntest du mir doch sagen, was wir hier überhaupt machen.«

Er blieb stehen, sah sie lange an und küsste sie schließlich genauso lange. »Na, heiraten.«

»Hier?«

Er zog seine Schuhe aus und forderte sie auf, das Gleiche zu tun.

»Wolltest du nicht immer eine Hochzeit am Strand? Barfuß, mit den Füßen im Wasser?«

Danksagung und ein paar Worte zum Schluss

Selbstverständlich sind alle Personen und Handlungen frei erfunden.

Als ich für diesen Roman recherchiert habe, ist mir klargeworden, dass Konditoren wahre Künstler sind, vor denen ich meinen Hut ziehe. Während ich dieses Buch geschrieben habe, hatte ich eigentlich ständig Lust auf etwas Süßes.

Mein Dank geht an Daniela Schriefer von der *Confiserie Schriefer* in Bremen, die meine Fragen zum Thema Hochzeitstorten, Dekorationen aus Blütenpaste, das dazugehörige Werkzeug und vieles mehr beantwortete.

Gelernt habe ich außerdem eine Menge von Monika Matzats Blog.

Im Internet ist sie als »Torten-Tante« bekannt.

Ich danke auch der Standesbeamtin Gabriele Meyer, die mir immer dann weiterhilft, wenn es ums Heiraten geht.

Ein großer Dank geht wieder an meine einzigartige Testleserin und Kollegin Yvonne Wüstel, für ihren scharfen Blick und ihre offenen Worte, an meine wunderbare Agentin Petra Hermanns und an meinen Verlag, bei dem ich mich sehr zu Hause fühle, ganz besonders an meine Lektorin Aylin Salzmann.

Rieke Schermer im Februar 2015